カインの傲慢《ごうまん》

刑事犬養隼人

中山七里

角川文庫
23214

目次

一　死者の名前

1

玄関を出るなり、寒風が肌を刺した。

「うーっ、寒っ」

押野《おしの》はぶるりと身体を震わせると、犬小屋から愛犬リョータを連れ出した。二日間の雨で散歩はお預けだったせいか、リョータは喜び勇んで飛び出した。

午前六時、石神井《しゃくじい》の街はやっと目覚めたばかりで、まだ人通りもまばらだ。十二月に入り、都内では既に冬将軍の足音が聞こえている。銀杏《いちょう》の葉が歩道を舞い、しんしんとした冷気が足元から忍び寄る。東京という街は雪が少ないところだが、この分では今年降雪があるかもしれない。

二日ぶりの散歩にリョータは興奮を隠さない。いつもより燥《はしゃ》ぎ、強い力でリードを引っ張る。

どこの犬もそうだろうが散歩のコースは決まっている。リョータの場合は自宅を出てから関町南《せきまちみなみ》二丁目を突っ切り、たけしたの森緑地をひと回りして帰る。往復で約一時間、今年六十六歳になった押野にとってもほどよい運動になる。加えて、家で古女房に生ゴミ扱いされるより、ずっと精神衛生上よろしい。

仕事をしているうちはそれなりに押野を立てていた女房も、定年退職の三日後には「掃除中は邪魔だから出ていってくれ」と言うようになった。退職金もあるのだから再就職先を探すのは一年休んでからにしようと目論《もくろ》んでいた押野は渋々ハローワークを訪ねてみたが、定年過ぎ資格なしの男に門戸を開いている企業は僅少《きんしょう》だった。条件に合致する以前に求人がなく、やっと面接まで漕《こ》ぎつけても不採用となることが続いた。

次の勤め先が決まらないと女房は日毎に不機嫌になっていった。不機嫌な顔に晒《さら》されて愉快になれる亭主はあまりいない。家の中で顔を突き合わせているのが億劫《おっくう》になり、自《おの》ずと朝晩の犬の散歩は押野の役目になった。押野に異存はない。散歩に出ていれば押野も女房も顰《しか》め面をしなくて済む。おまけにリョータも喜んでくれる。いいことずくめではないか。

雨上がりの直後に寒波が来襲したため、水分を含んだ土には霜柱が立っている。踏み込むとぱりぱりと音を立てるのが面白いのか、リョータは跳ねるようにしてリードを引く。

「そんなに急ぐな、リョータ。公園は逃げやせん」

しかしリョータは押野の命令を無視して、先へ先へと駆けていく。押野はリードを放さないようについていくのがやっとだ。

人も犬も吐く息は白く、薄闇の中にうっすらと浮かび上がる。この時間に散歩しているのは自分たちだけで、まるで道路を独占しているような充実感がある。

関町南二丁目を抜け、ようやく押野たちはたけしたの森緑地に辿《たど》り着く。

緑地の銀杏が独特の匂いを漂わせる。昨夜までの雨で、銀杏の葉が地面を黄色く染めている。

いつもなら雑木林を回り込んでいる歩道を一周して折り返すはずだった。

ところがリョータの様子が少しおかしい。歩道の中途で足を止め、束の間鼻をひくつかせたかと思うと、今度は雑木林に向かっていこうとする。

「おい。どうした、リョータ」

引き寄せようとした時、道の段差に足を取られ、ついリードを放してしまった。

自由になったリョータはひと声吠《ほ》えて駆け出していく。

「リョータっ」

押野の制止を振り切ってリョータは雑木林の中に消えてしまった。飼い主としては後を追わざるを得ない。

「今度は何だっていうんだ、全く」

ぶつくさ言いながら、押野も雑木林の中へと分け入っていく。成犬になっても未《いま》だにリョータは好奇心旺盛《おうせい》で、これはと思うものを感知したら近寄らずにはいられなかった。

雑木林はこぢんまりとしているが、その分木々が鬱蒼《うっそう》と茂っている。寒風を防いでいるため、外よりは空気が尖《とが》っていない。真下は落ちた銀杏の葉で黄色いカーペットのようだ。

リョータの姿はすぐに見つけられた。雑木林のほぼ中央、人目からも陽光からも遮断された場所で一心不乱に地面を掘っている。お蔭《かげ》で銀杏の葉が周囲に散らばり、お世辞にも美しい光景ではない。

公共の場所を汚して平然としていられるほど、押野は図太い神経を持ち合わせていない。後で埋戻しをしなければと思いながらリョータに近づいていく。

だが、至近距離まで来て足が止まった。リョータの鼻先にある物体が視界に入ったからだ。

銀杏の葉が撒《ま》き散らされた中心から、人の手首がにょっきりと突き出ていた。

色を失い、泥塗《どろまみ》れになっていても、指の形や爪の歪《いびつ》さでマネキン人形などではないことが分かる。

押野はその場で氷漬けになったように立ち尽くす。

一方、リョータは早く褒めてくれと言わんばかりに千切れそうなくらい尻尾《しっぽ》を振っていた。

＊

練馬《ねりま》区たけしたの森緑地で犬の散歩中だった男性が死体を発見──第一報が警視庁に届いたのは十一月四日午前六時四十分のことだった。

所轄の石神井署と機捜（機動捜査隊）が現場に到着し、次いで庶務担当管理官が事件性を確認の後、捜査一課麻生《あそう》班が臨場することとなった。

「まあ、雑木林の下に埋められていた時点で事件性もクソもないんだがな」

「班長。ウチの班が専従になるのは一向に構わないんですがね」

刑事部屋で麻生から経緯を聞いた犬養隼人《いぬかいはやと》は、早速口を挟んだ。

「どうしてウチの班にお呼びが掛かったんですか。たらい回しにするつもりはありませんが、現状抱えている事件はウチが一番多いですよ」

「業務過多への不満か。お前らしくもない。今更捜一はブラック企業だとか吐《ぬ》かすなよ」

毒づかれはしたものの、麻生の目の動きで誰に向かって放たれたものか分かる。

犬養の横で話を聞いていた高千穂明日香《たかちほあすか》は、死んだ魚のような目で麻生を見ている。

このところ麻生班の抱える事件の多さは慢性的で、捜査員は犬養を除いて、誰もが疲労の色を濃くしている。中でも幽鬼じみた顔をしているのが明日香で、化粧の乗りや肌艶《はだつや》だけを見ても相当疲労しているのが分かる。最近は犬養とのコンビのみならず、癖のある刑事技能指導員と組まされることも多く、彼女もオーバーワーク気味だ。麻生のひと言は、明日香に対する麻生なりの叱咤《しった》だった。

「ウチの班にお呼びが掛かったのは、事件の方から指名されたようなものだからな」

意味ありげな言い方はわざとだろう。麻生は悩ましげな顔をこちらに向ける。

「現場の状況を見た管理官がウチを名指ししてきた。管理官だけじゃない。担当した御《み》厨《くりや》検視官まで同意を示したらしい。言葉を変えれば、事件にご指名いただいたことになる」

御厨の名前を聞いて、犬養は不穏さを覚えずにはいられない。今まで検視官として何百という死体に対面し、かつ何度も麻生班の面々と顔を合わせてきた御厨が自分たちを指名したのなら、どこか尋常ならざる事件の臭いがしてくる。

「いったい、どんな死体なんですか」

「詳細は現場に来てからだとよ」

「えらく思わせぶりですね」

「思わせぶりなのは俺やお前の性格を承知しているからだろうな。御厨さんはな、ただウチの班というんじゃなく、お前を寄越《よこ》せと言ってきたらしい」

不穏さに拍車がかかる。仏頂面で上にも阿《おもね》ることのない硬骨漢、だが皮肉や酔狂で犬養の名前を出すような男ではない。

「どうやら模倣犯臭いんだ」

麻生は顔を顰めて言う。

「死体からは臓器が持ち去られているらしい」

「臓器を持ち去る事件というのは例の〈平成の切り裂きジャック〉のことですよね」

現場に向かう車中、明日香はおずおずと訊《き》いてきた。事件が発生した時分、まだ明日香は捜査一課に配属される前だったが、人口に膾炙《かいしゃ》した重大事件だったから警察官の明日香が概要を知らないはずもない。

木場《きば》公園での死体発見に端を発した連続殺人。被害者はことごとく腹を裂かれ、ほとんどの臓器を持ち去られていた。その猟奇性と犯人自身の犯行声明によってマスコミは〈平成の切り裂きジャック〉の名を献上し、稀代《きたい》の劇場型犯罪に加担することとなった。一人また一人と犠牲者が増える度に世間は無責任に騒ぎ立て、マスコミ主導の狂騒曲に捜査本部も巻き込まれていく。実際に当時の管理官が一連の責任を取るかたちで更迭されてもいる。捜査一課、殊に麻生班にとってはひどく後味の悪い事件だった。

「また、あの事件みたいに臓器が持ち去られているなら、模倣犯を疑われるのも当然ですよね」

「まだ死体を見ていないんだ。早合点するな」

「でも犬養さん。殺すだけじゃなく、死体から臓器を取り除くなんて大変な重労働じゃないですか。意味もなく、そんなことをする犯人はいないでしょう」

「もう忘れたのか。今回は雑木林の中に死体が埋められていた。散歩中の犬が嗅《か》ぎ当てなかったら、ずっと発見できなかったかもしれない」

「犯行を隠したがっているから模倣じゃないということですか」

〈平成の切り裂きジャック〉が劇場型犯罪を演出したのは事実だ。死体を埋めた時点で模倣の可能性は薄いと考えられる」

「犯行声明を遅れて発表する可能性だってあるんじゃないですか」

「死体を発見できない時はだんまりを決め込んで、いざ発覚したら犯行声明か。可能性ゼロとまでは言わないが道理に合わない。第一、模倣犯なら元ネタになった犯罪の一番派手な部分を踏襲しようとするだろう」

「一番派手な部分って臓器を持ち去ったことですよね」

「違う。臓器を持ち去ったことを得意げに吹聴《ふいちょう》することだ。〈平成の切り裂きジャック〉はそうすることで死体に価値を付加した。今回の犯人は死体の利用価値について、考え方をまるで異にしている」

「それにしたって今回の犯人も、していることに大差はないですよ。考え方が違っても行為そのものが同じなら、やっぱり模倣犯だと思います」

明日香の言説にも頷《うなず》ける部分がある。しかし犬養は慎重さを崩さない。実際、模倣犯というのはそれほど脅威ではないと思っている。模倣している箇所を除外すれば、残りの犯行態様は凡庸でしかない。通常の捜査を継続すれば、犯人の尻尾は必ず捕まえられる。ところが犯行態様が酷似しているだけで動機も犯人像も全く別物なら、犬養たちはまた未知のケースと対峙《たいじ》させられることになる。どちらが御しやすいかは言うまでもない。

「予断はするな」

せめてひと言くらいは忠告しておくべきだろう。

「模倣犯にしろそうでないにしろ、先入観を持ったら引き摺《ず》られるぞ。それだけ時間と人員を無駄に費やして、結局は犯人を利する羽目になりかねない」

「でも御厨検視官が犬養さんを指名してきたのは、模倣犯の可能性を疑ったからじゃないんですか」

そんな単純な男なら刑事部長や麻生がきりきり舞いさせられるはずもない——窘《たしな》めようとしたが、他人の評価に関することなので口にはしなかった。

たけした《ママ》の森緑地に到着すると既に死体は掘り出されたらしく、雑木林の外にブルーシートのテントが設営されていた。いずれにしても樹木の密生した林の中にテントを張るのは困難でもある。

テントの中には石神井署強行犯係の長束《ながつか》と御厨が待っていた。二人が見下ろしているのは件《くだん》の死体だった。

全体は青白く、特に腹部は変色の度合いが強く腸内ガスで歪に膨れ上がっている。既に自家融解が始まっており、バイエルン産の白いウインナーに青い筋を入れたような有様になっている。

一課に配属されて何体もの死体を拝んでいるはずの明日香が、うっとひと声洩《も》らした。彼女が絶句したのは死体の有様にではなく、その年恰好《としかっこう》ゆえに違いない。

明らかに成人の身体つきではなかった。どう見ても十代、短髪で細面の少年だった。

犬養は肘《ひじ》で明日香を小突き、二人して遺体に手を合わせる。

「お疲れ様です、犬養さん」

紺のジャンパーを着た長束《ながつか》が近づいて一礼する。以前、合同捜査で知り合った男だが、若いのに実直さを売りにしている警察官だった。

その実直な警察官の目が昏《くら》く憤っている。明日香同様、年若き被害者に同情か義憤を覚えたに相違ない。

「発見したのは緑地を犬の散歩コースにしている押野健助《けんすけ》六十六歳。雑木林の前を通りかかった際、犬が急に林の中に飛び込んでいき、死体を掘り出したということです」

「着衣が見当たらないようですが」

「着衣は最初からありませんでした。全裸のままで埋められていたんです」

「散歩コースで、どうして犬は今日に限っていつもと違う行動を取ったんですか」

「ここ二日間は雨で外出できませんでしたからね」

つまり死体はこの二日の間に埋められた可能性が濃厚ということになる。十二月一日は雨も降らず散歩ができただろうから、その時に異変があれば犬は同じ反応を示したと思われる。

「埋められたのは二日以降だと考えているのなら、あながち見当外れじゃない」

二人の間に御厨が割り込んでくる。

「腸内温度と腐敗状況、角膜の混濁具合から死亡推定時刻は三日以前に遡《さかのぼ》ることができる。例によって詳細は司法解剖の結果待ちだが、大きく差が生じはしないだろう」

「他にも何か言いたそうですね」

「見ろ」

言うと同時に御厨は死体の横に屈《かが》み込む。犬養と明日香もそれに倣って腰を落とす。

鼻から下をハンカチで覆っていても、ここまで近づくと否応《いやおう》なく腐敗臭が鼻を突く。動物性蛋白質《たんぱくしつ》が分解する際の甘ったるい刺激臭だ。明日香はと様子を窺《うかが》えば、必死に嘔吐《おうと》と闘っているのが見てとれる。我慢しているのは生理的欲求に職業意識が勝っているからだ。

御厨が指差したのは腹部に残された二十センチほどの切断面だった。一直線ではなく、やや蛇行している部分さえある。切断面の変色が際立つので、余計に目立つ。

「とても医者の手際に見えませんね」

「きちんと縫合がされていないのもそうだが切開時の腕前もひどい。医者の執刀だとしたらとんだ藪《やぶ》だ」

「術式が中途半端だからですか」

「メスの入れ方でおおよその腕前は分かる。術式が中途半端なのは、そもそも傷口を塞《ふさ》ぐつもりがなかったからだ」

「腹を閉じようとした時には、もう被害者は絶命していたんですね」

犬養の確認に御厨が軽く頷く。

「一応は閉じていた」

御厨の指は傷口の中央に移動する。そこには微《かす》かな縫い目のような痕《あと》が数ヵ所認められる。

「縫合なんて立派なものじゃない。傷口を塞ぐのではなく、内容物が溢《あふ》れ出るのを防ぐために最小限の処置をしていただけだ」

俄《にわか》に御厨の口調が尖る。死者に対する敬意のなさが、この検視官を苛立《いらだ》たせているようだった。

「解剖は検視官の領域じゃないが、元から開いていた腹だから中を確認させてもらった。すると肝臓が摘出されていた」

「切開痕《せっかいこん》以外の外傷はありますか」

「ない。射創も刺創もついでに索条痕も見当たらない。麻酔が施されていたかどうかは不明だが、肝臓を摘出中かその後に死亡した可能性が高い」

「じゃあ、死因はショック死とかの医療事故ですか」

「そこから先も解剖待ちだ。しかし肝臓の摘出と無関係ではないだろうな」

奥歯にものの挟まったような言い方だが御厨なりの結論は出ているらしく、終始難しい顔をしている。

「臓器の持ち去りは確かにジャックの時と似ていますが、微妙に異なる部分もありますね」

「犬養隼人を呼びつけたのも、それが理由だ」

御厨は死体にシートを被《かぶ》せながら言う。

「ジャックの時には、まず絶命させてから死体を損傷させている。一工程飛ばしただけという言い方もできるが、その一工程こそが最重要だとは思わないか」

最初に殺害していないのであれば殺意があったかどうかも不明になる。医療目的で腹を切開したものの、術式の途中に患者が死亡したので死体を埋めたという可能性が一つ。そしてもう一つは、明確な殺意の下に被害者の腹を切開し肝臓を摘出したという可能性だ。被害者が全裸で埋められていたという事実も、この仮説を補強する材料になる。

「一見、模倣犯の仕業のようだが、捜査する側の誘導を意図しているとも考えられる。同じジャック事件を担当した者だから、余計な先入観を除外しておくべきだと判断した」

予断はするな――明日香に放った忠告が、今度は別の方向から自分に向けられた恰好だった。

「検視官の個人的な意見を拝聴したいですね」

「それも先入観の要因になるから言わないでおこう」

「でも先入観を抱きたくなります」

明日香が異議を唱えてきた。犯人への怒りはまだ収まらないらしく、御厨に対しても喧嘩腰《けんかごし》だ。

「動機や目的が何であれ、こんな風に放置しておくなんて。どう見てもまだ子供じゃないですか」

いささか感情的なのは母親属性に由来するものなのか。子供が犠牲になるのを厭《いと》うのは犬養も同様だが、捜査の上では夾雑物《きょうざつぶつ》でしかない。

抗議されたかたちの御厨は、物憂げに明日香を一瞥《いちべつ》する。

「先入観を除外させておくための説明を一つ忘れていた。さっき肝臓が摘出されていると言ったが、不充分だった。肝臓が摘出されたのは半分だけだ」

明日香の目がわずかに見開かれる。

「半分？」

「ああ、切除されているのは半分だけで、あと半分は腹の中に残ったままだ。生体肝移植を知っているか。あれは生体から肝臓の一部がレシピエントに提供されるが、その後肝臓は再生し、容積上は提供前とほぼ同等になる。これも断言はしないが、生体肝移植の術式の途中で何かしらのアクシデントが生じ、その後始末に死体を埋めたという見方もできない訳じゃない」

先入観の要因になるようなことは口にしないと言いながら、御厨の話している内容は彼なりの一つの見解に相違なかった。そしてまた、断言したくない理由も理解できた。

「手術中の過誤が原因だったとしたら、当事者は医療関係者のはずです。ところが執刀の手際を見れば、医者は医者でも藪らしい。少し矛盾する推論ですね」

指摘されると御厨は不機嫌そうに頷いてみせた。

「矛盾するから断言できないし、どちらにせよ笑って聞けるような話にはならない」

「そうでしょうね。仮に犯人が医療従事者なら手術を途中で投げ出し、まともな閉腹さえしなかったことになる。医療従事者でなかったとしたら、素人がメスを握って医者の真似事をしたことになる」

どちらにしても醜悪で無責任で非道な行為だ。御厨が不機嫌そうにしているのも当然だった。

御厨がテントを出ていくと、代わって困惑顔を見せたのが長束だった。

「全裸のまま死体を埋めたのは、手術の最中に死亡したからでしょうが、被害者の身元を隠す助けにもなっていますね。捜査は被害者の割り出しからスタートですよ」

反応したのは明日香だった。

「身元を証明するものがなくても、三日以上行方が分からなかったら行方不明者届が出ているはずです。それを洗い出していけば、身元もすぐに判明するんじゃないですか」

臨場前に漂わせていた疲労の色は微塵《みじん》もない。埋められていた少年への思いがカンフル剤になっているのだろう。元より女性警官というよりも保育士のような佇《たたず》まいなので、明日香の憤りようはごく自然な立ち居振る舞いに映る。

一方、長束の態度はどこまでも警察官のそれだった。

「高千穂さん、でしたね。捜査一課に来られる前はどこの部署にいらっしゃいましたか」

「地域課の巡査だったんですが、いきなり一課に放り込まれました」

「それならご存じでしょう。毎年毎年、未成年だけで二万件近くの行方不明者届が提出されていて、うち四割以上が中学生です。所轄の全署員を総動員しても手に余る数だし、第一全てのケースに着手できる訳じゃありません」

単なる家出では警察の腰は重くなる。無視するつもりはないが、どこも処理する案件が山積しているから事件性の薄弱なものは後回しになる。対象が幼児で誘拐の可能性が高かったり、従前から家出の兆候がなかったりした場合は事件性を疑われるが、言い換えればそれ以外は行方不明者届の受理に留《とど》まる場合も少なくない。

「家族間の結びつきが希薄な家庭では、数日帰宅しないくらいでは行方不明者届すら出さないところもあります。常識としてどうかとは思いますが、それがウチの教育方針だと開き直られたらどうしようもない。この、肝臓を半分盗《と》られた少年だって、家庭環境如何《いかん》で状況が変わってきます」

長束の説明は同じ警察官には自明の理なので、明日香には反論の余地もない。悔しそうに唇を嚙《か》むのが精一杯だ。

「全裸であっても、歯の治療痕があれば警察歯科医に鑑定を依頼すればいいでしょう。

しかし、これも全国では年間約二千件以上の歯牙鑑定依頼があり、対応できる警察歯科医は決して多くありません。出動要請をかけても即座に対応してもらえるかどうかは保証できません」

　身元不明の死体が出ると警察は警察歯科医に出動を依頼し、普段は歯科診療に従事している医師が現場に出動する。そして死体のデンタルチャートの作成やX線撮影を行った後、そのデータを地域の歯科医療機関や歯科医師会に照会し、該当しそうな治療記録を提出してもらう。その治療記録と死体の歯科所見を照合して鑑定書を作成するのも警察歯科医の仕事になる。名目は検視の補助行為になるのだが、あくまでも協力を要請するかたちなので警察も無理を言えない事情がある。

　明日香を冷却させる目的もあり、犬養が後を継いだ。

「御厨検視官のことだから、口の中も見たでしょう。治療痕は見つかりましたか」

「見はしましたが、特に何の異状も発見できない様子でした。もっとも自分の専門外についてはロの重い人ですからね」

「そっちは望み薄ですか」

「現状は顔写真を持って訊き込みするのが先決でしょうね。早速取り掛かりますよ」

　長束は任せると言わんばかりに片手を挙げると、犬養たちに背を向けた。

「ウチの管轄で子供が肝臓を半分盗られた上で埋められた。これで馬力が掛からないヤツは刑事を名乗る資格はありませんからね」

「肝臓を半分だけ摘出か。何とも中途半端な話だな」

犬養たちから報告を受けた麻生は、まず渋い顔をした。

「ジャックの時には全ての臓器をごっそり抜いていた。それに比べたら小粒感は否めん」

殺人に大粒も小粒もないだろうが、麻生は時折こうした物言いをする。上司の人となりを熟知している犬養は軽く聞き流せるが、まだ付き合いの短い明日香はじろりと麻生を睨《にら》む。

配属当初、事ある毎に明日香は犬養に反発していたが、今となればぼんやりと理由も分かる。以前にいた所轄の地域課と警視庁捜査一課の雰囲気が別物であったために、対応しづらかったのが一因だったのだろう。その水に慣れてしまうと自覚できなくなるが、やはり殺人ほか凶悪な事件を追う部署は潤いが欠乏している。市民生活に寄り添う部門の地域課とは空気が違って当然だ。

自分に対する敵意を強く感じたせいで気づかなかったが、明日香は麻生にも反発心を抱いていたらしい。これは明日香本人ではなく麻生の口から聞いたのだが、ふとした瞬間に彼女から睨まれるのを察知したという。

もちろんこうした傾向も明日香が捜査一課に馴染《なじ》むに従って収まってきたのだが、彼害者が年端もいかない子供となると再燃するようで、今回の事件がまさにそれだった。

「で、お前の心証はどうだ。模倣犯なのか、そうでないのか」

「まだ被害者の身元すら判明していない現状では、判断に苦しみますね。ジャックの時には医療従事者が容疑者として浮上しましたが、今回もそうとは限りません」

「メスの扱いが藪だという、御厨検視官の意見があるからか。しかし肝臓を半分だけ摘出するなんて、医療行為以外には有り得んだろ」

捜査会議の席上、麻生が喋《しゃべ》る内容を吟味しているとよく分かる。麻生がこうして犬養と問答を続けるのは、現場を見聞きした者と意見を交換する中で自分なりの心証を確立するためだった。自分の主観のみならず、様々な意見を俯瞰《ふかん》して方向を定めるのはいかにも調整型の麻生らしいやり方だった。周囲の思惑などそっちのけ、勘と経験則を重視する自分にはない能力なので単純に感心する。もっとも見習うつもりまではないので、羨《うらや》ましいとは思わない。

「医療行為以外にもいくつか例を挙げられますよ」

「言ってみろ」

「たとえば狂気じみた集団の処刑方法。あるいは特定の宗教が行う呪術《じゅじゅつ》行為」

「……ぞっとしない話だな」

「犯行態様自体、ぞっとしませんからね。尋常でない犯罪なら、尋常でない動機も可能性に数えるべきです」

「処刑にしても宗教行為にしても、死体の有様が充分異常であるのは明白だ。しかし、その一点だけで犯人を異常者に限定するのは危険だぞ」

「分かっています。異常な犯行態様そのものが偽装である可能性も捨て切れませんから」

「被害者について何か気づいたことはあるか」

これには明日香がおずおずと手を挙げた。

「殺された子供は虐待されていたか、もしくは貧困家庭かもしれません」

「理由は」

「身体つきです」

明日香は思い出したくもないという口調で言う。

「お腹は腸内ガスで不自然に膨満していましたけど、顔面から胸元、それから手足は身長と比較してとても痩《や》せぎすでした。筋肉が落ちていたと言ってもいいです」

「栄養失調の傾向があったというのか」

「司法解剖の結果を見ないと断言できませんが、地域課に勤務していた時、そういう境遇の子供を一度だけ担当しました。母子家庭なんですが、母親が完全に育児放棄をしていて子供は碌《ろく》に食事を摂《と》っていませんでした。あの時の子供と、とてもよく似ています」

「ふん。育児放棄をするような母親だったら、子供が何日も帰宅しなくても行方不明者届は出さんかもな」

麻生は麻生で胸糞《むなくそ》悪そうに顔を顰める。子供の虐待を苦々しく思うのは、警察官に限らず真っ当な大人の真っ当な反応だ。

「現場周辺には、そういう家庭が顕著なのか」

「一時期、あの辺りは非行少年のグループが縄張りにしていたと聞いたことがあります。完全に重なる訳ではありませんけど、貧困家庭と少年の非行は密接に関連し合っているんです」

明日香の話で犬養は思い出す。散歩中の男性を暴行してカネを奪った挙句、池の中に放り込んだ四人の少年グループ。あれも確か石神井の事件ではなかったか。もし非行少年を生み出す土壌が当時から変わっていないとすれば、非行グループ内での私刑《リンチ》という仮説も、俄に現実味を帯びてくる。

「実際の食生活がどんなレベルだったのかは司法解剖の報告で明らかになる。いずれにしても地元の非行グループを当たる必要がある」

予定では司法解剖の結果と鑑識の報告が上がるのを待って、第一回の捜査会議が開かれる。無論、地取りや鑑取りも一定の成果を上げておかなければ捜査方針も立て難《にく》くなる。初動捜査の成果がその後を決定づけると言っても決して過言ではない。

「こうして考えると、ただの模倣犯の方がマシなように思えてきた」

麻生は今にも唾《つば》を吐きかけそうな顔をする。

「ジャックが臓器を持ち去ったのには理由があった。猟奇的だろうと論理的だろうと、理由さえありゃ、納得できないまでも理解はできる。しかし、これが狂信者の仕業となると少々厄介だな。まともな尺度で動機を推し量れないから、理屈で絞り込めなくなる」

「そういう集団は目立ちますから、鑑取りで浮かんできますよ。毛色の違ったヤツは明るいところに出ると丸分かりです」

逆の言い方をすれば陽光の当たる場所にあって尚《なお》、周囲と同じ毛色の異種も存在する。狂信や非道や冷酷などおくびにも出さず、ただ内側で昏い情熱を燃やし続けている人間たちが存在する。遠くから眺めているだけでは見つけられない者たち。接近しても尚、異種と見分けられない獣たち。

「地取り鑑取りともども、石神井署の報告待ちだな。現状俺たちが着手できることと言えば、死体に残された切開痕と肝臓の摘出面から、施術した人間を絞り込むこと。もう一つは警察歯科医から一刻も早く照合結果を聞くことだ」

明日香は小首を傾げた。

「御厨検視官は執刀者を藪と決めつけていたみたいですけど、切断面だけで技術の巧拙がどこまで分かるものなんでしょうか。部外者にとっては雲を摑《つか》むような話なんですけど」

「それも含めて専門家に意見を求めるのが筋ってもんだろうな。早速お前たちには司法解剖を担当してくれた先生から聴取してもらいたい」

「俺は別行動、取らせてください。そっち方面は高千穂一人で事足りるでしょう」

犬養はそう言うなり腰を上げる。

「何だ。他に気になることでもあるのか」

捜査で独断専行が許されるはずもないが、まだ捜査会議も開かれておらず証拠集めが緒に就いたばかりだからフライングというべきか。自分の特性を知悉《ちしつ》してくれる上司がいるからこその我がままだった。

「地取りに行ってこようと思いまして」

さすがに麻生は目を丸くする。

「それは石神井署に任せてもいいだろう。まだ捜査方針も決まっていないんだ。地元の捜査は所轄に一任しろ。あまりいい顔されんぞ」

「だから長束さんに同行しようと思います。それにいい顔されたくて捜査している訳じゃないでしょう」

「無用な確執は勘弁しろよ。捜査以外のことで余計な頭を使いたくない」

余計な頭を使えるような事件ならいいんだが――それこそ余計なひと言を呑《の》み込んで、犬養は刑事部屋を出ていく。

石神井署で来意を告げると、応対してくれた長束は少し心外そうに眉間《みけん》に皺《しわ》を寄せた。

「訊き込みですか。いや、それは別に構いませんけど、まだ初動捜査の段階ですよ」

通常、警視庁との合同捜査になれば所轄署に帳場が立ち、管理官主導で合同捜査が開始される。この際、経験値のある警視庁の捜査員と地元の情報に明るい所轄の捜査員がペアを組むことが多いが、捜査会議の始まる前に動くことは稀《まれ》だ。

「犬養さんとはこれが初めてでもないから構いませんけど、少し性急じゃありませんか」

「被害者の身元が判明しない限り、あんな会議どれだけやっても意味はありませんよ。それに、いみじくも長束さんが言ったじゃありませんか」

「わたしが何を」

「『子供が肝臓を半分盗られた上で埋められた。これで馬力が掛からないヤツは刑事を名乗る資格はありません』」

長束の言葉を復唱してみせると、本人は己の醜態を晒されたような顔をした。

「皮肉ですか、犬養さん」

「皮肉じゃない」

犬養はにこりともしなかった。

「俺には娘がいます。齢《とし》は埋められていた少年と同じくらいです。馬力の掛かる理由は二つもある。これ以上の説明が必要ですか」

しばらくこちらを見つめていた長束は、やがて脱力するように肩を落とした。

「……ちょっと待っていてもらえますか」

上司に許可でももらってきたのか、中座して戻ってきた長束は既に外出する用意をしていた。

「あなたのことだから今から早速なんでしょ」

「昼飯くらいは奢《おご》りますよ」

「迂闊《うかつ》に約束しない方がいいですよ。地元の刑事ですから、目の玉が飛び出るようなカネを取る店をいくつも知っていますよ」

「どんな高い飯を食っても、ひり出すクソは同じですよ」

二人は駐車場に停めてあるプリウスに乗り込む。交通取締用覆面パトカーのような馬力のあるスポーツタイプではないが、捜査用なら街中でよく見かけるモデルの方が目立たなくて都合がいい。

「犬養さん、人に好かれようっていう気はあるんですか」

「あまりありません」

「だけど強面《こわもて》でもない。ぶっきらぼうで強引なのがポリシーなんですか」

「ちょっとしたことで好意を寄せてくる人間は、ちょっとしたことで手の平を返します。そんな好意は要りませんよ」

「違いない」

ステアリングを握る長束は法定速度で石神井の街を流す。地元の刑事と自称するだけあって、幹線道路から脇道まで熟知しているようだった。

石神井というのは存外に坂の多い街だ。石神井公園を過ぎた頃から結構な急勾配《きゅうこうばい》になる。これだけの勾配なら、ただ平地を散歩するよりも数段運動になるだろう。

「ぱっと見は新しい住宅が並んでいて安全な街なんですけどね」

長束は正面に視線を固定して話し始める。地元を担当する警察官の話なら、どんな内容でも一聴の価値がある。

「メインストリートの都道四百四十四号線沿いは瀟洒《しょうしゃ》なビルや住宅が目立つんですが、公園の南側は結構古い住宅地と新しい住宅地が混在しているんです。同じ集合住宅でもオートロックとかのセキュリティ万全の新築マンションがある一方で、昔ながらのアパートが改築もされずそのまま残っているところもある。高所得者は最新マンションに、低所得者は家賃の低い建物に流れる」

「住宅格差、か」

「同じ地域内に全く異なる層が混在しているんだから、尚更格差が目立ちます。当然、住んでいる人間だって面白い訳がない」

ふと明日香の言葉が甦《よみがえ》る。貧困家庭と少年の非行は密接に関連し合っているという。

長束の言説はそれを補強するものだった。

「何だかんだいっても多感な時期ですからね。夢やら希望やらに憧《あこが》れを抱く一方で、自分には金輪際縁がない世界だと思い知らされたら、そりゃあ性根が曲がりもします。自分と比較する対象が目につくから尚更ですよ。だからですよ、犬養さん。少年係でもないわたしが非行グループのヤサを知っているのは」

「半グレですか」

「全員とは言いませんが、非行グループの多くはヤクザとパイプを持っています。と言うより、ヤクザの青田買いですね。グループのリーダー格は十四、五だっていうのにほとんど準構成員ですよ。子供と言っても、やってることはヤクザと変わりゃしません」

「埋められていた少年はリンチに遭ったという仮説はどうですか」

「否定する材料は何もありませんね。人の痛みを知らない子供は残虐さに歯止めが利きません。非行グループの一人が仲間の腹を裂いたと聞いても、驚くような話じゃない」

「被害者の顔写真、見せてもらえますか」

長束は懐から一枚の写真を取り出す。死体の顔に修整を加えたものだから表情は不自然だが、照合作業には充分使える。

頬がこけているのと眉《まゆ》が薄い以外には特徴に乏しい顔だった。強いて言えば今の子供たちは押しなべて顎《あご》が小さいが、写真の彼はがっしりとしている。

「割と昔風の子供に見えますね。昭和とか九〇年代の」

「環境は人の顔まで変えていきます」

どこか悟ったような物言いだった。

「これも全員ではありませんが、非行グループに入った途端、子供たちの目は野良犬のそれになっていくんです。いつも何かに飢えていて、狡《ずる》くて、余裕がない」

埋められた少年もそうだったのだろうか。

「嫌な話だ」

「貧しいのは子供のせいじゃないのに、起こした犯罪は子供たちの罪になる。凶悪犯罪となれば手錠を掛けるのはわたしたちの仕事になります」

「やっぱり嫌な話だ」

既に一キロ以上は走っただろうか。石神井川を越えた辺りから、次第に建物同士の間隔が広くなっていく。現場となった公園までは五百メートルほどしか離れていない。石神井公園駅周辺とはうって変わり、築年数の古そうな建物が目立ってくる。

「ところで、どこに向かっているんですか」

「非行グループの溜《た》まり場です」

平日の午前中。普通なら学校にいる時間だ。

「コンビニとかゲーセンに集まっている連中は、まだマシな部類でしてね。本当にヤバめの子供たちは昼日中から碌でもない溜まり場に屯《たむろ》しています。カネがないから遊びにも行けないんですよ」

二人を乗せたクルマは、やがて碌でもない溜まり場に到着した。

外観こそコンビニエンスストアだが、日除《ひよ》けのブラインドカーテンはところどころが欠損している。表から覗《のぞ》いても商品と商品棚は撤去されているらしく、中はがらんどうだ。派手な幟《のぼり》もポスターもなく、ただチェーン店のロゴだけが空しく看板を飾っている。

「時折、こういう物件があります」

長束は店舗の敷地から離れた場所にクルマを停めた。

「そこそこ広い通り沿いにあり、そこそこ広い駐車場を備え、近辺に競合する店舗がなくても廃業に追い込まれる場所。コンビニ、モバイルショップ、ドラッグストア、ラーメン屋。ありとあらゆる業種が店を開いても一年以内に撤退を余儀なくされる。そういうブラックホールみたいな場所の一つですよ」

駐車場には一台のクルマもなく、中に人のいる気配も感じられない。

「店の裏ですよ」

言われて裏手に視線を向けると、四台の自転車が目についた。

「裏口のドアを無理やりこじ開けて出入りに使っているんです」

「管理が杜撰《ずさん》だな」

「杜撰な管理でも事足りると考えているんでしょうね。自治会は防犯上の観点から抗議しているんですが、管理会社はなかなか重い腰を上げようとしません」

離れた場所に警察車両を停めたのは、中で屯している連中に気づかれないためだったか。

以前にも踏み込んだ経験があるからだろう。長束は慣れた足取りで裏口に近づいていく。なるほど長束の説明通り、ドアはノブの部分が完全に破壊されて施錠のしようもない。

「店舗側はきっちり閉まっていますから、出入口はここだけになります。ご面倒ですが、ヤツらの退路を断っておいてください」

「了解」

長束は一瞬も躊躇《ちゅうちょ》しなかった。ドアを開けるなり、ずかずかと中へ進んでいく。電気が止められているが、広めの窓から陽光が入ってくるので歩くのに支障はない。

バックヤードであったであろう小部屋は店舗と直結していた。店舗の隅、表からは死角に入る場所で四人の少年が車座になっていた。見るからに安いカラーリング剤で金髪を立てた少年が、真っ先に立ち上がる。

「何だよ、長束。何の用だ」

「さんをつけろよ、金髪バカ」

どうやら旧知の間柄らしい。踏み込んできたのが警察官であると察知して他の三人が脱兎《だっと》のごとく逃げ出した。

だが唯一の退路には犬養が立ち塞がっている。

「そこを退《ど》けよ、お巡り」

「怪我したいのか、コラ」

「四対二だぞ」

口々に喚《わめ》いてみせるが、腰が引けている時点で勝敗は決している。上背のある犬養は、立っているだけで小心者には脅《おど》しになる。

犬養は敢《あ》えて無言でいた。こういう場面の沈黙は言葉以上に雄弁だ。三人は間もなく口を噤《つぐ》んでしまった。

よくよく観察すると金髪バカも他の三人も全体としては幼さを残した普通の中学生に

見える。特に悪そうな面構えでもなく、普通でないのはオウムのように色とりどりの髪の毛くらいか。

「お前らを捕まえに来たんじゃない。人捜しだ」

長束は懐から被害少年の写真を取り出し、金髪バカの眼前に突き出した。

「知り合いか」

「答える義務はないな」

相手が言い終わらぬうちに、長束は金髪バカの胸倉を摑み上げる。

「知らないだろうから教えてやる。警察への協力は市民の義務だ」

「善良なる、がつくんだろ？　俺たちは別に善良じゃ」

「大人の言うことを聞くのも子供の義務だ」

身体のどこにそんな力を隠していたのか、長束は胸倉を摑んだまま金髪バカを吊《つ》り上げていく。襟元で頸《けい》動脈が圧迫され、たちまち顔を赤くしていく。

「ちょっ、おまっ、やめ」

「丁寧に訊いている。丁寧じゃない訊き方もあるぞ」

更に力を加えたらしく金髪バカの顔はますます鬱血《うっけつ》していく。三人のうち一人が加勢しようとしたが、こちらは犬養のひと睨みで動きを止めた。

「丁寧じゃない訊き方を、もう忘れたのか。勉強はできなくても物覚えはいい方じゃなかったのか」

「成績だって悪くねーよ」

「そりゃあ失礼したな。じゃあその優秀な頭で思い出せ。この少年、どこかで見たことはないか」

金髪バカは反抗的な目つきこそ改めないものの、束の間写真に見入る。

そしてやはり反抗的に顔を背けた。

「見たことない顔だ」

「本当か」

「関係ないヤツのために嘘なんて吐くかよ」

長束は腕を伸ばして三人にも写真を見せる。

「お前たちはどうだ」

三人も首を横に振るだけだった。彼らの顔色を読むことに慣れているらしく、長束はふんと鼻を鳴らすと、金髪バカから手を離した。

「未成年に暴力を振るっていいと思ってんのか、クソデカ」

「不法侵入罪ってのを知らないのか、クソガキ。何ならこの場で全員手錠を嵌《は》めた上で汽車ポッポしてみるか。お前らには似合いのお遊戯だぞ」

「馬鹿にすんな。成績は悪くないって言っただろ」

「そうだったな。だったらその頭、もっと有効に使え」

「くっだらね」

「今はな。四、五年もしたらくだらなくなかったことが分かる。その時は手遅れなんだがな」

「けっ」

「もう一度確認する。この少年に見覚えはないか。直接話をしたとかじゃなくても、どこかのグループで似た顔を見たとかでもいい」

「くどいぞ、クソデカ」

「くどくなきゃ、この仕事勤まらないんだよ」

「こいつがどうかしたのかよ」

「ニュース見てないのか」

「関心ない」

「殺されてたけしたの森緑地の雑木林に埋められていた」

　さすがに四人はぎょっとした様子だった。

「まさか俺たちを疑ってんじゃないだろうな」

「窃盗に恐喝に暴行。もう大抵の悪さは覚えたろう。あと残してるのは殺しくらいじゃないのか」

「殺《や》ってねーよっ」

「どうだかな。日頃の行いが悪いガキは、こういう時真っ先に疑われる」

「知らねえったら知らねえよおっ」

「疑われたくなけりゃ疑われないような振る舞いを見せろ」

「どういう意味だよ」

「ニュースに関心がなくてもスマホは持ってるだろ。直にこの少年の顔がネットニュースで配信されるはずだ。お前の顔見知りに訊き回れ。何か情報を持ってきたら信じてやる」

傍で聞いているといささかどころではなく強引の謗《そし》りを免れない取引だったが、不法侵入云々《うんぬん》の脅し文句が効いたのか、金髪バカは不承不承の体で黙り込んでいる。

「一度くらい警察の役に立ってみろ。多少は価値観が変わるぞ」

言い残して長束は彼らに背を向けた。

「あれが長束さんのベーカーストリートボーイズですか」

よしてくださいよ、と言いながら長束は満更でもなさそうだった。

「札つきではあるんですが、本人の申告通り学校の成績は悪くない。ただ家庭環境や経済状態が芳しくないばかりに進学が望めない連中でしてね」

「ひょっとしたらヤクザに対抗して警察でも青田買いしようという腹づもりですか」

「彼らは上下関係がしっかりしているし、帰属意識も強い。警察官に望まれる資質を備えているとは思いませんか。何にしても種を蒔《ま》いておくのは悪いことじゃないでしょう」

これも長束なりの指導と思えば微笑ましくもある。犬養は沈黙をもって賛意を示した。

その後、長束は三つのグループに同様の「指導」を行ったが、埋められていた少年を知っている者はただの一人もいなかった。

3

帳場が立ったのは十二月四日当日の夕刻になってからだ。

所轄の石神井署に捜査本部が置かれ、雛壇《ひなだん》には四人の男が座る。

村瀬《むらせ》管理官。

傍島《そばしま》石神井署長。

津村《つむら》一課長。

そして麻生班長。

雛壇に座る村瀬を見るのはこれが初めてではないが、顔読み巧者の犬養が見ても相変わらず感情の読みにくい男だった。先に更迭された鶴崎《つるさき》管理官と違い、声の抑揚も乏しくおよそ激することがない。底の浅い鼓舞もせず、常に冷静でいる。冷静を通り越して冷淡だと評する者さえいる。誰かを相手に癇癪玉《かんしゃくだま》を破裂させたという噂もなければ、ねちねちとした小言を聞いた者もいない。日頃の立ち居振る舞いから考えや機嫌を推し量れないタイプの人物だった。分かっているのは目立つのを好まず、マスコミ向けの会見が苦手らしいということくらいだ。

捜査本部で実質的に陣頭指揮を執るのは村瀬になる。タテ社会では命令系統の下に位置する者は常に上の顔色を窺っている。鶴崎のように自己顕示欲の塊で軽佻《けいちょう》浮薄な管理官も困りものだが、村瀬のように底の見えない上司も扱いが難しい。調整役の麻生としてはやりにくいと想像するが、どのみち自分は勝手に動かせてもらおうと、犬養は傍観者の気分でいる。

第一回の捜査会議は村瀬の発声で始まった。

「では石神井たけしたの森緑地で発見された少年の殺害事件について会議を行う。まず死体の発見状況から」

石神井署の捜査員が立ち上がり、本日早朝、押野健助六十六歳が犬の散歩中に死体を発見、通報を受けた石神井署と機捜が出動して事件性を確認した経緯を説明する。

次いで前面の大型ディスプレイに死体写真が映し出される。

死体など見慣れているはずの捜査員たちの間に静かな呻《うめ》き声が広がる。人の命に軽重はないが、それでも子供は別格だ。無理やり未来を奪われ、抵抗もできなかった者の死に対しては憤りの感情が湧き上がる。

「司法解剖の報告」

これには明日香が答える。

「司法解剖はT大法医学教室に要請しています。遺体は十代男性、打撲・擦過の外傷もなく、また毒物・毒性を有した細菌も検出されていない事実から死因はショック性のものと推定されます」

「ショック件。所見にもっと具体的な記述はなかったのか」

「可能性の一つとして手術中のショック、つまり痛みに耐えかねて術式の途中で死亡したとも考えられるそうです」

捜査員たちの間からざわめきが生じた。

「腹部の切断面には生活反応が認められ、開腹後の死亡である確率が高い、と」

「それは麻酔に対する拒否反応による死亡という意味か」

「断定はされていません。ただ、麻酔によるショック死というのは非常に稀なケースであり、それよりは麻酔が不充分であった状態で肝臓の一部を摘出したショックに起因する可能性が高い、とあります」

「死亡推定時刻は」

「胃の内容物の消化具合から、死亡推定時刻は十二月一日から二日にかけて。尚、特記事項として内容物の少なさに言及されています」

明らかに明日香の声が緊張する。変化に気づいた村瀬に先を促されると、口調には悲《ひ》愴《そう》感さえ漂った。

「胃の中にはスプーン半分ほどの未消化物しか残存していなかったそうです。一般的な消化速度を考慮しても異常に少ない量であり、胃の収縮具合からも被害者はほぼ絶食に近い状態であったと考えられます」

報告が終わっても咳《しわぶき》一つ起こらなかった。

被害少年が栄養失調ではないかと最初に指摘したのは明日香だった。図らずも司法解剖でその指摘の正しさが証明された恰好だが、明日香が喜んでいるとは思えない。それどころか一層嘆き、一層憤慨している。

憤慨しているのは明日香だけではない。会議場に居並ぶ全捜査員が昏い怒りに顔を歪《ゆが》めている。

「警察歯科医からの報告はあったか」

「本日照会したばかりなので、まだ回答は来ていません。しかし……」

「しかし、何だ」

「これも司法解剖の報告書にありますが、歯茎の腫《は》れと少量の出血が見られます。歯の一部もぐらついており、報告書は慢性的なビタミン不足の可能性に言及しています」

絶食に近い状態と慢性的なビタミン不足。二つの医学的事実が示すものは、被害少年が貧困家庭に生まれ育ったか、あるいは長期に亘《わた》って食事を満足に与えられなかったという推測だ。

「通常であれば歯科医に通院しなければならないレベルですが、治療痕が全く認められないそうです」

村瀬の唇が不機嫌そうに歪む。

治療痕がないのであれば当然カルテも存在しない。カルテがないのなら、警察歯科医に照会しても無意味ということになる。

「鑑識からの報告は」

鑑識課の捜査員が答える。

「二日降り続いた雨と、狭間《はざま》に到来していた寒波で現場の土には厚い霜が降りていました。そのため不明下足痕の採取は困難でした」

折角の足跡も降り続く雨に流され、しかも凍結と融解を繰り返して原形を崩していたのだ。採取困難は仕方のないところだろう。

「毛髪は多数採取できましたが、緑地という性質上犬猫等、野生動物の獣毛も混在しています。現在は分析作業の最中です」

「次、地取りはどうだった」

立ち上がったのは石神井署の長束だった。

「犯行があったと思《おぼ》しき十二月一日から二日は雨だったこともあり、現場となったたけしたの森緑地周辺を訪れた人数は通常の半数以下と思われます」

「手短に。目撃者はいたのか、いなかったのか」

「現状、被害少年の目撃証言はありません。犯行態様から地元の不良グループとの関連を予想し、複数グループに当たってみましたが、被害少年を知る者は見つかっておりません。加えて」

地取りの報告を終えても着席せず、長束は報告を続ける。

「石神井署に寄せられた行方不明者届は言うに及ばず、警視庁のデータベースにも照会しましたがヒットしませんでした」

「首都圏外にも対象を広げてみてはどうだ」

「目下検索中ですが、未だヒットはありません」

「行方不明者ではないというのか」

家出人全員に行方不明者届が出ているとは限らない。昨今は子供に無関心な親、関心があっても何らかの事情で警察に相談しない親が増えている。

だが、長束は個人的な考えですがと前置きした上で更に胸糞の悪くなることを口にした。

「被害少年を含めた家族全員が事件に巻き込まれた可能性も否定できません」

家族全員が殺されたのなら、加えて家族全員が失踪《しっそう》して怪しまれない状況なら子供一人の姿が見えなくなっても、騒ぎ立てる者は誰もいない。

「行方不明者のデータだけではなく、中学高校へも照会してくれ」

村瀬の指示に長束が頷く。長束のことだ。言われる前から着手しているのは想像に難くなかった。

第一回の捜査会議とはいえ、初動捜査の成果は微々たるものだった。村瀬ほか、雛壇に座る面々の表情は一様に優れない。

「とにかく被害少年の身元を特定するのが最優先事項だ。首都圏外の行方不明者の検索、ならびに中学高校への照会作業に増員を図る。地取りも継続する」

村瀬の指示は的確だが、言葉を換えればそれ以外に捜査の糸口が見えないことも示している。捜査員たちも承知しているので、士気も上がらない。

このまま解散かと思われた時、村瀬が急に口を開いた。

「見た通り、殺されたのは少年だ。司法解剖の報告を見る限り、直前は碌な扱いを受けていない。食うや食わずのまま肝臓を半分摘出され、麻酔の不手際でショック死に至った。成人であっても耐え難い仕打ちだ。それをまだ十代と思しき少年が味わった」

淡々とした口調が却《かえ》って憤りを感じさせる。捜査員たちの多くが居住まいを正した。

「この中にも年頃の子供を持つ者がいるだろう。被害少年は自分の子供だと思え。彼の無念を晴らせるのは我々警察官だけだということを肝に銘じろ。以上、解散」

明らかに会議の前とでは顔つきが変わった捜査員がいる。村瀬の人心掌握術が狡猾《こうかつ》なのか、それとも村瀬の本気に彼らが呼応したのか。後者であってほしいと願うものの、今まで敬意を払えるような管理官に巡り合えなかった犬養は虚心になれない。

捜査員たちが三々五々と散っていく中、雛壇にいた麻生がにやにやしながら近づいてきた。

「どうした。白けたような面して」

「別に白けてやしませんよ」

「他のヤツらを見てみろ。管理官の檄《げき》で熱くなったのが何人もいる」

「発破一つで熱くなれるほど若くないですよ」

「そうか。沙耶香《さやか》ちゃんのいるお前なら、効果覿面《てきめん》と思ったんだがな」

「本当に子供がいたら、今の管理官みたいな檄は飛ばせんでしょうね。自分の子供を人質に取るような言説だ」

「そいつは違うぞ」

麻生はまだ笑っている。

「村瀬管理官には息子さんがいる。十三歳だそうだから、埋められていた少年と同年代になるな」

意外な事実を告げられ、犬養はしばし言葉を失う。

「もっと狡猾な人だと思っていたんですがね」

「狡猾であることには違いないが、狡猾なだけでは下がついてこない」

「班長は村瀬管理官を買ってるんですか」

「上司だぞ。買うも買わないもない。どうしたら使いこなせるかを考えろ」

そういう処し方なら賛同できる。

「高千穂には各中学高校への照会をしてもらう。ところで石神井署の刑事とは相性がいいのか」

「同じ警察官です。相性がいいも悪いもないでしょう」

切り返された麻生は苦笑する。

「それなら引き続き訊き込みをしてくれ。管理官の話じゃないが、今は被害少年の身元特定が最優先事項だ」

　自分を照会作業ではなく訊き込みに回すのは、麻生なりの考えがあってのことだろう。おそらくは犬養の嗅覚《きゅうかく》に期待しているに違いないが、一方で学校関係への照会作業に対する懐疑心も仄《ほの》見える。

「学校への問い合わせ、効果あると思いますか」

「期待薄だな」

　水を向けると、すぐに反応が返ってきた。

「さっきの解剖報告を聞いただろ。被害少年は治療が必要な歯を放っておいた。しかもビタミン不足に起因する歯病ときた。知っているか。ビタミン不足ってのはよほどの偏食か栄養失調からくるものだ。あの身体つきはどう見ても偏食よりは栄養失調だろう」

　素人の独断だが、犬養も同じ印象を抱いていたので敢えて反論はしない。

「同じ行方不明でも表に出易いものと出難いものがある。嫌な言い方になるが、富裕層はすぐに行方不明者届を出すが、貧困層はそうじゃない。更に嫌な言い方になるが、子供に戻って来てもらいたくない家庭もあるからだ」

　経済的な理由だけでなく、親との折り合いが悪く、家にいなくても居所が分からなくても行方不明者届を出してもらえない子供――まるでどこかの発展途上国のような話だが、実際にこの国にも貧困が押し寄せている。麻生の言葉は誇張でも夢物語でもない。れっきとした日本の現実だ。

「学校に行ってない子供だって少なからず存在する。フリースクールに通っている子供はまだ恵まれている方だ。正規の学校にもフリースクールにも通っていない、教育制度のセーフティネットからこぼれ落ちている子供たちを、表に出ているデータで拾い上げるのは難しい」

だから現場の訊き込みで拾い上げろという理屈だった。現場叩《たた》き上げの麻生らしい方針であり、これにも犬養は反論するつもりはない。

しかし切り口はそれだけではない。

「足で拾ってくることは賛成です。ただ、俺も思いついたネタがあります」

「何だ」

「会議では被害少年についての手掛かりに終始しましたが、肝臓を一部摘出した人物に関しては触れられませんでした」

「切開痕の粗さから、医療従事者の仕業かどうかは断定できなかったからな」

「臓器摘出で〈平成の切り裂きジャック〉の模倣を想起させるのなら、前に当たったルートから調べるのも常道だと思いませんか」

言わんとすることを理解したのか、麻生は合点したように頷いてみせる。

会議場を出たところで、長束に捕まった。

「今しがた麻生班長から、犬養さんと訊き込みに回るよう指示されました」

鎖で縛りつけはしないものの、単独行動までは許してくれないらしい。それなら長束を巻き込むだけの話だ。

「その前に付き合ってもらえませんか」

「構いませんけど、フリースクールかどこかですか」

「病院です」

犬養は長束を覆面パトカーに同乗させると、アクセルを踏み込んだ。既に夕刻を過ぎて街は暗く輝き始めたが、行き慣れた道を間違うことはない。

「向かう先が病院ってことは、やはり実行犯を医療従事者と考えての捜査ですか」

「それもありますが、供給先の情報が欲しいんですよ」

やがて覆面パトカーは帝都《ていと》大附属病院の駐車場に滑り込んだ。娘の沙耶香が闘病生活を送っている場所だが、今日は見舞いではない。第一、面会時間はとっくに過ぎている。

一階フロア受付の女性事務員が目敏《めざと》く犬養を見つけた。

「ああ、犬養さん。もう面会時間は……」

「今日は沙耶香に会いに来たんじゃないんです。移植コーディネーターの高野千春《たかのちはる》さんをお願いします」

移植コーディネーターという職業は初耳らしい長束に、犬養は説明を始める。

そもそも犬養が高野千春を知ったのは切り裂きジャックの事件が契機だった。沙耶香が腎不全《じんふぜん》を患っていることもあって、臓器移植に関しては一般人よりも詳しくなってしまった。

臓器移植を巡る問題は種々あるが、大きいところでは次の三つだろう。
・移植を必要とするレシピエントに対する提供側のドナー登録が極端に少ないこと。
・心臓などある種の臓器移植に関しては実施可能な施設が限定されていること。
・以上二つの理由により未だに移植のために渡航せざるを得ず、自ずと手術費用が莫大《ばくだい》になるケースが存在すること。
説明を聞き終った長束は困惑気味の様子だった。

「つまり犬養さんは、レシピエントの中に犯人がいると考えているんですか」

「肝臓を半分だけ摘出という点に引っ掛かりを覚えます。ただの殺人やリンチでは、そんな中途半端には済まさないでしょう」

「しかし、腹を裂いたのはとても熟練した医療技術の持ち主ではないのでしょう」

「名医が藪の真似をするのは造作もないことです。逆は難しいでしょうけどね」

「犬養さん。その仮定で話を進めると、医療従事者が犯罪行為に手を染めていることになります」

「わたしは最初から医者の介在を疑っていますよ」

案内された待合室で待機していると、数分後に千春が姿を現した。

「犬養さん、こんな時間に……」

言い掛けた口が、長束の顔を見るなり止まった。どうやら沙耶香の件ではないことに気づいた様子だ。

「捜査関係ですか」

「ええ、性懲りもなく臓器移植に絡む聞き取りです」

途端に千春は深刻な顔になる。無理もない。〈平成の切り裂きジャック〉の事件では、千春も少なからぬ痛手をこうむった。身から出た錆《さび》とはいえコーディネーターとしての倫理規定違反を問われ、一定期間、資格停止というペナルティを受けたと聞いている。

「今朝がた、練馬のたけしたの森緑地で少年の遺体が発見されました。ご存じですか」

「お昼のニュースで大まかなことだけは」

「被害少年は肝臓を半分摘出されていました」

千春は、すぐにこちらを見下すような顔をした。

「それでわたしを訪ねてきたんですか」

「移植コーディネーターの知り合いはあなただけだ」

「まさか移植用の臓器を求めて、どこかの医師が肝臓を摘出したとでもいうんですか」

馬鹿馬鹿しいと言わんばかりに、千春は首を振る。

「いくら何でも荒唐無《こうとうむ》稽《けい》です」

「そうかな。臓器不全の家族を抱えた人間にとっては荒唐無稽じゃないかもしれない」

腎不全の娘を持つ自分の言葉に説得力がないとは言わせない。千春は虚を衝《つ》かれたように顔を顰める。

「少し卑怯ですよ、犬養さん」

「犯人は卑怯《ひきょう》どころか、人を殺している。肝臓を盗まれたのは、まだ十代の少年だ」

「また、わたしに情報を開示しろっていうんですか」

「今度はドナー情報ではなく、レシピエント情報ですがね」

臓器移植に関してはドナー側もレシピエント側も、情報は全国のブロックセンターで管理されている。従って誰がどんな肝臓を必要としているか、コーディネーターが専用のフリーダイヤルに連絡すれば適合基準を含めた情報がたちどころに入手できる手筈《てはず》だった。

「前にもお話しした通り、ブロックセンターで管理しているのはセンシティヴな個人情報です。いくら警察だからといって自由にできるなんて思わないでください」

「自由にできるなんて毛頭思ってやしません。前回の事件で学習済みだ。そして高野先生。あなただって学習しているはずだ。あの時、もっとドナー側の情報を開示してくれていたら、被害はもっと少なくて済んだ」

千春は気まずそうに黙り込む。相手の弱みにつけ込む趣味はないが、捜査のためとあっては流儀に拘《こだわ》るつもりもない。

「何と言われても、移植コーディネーターの倫理規定に反する行為は、もうしたくありません。わたしがあの一件でどれだけキャリアに傷を負ったか」

「高野先生を訪ねてきたのは、何もあなたから直接情報を得ようとしてじゃない。ブロックセンターには正式に捜査関係事項照会書を提出します」

「だったら、どうしてわざわざ」

「露払いみたいなものです。高野先生の仰《おっしゃ》る通り、ブロックセンターにあるのはがちがちにセンシティヴな情報です。いくら警視庁発行の文書でも抵抗があるでしょう。しかし事前にそれなりの根回しがあれば、拒否反応も薄らぐ」

「わたしにその役を押しつけるつもりですか」

「他の誰でもない。臓器移植に纏《まつ》わるあれだけの大事件で注目を浴びたあなたから報告があれば、移植学会もブロックセンターも無視はできないでしょう」

さすがに気分を害したらしく、千春はひときわ険しい目で犬養を睨み据える。

「見損ないました、犬養さん。卑怯な上に狡猾ですか」

「卑怯でも狡猾でも結構です。好きに呼べばいい」

「沙耶香ちゃんが聞いたら何と言うでしょうね」

質問に答える代わりに、犬養は一枚の写真を取り出してみせる。発見現場で撮影された被害少年の遺体写真だった。

無言で千春に突き出す。死体を見慣れているとはいえ、最初はぎょっとしたようだった。

しかし眺めるうち、悔しさを堪《こら》えるかのように唇を固く嚙み締めるようになった。

「肝臓を摘出する直前まで絶食状態だったらしい。司法解剖してみると、胃の中にはスプーン半分の内容物しかなかったそうだ」

千春はひと言も発しないが、こちらの説明が届いている証拠に噛んでいる唇がみるみるうちに白くなる。

「典型的な栄養失調の身体です」

ようやく搾り出した言葉がそれだった。

「ドナーとしては不向きですか」

「そうじゃありませんけど、仮に医師免許を持った人間の施術だとしたら適性を疑わざるを得ません」

「こっちは人間としての適性を疑っている」

千春の手から写真を回収し、犬養は少しだけ本音を吐露してみせる。

「この話、娘が聞いたら確かに引くでしょう。しかし同時に納得してくれると思います。父親として教えてやれたことは皆無に近いが、人として真っ当に怒れる人間に育ってくれたようですから」

「わたしも納得しろというんですか」

「強制はしたくありませんが、事件性によってはそうする時もあります。切り裂きジャックの事件もそうでしたが、私欲のために他人の身体を切り刻むような人間を許す気にはなれない」

千春は依然、難しい顔をしている。おそらく彼女の中では移植コーディネーターとしての倫理観と正義感が相克しているのだろう。

とにかく現状で打てる布石は打った。千春には不本意な話だろうが、これでブロックセンター宛に照会書を出しても抵抗は小さくなるはずだ。

病院を出ると、半ば呆《あき》れた様子で長束が話し掛けてきた。

「娘さんが入院されているのに、よくあんな交渉ができましたね」

「ブロックセンターに照会書を出せば、遅かれ早かれ高野さんに知れることです。それなら最初に仁義を切っておいた方がいくらかマシというものでしょう」

「しかし、娘さんも移植を希望するレシピエントですよね。ブロックセンターの機嫌を損ねるような話になりかねませんか」

「紙切れ一枚でレシピエント患者の扱いを蔑《ないがし》ろにする組織とも思えませんが、仮にそうなったらそうなった時のことです」

「娘さんから恨まれやしませんか」

「恨まれるかもしれませんが、娘可愛さに手を抜いたと馬鹿にされるよりはいいです」

長束は再び呆れ顔でこちらを見た。

4

捜査開始三日目にして、被害少年の身元特定作業は早くも暗礁に乗り上げた。

期待薄だった警察歯科医からの回答は、やはり『該当者なし』だった。元より治療痕がなかったのだから期待する方が間違いだったが、それでも空振りは捜査本部の士気を殺《そ》いだ。

検視と司法解剖では十代男性と推定されたので、捜査本部は対象を小中高まで拡大し最初は首都圏、次いで首都圏外の学校に問い合わせたが、今に至るまで背恰好・人相に合致する生徒は現れていない。フリースクール・通信制高校も同様で、明日香が片っ端から照会をかけてもなしのつぶてだった。

もちろん、ただの一件も反応がなかった訳ではない。都内で十四件、千葉県で九件、そして神奈川県で二十五件、「写真によく似た生徒が不登校を続けている」との回答があり、捜査本部から捜査員を該当者の自宅に派遣して確認したものの、いずれも生存が確認されたのだ。可能性を一つずつ潰《つぶ》していくのが捜査の常道とはいえ、捜査本部の限られた人員で一件一件当たる作業はさながら消耗戦の様相を呈していた。

通常の学校にも、それ以外の学校にも通っていない子供は多数存在する。そうした子供の存在確認には派出所勤務の警官を動員するしかないが、これは各県警への依頼事項となるため機敏性に欠けるきらいがある。いずれにしてもたった一人の身元を確認するだけでも、相当な時間と労力を費やすことを思い知らされたかたちだった。

「これ以上進展がなければ公開捜査に踏み切らなけりゃならん」

捜査開始四日目になって、麻生はそんな風に愚痴り始めた。

「本部の中には嫌がっている連中もいるが、ここまで手掛かりがないんじゃ、市民からの情報に頼るしかない」

情報は可能な限り広範囲から拾うのが常道だが、未だ警察上層部には公開捜査に及び腰の面々が存在する。曰《いわ》く、警察の捜査能力が疑われる。曰く、市民からの情報にはガセが多く捜査員が徒《いたずら》に振り回される結果になりかねない――。

「広く情報を集めることに異存はありませんが、精査にまた人と手間を費やさなきゃなりませんよ」

意見すれば麻生が嫌な顔をするのは分かっているが、黙っていたらいたで何故言わなかったのかと後で恨まれる。扱いづらいことこの上ないが、上司の使いこなし方を考えろと言ったのは他ならぬ麻生だ。

「市民といっても善良な者ばかりじゃありません。嫌がらせ目的や日頃の鬱憤晴らしにガセ情報をタレ込んでくるヤツもいる。ネタの信憑《しんぴょう》性を測定している余裕はないから、全件当たらなきゃならない」

「言われんでも承知している」

分かっているがお前には言われたくない、という口調だった。

「だが照会作業で何の成果も上がっていない現状、捜査会議で俎上《そじょう》に載せられるのは必至だぞ」

たとえ効果が期待できなくとも有力な手掛かりがない以上、魚のいなそうなポイントにも糸を垂らさなければ恰好がつかない。非効率な組織の悪しき典型だが、国民の監視に晒される官公庁は多かれ少なかれこの呪縛から逃れられない。

それでは他に効率的な提案はないものかと思案していると、明日香が刑事部屋に飛び込んできた。

「班長、ヒットしました」

麻生が弾《はじ》かれたように立ち上がる。犬養も腰を浮かせかけた。

「どこの学校だ」

「学校じゃないんです、班長」

明日香は一枚の紙片を片手に説明しようとしているが、自分で釣り上げた魚の大きさに驚き慌てている様子だった。

「まず、座れ」

犬養に言われるままに座り、明日香はようやく落ち着きを取り戻したようだった。麻生が席を移動してその正面に座る。

「日本人じゃないかもしれないと思ったんです」

唐突に話し始めた。

「死体の顔を見た時、日本人にしては少し昔っぽい顔立ちだと思ったんです」

初見の際は自分も同じ印象を抱いたのを思い出し、犬養は内心で肯定する。

「ひょっとしたらアジア系の外国人じゃないかと思って。それで全国の出入国在留管理局にも顔写真を回しておいたんです。そうしたらついさっき、東京出入国在留管理局から回答がありました」

明日香は紙片を麻生たちの前に差し出す。よほど強く握り締めていたらしく、端は皺くちゃになっていた。

書類は出入国記録とパスポートの一部コピーだった。パスポートの一部には少年の顔写真も添付されている。

見紛《みまが》うことなく、件の少年だった。当然のことながら、修整した死体写真の顔よりも生気に満ちている。

氏名と生年月日も明記されている。

「『王建順《ワンジエンシュン》』、二〇〇六年十二月二十日生まれ、出身は中国湖南《こなん》省。まだ十二歳か」

「先月十一月二十四日、成田《なりた》空港から入国しています。査証は観光ビザ、一週間の滞在予定でした」

「十二歳の子供が単身で観光ビザは変だろう」

「おそらく同行者がいたものと思われますが、そっちの方はまだ照会もしていなくて……」

「まず間違いなく同じ便、隣の席にいたんだろう」

麻生の声は慎重ながらわずかに上擦っている。無理もない。これで被害少年が王建順と特定できれば、それを突破口として一気に捜査が進められる。

「入国審査の際、指紋を採っているよな」

麻生は抜け目なく確証を得ようとする。顔が瓜二《うりふた》つという事実だけで飛びつくほど短絡的な上司ではない。

「成田空港から指紋の画像も送信してもらいました。さっき鑑識に渡して簡易鑑定にかけています」

「よし」

ひと言で明日香は顔を輝かせた。思い起こせば、捜査一課に配属されてから明日香が麻生に褒められたのはこれが初めてだった。

「仮に被害少年が王建順と特定できたとしたら、すぐに同行者を洗わなきゃならん。鑑識からの報告を待って出入国在留管理局に直行しろ。名無しの権兵衛《ごんべえ》じゃ向こうも真剣に捜してくれん。こっちから出向いて鬼のように催促しろ」

一瞬輝いた顔が、すぐに翳《かげ》った。明日香は感情が顔に出易いタイプなので交渉向きではない。そんなことは本人が一番よく知っているだろう。

「一人で行けとは言ってない。そこに人の顔色を読む先輩が暇そうにしてるだろ」

明日香は気まずそうにこちらを見る。ここしばらく犬養とは別行動だったので羽を伸ばせると思ったのかもしれない。

「しかし一週間の観光ビザとはな」

麻生の声が一段落ちた。

細かに説明せずとも分かる。本当に観光目的で来日したのであれば、それこそ目当ての観光地で美味《うま》いもの、腹が膨れるものを食したはずだ。ところが王建順と思しき少年の胃袋にはほとんど何も残っていなかった。死亡したのが十二月一日と仮定すれば、少なくとも当日とその前日は何も与えられていなかった計算になる。

「まさか絶食させられるのを承知で来日したとは思えん。騙《だま》されて連れてこられたのか、あるいは強制的に連れてこられたのか」

「どちらにしても許せないことです」

「そう思うのなら、入管行って手掛かりを咥《くわ》えてこい」

褒めただけでは済まさず、直後に手綱を締める。若手の操縦法としてはありきたりだが、自分はそのありきたりさえできないと思うと犬養は多少の劣等感を覚える。

明日香に限らず、若い警察官を指導し育てようとする努力を放棄したのはいつからだったか。自分は人を動かすよりも己で動いた方が性に合っていると自覚した頃だろうか。人を束ねる立場となって刑事部屋で報告を待つよりも、現場に出て犯人を追いかけていた方が充実していると気づいた時だろうか。

組織にあってはチームワークが重要。そんなものは子供の理屈だと自身で思っているフシがある。いつでも難局を突破できるのは、レールから外れた人間だと知ったような顔をしている。

自分のような人間は組織では異質だ。警察組織の中で曲がりなりにも通用しているのは、それこそ自分を犬のように使役する麻生が上司でいてくれるお蔭だ。それを熟知しているから明日香に自分の流儀を押しつけてはならないと考えている。鎖を噛み切って獲物を追い続ける。そんな猟犬は自分一人で充分だ。

では明日香にはどう接したものかと考えていると、彼女のポケットから着信音が鳴り響いた。

「はい、高千穂です。先ほどは急なお願いをして申し訳……はい……そうですか。ありがとうございますっ」

電話を切った明日香は再び顔を輝かせていた。

「指紋、一致したそうです」

被害少年は王建順と特定された。

「じゃあ、行くぞ」

犬養はそう言って立ち上がり、明日香を従えて刑事部屋を出ていく。そして麻生に声が届かない場所まで来てから、振り向きざまに告げた。

「班長の指示だから同行するが、嗅ぎ当てたのはお前の鼻だ。獲物を咥えてくるのも自分の口がいいだろう」

明日香は一度だけ頷いてみせた。

手取り足取りではなく、こうして獲物に食らいつく快感を覚え込ませるのが一番かもしれない——心の隅でちらりとそう考えた。

東京出入国在留管理局は羽田《はねだ》と成田両空港に支局を開いている。明日香の垂れた釣り糸を引いてくれたのは、成田空港支局に勤める熊雷《くまらい》という入国審査官だった。

二人が支局を訪れると、早速熊雷が応対してくれた。名前とは裏腹にひょろりとした優男で、物腰も柔らかだった。

「実は入管でも気にはしていたんです」

事務室に落ち着くなり熊雷はそう切り出した。

「観光ビザで入国して、そのまま不法滞在というのはよくあるパターンなので、滞在予定が過ぎた入国者は自動的にリストアップされるんです。この王建順という少年も予定の一週間を過ぎていたのでどうしたものかと思っていたところでした」

ここでの聴取は明日香に任せてある。犬養は横で軌道修正に徹することに決めていた。

「追跡をしようとは思いませんでしたか」

「何しろ十二歳ですからね。不法就労の可能性も低く、観光予定を延長したとも考えられたんです。しかし、まさか殺害されていたとは」

「これが現場写真です」

明日香は表情を殺して王少年の死体写真を提示する。一瞬目を見開いた熊雷は、眉を顰《ひそ》めて呟《つぶや》いた。

「ひどいな」

「司法解剖の結果、彼の胃袋の中にはほとんど内容物が見当たりませんでした。それだけではなく、慢性的な栄養失調に陥っていたようです。彼は痩せ衰え、絶食させられた上で肝臓を半分摘出され、その術式の不手際でショック死したものと推測されます。彼は死後、雨の降る中、緑地公園の雑木林の下に埋められました」

明日香は淡々と話すよう腐心している様子だ。なかなか上手《うま》い方法だと思った。王少年の非業の死を印象づけることで、熊雷から協力を取りつけようとしている。

「……本当にひどいな」

「出入国記録を見ました。王くんが来日したのは今回が初めてですよね」

「記録通りなら、そうでしょう」

「十二歳の子供が、初めて来た国で、碌に食事も与えられないまま臓器を盗られ、まるで廃棄物のように打ち棄てられたんです」

「ずいぶんな言い方をされる」

熊雷は眉を顰めたまま明日香を正面に見据えた。

「わたしに何をしろと仰るんですか」

「十二歳の少年が単身で渡航するはずありません。必ず同行者が近くの席にいたはずです。入国審査の際も近くで監視し、しばらくは行動をともにしていたはずです」

はず、が三つも重なるのはいただけない。こちらが憶測だけで捜査しているような印象を植えつけかねない。

だが敢えて犬養は口を挟まなかった。入国審査官は国家公務員試験で任用された法務事務官であり、その行動原理は職責と規律だ。捜査協力を仰ぐのであれば、然《しか》るべき手順を踏んで文書のやり取りに終始するのが常道だ。

ところが明日香は熊雷の人間性に訴えようとしている。普段から感情に流され易いのが明日香の欠点だと思っていたが、今はその欠点を武器にしようとしているのが興味深かった。

「怪しいと思う入国者のデータを提供してください」

「王少年の場合には死体発見という客観的事実に基づく照会だったので協力も可能でした。しかし単に近くにいたという条件だけで個人情報を開示するというのは困難です。よしんば怪しい人物が特定できたとしてもまず文書なり正式な手続きに則《のっと》っていただかないと」

「王少年の身元特定だけで既に三日を費やしています。その三日の間に犯人はどんどん現場から離れていってます。捜査本部には、もう無駄にできる日が一日もないんです」

「しかし」

「仇《かたき》を取りたいんです」

相手を刺すようなひと言だった。

「見知らぬ国で、飢えた上にまともな扱いもされず棄てられた子供の無念を晴らしたいんです」

あまりに感情的で幼稚な理屈だった。打算がない代わりに説得力もなく、とても管轄省庁をまたいだ公務員同士の交渉ごととは思えない。実務に長《た》けた者が相手なら鼻で嗤《わら》われて終《しま》いだ。

だが熊雷はくすりともしなかった。

明日香の訴えを正面切って受け止め、しばらくは微動だにしなかった。

「少しだけお時間をいただけますか」

そう言い残すと、犬養たちを残して中座してしまった。

十分、十五分と経過するうち明日香は不安に顔を曇らせ始める。

「わたし、地雷か何かを踏んだでしょうか」

「踏んだのは熊雷さんのプライドだったのかもな」

「なっ」

「法務事務官の良心を試すような真似をしたんだ。鼻で嗤われなかったのなら、当然別の反応が返ってくる」

やがて二十分が過ぎようとした頃、ようやく熊雷が姿を現した。

「多分、この人物ではないかと思います」

言葉と同時に差し出したのはある人物の出入国記録と顔写真だった。

氏名は周明倫《ヂョウミンルン》、中国福建《ふっけん》省出身の三十二歳。眉が薄く、酷薄そうな顔をしていた。

「この人物は搭乗機で王少年の隣でした。降機後、入国審査の際も彼のすぐ後ろに待機していたようです」

「苗字《みょうじ》が違っています。親族じゃないみたいですね」

「ええ。しかし入国審査が終わると、その男性は王少年の肩を摑んで、そのまま荷物を受け取って空港を出ています。監視カメラの画像で確認しました」

仕事の早さに感心する前に、手際のよさに不安を覚えた。明日香も同じ思いだったらしく、熊雷の顔色を怖々窺う。

「あの……ひょっとしてこれ、熊雷さんの独断で」

「まさか」

熊雷は破顔一笑する。

「高千穂さんがわたしにしたように、わたしも統括審査官を説得したんですよ。承諾してもらうのに結構かかってしまいましたけどね」

ならば遠慮は要らない。犬養も身を乗り出して周に関する情報に視線を走らせる。

周明倫の住所は福建省三明《さんめい》市。かの地に詳しくない犬養でも、福建省が海に面した地域であることくらいは知っている。そしてまた、福建省は悪名高き蛇頭《じゃとう》が拠点としていた場所でもある。

蛇頭と言えば、九〇年代から密航ビジネスで擡頭《たいとう》してきた犯罪組織だ。犬養の頭の中で、王少年の渡航と密航ビジネスが絡み合う。

「出入国記録を見ると、周は何度もビジネス目的で来日しているみたいですね」

「ええ、ほぼひと月に一度の割合で。しかも滞在期間は判で押したようにいつも一週間です」

王少年も査証こそ観光ビザだったが、滞在期間は同じく一週間だった。不穏な符合と言えないこともない。

不穏な要素はもう一つある。周がひと月に一度の割合で来日していたという事実だ。もしその渡航が、全て今回の王少年のように誰かと連れ立っていたとしたらどうか。外国からやってきた子供が行方不明になっても、それに気づく者も追跡する者もいない。ある日、散歩中の犬が掘り出さない限りは。

「出入国在留管理局として協力できるのは、残念ながらここまでです」

熊雷は二人を見る。視線を逸《そ》らすのを許さない、真摯《しんし》な目だった。

「しかし入管の職員としてではなく、いち個人としてお願いします。必ず少年の無念を晴らしてやってください」

熊雷から託された情報を持ち帰ると、麻生は大層喜んだ。

「この周というヤツから話を聞けば、一気に事件解明に繫《つな》がる」

しかし班長、と犬養は抱いていた危惧《きぐ》を口にする。

「周は過去にも来日を繰り返しています。王少年のような被害者が未だ埋もれている可能性が否定できません」

「未だ埋もれている、か。比喩《ひゆ》としても文字通りとしてもだな」

　口に出してから不謹慎な発言と気づいたのか、麻生は気まずそうに舌を覗かせる。

「とにかく追うべき対象ははっきりした。中国当局に問い合わせて、周を洗う」

　麻生の判断自体は間違いではなかったが、捜す相手が中国人となると勝手が違った。麻生からの報告を受けた村瀬が警視庁を通じて中国の司法機関に問い合わせても、なかなか情報が返ってこない。中国独自の司法機構も然《さ》ることながら、日本警察に対する協力姿勢が見えないらしい。

　元より、日本が犯罪人引渡し条約を締結しているのはアメリカと韓国の二カ国だけだ。昨今の日中間の政治的緊張も無関係ではないだろう。犯罪撲滅が世界共通の命題であったとしても、国と国を隔てる主義の相違と思惑は実際の距離よりも遠く離れている。

　三日待ってもかの地の警察から回答が返って来ず、麻生は遂《つい》に癇癪玉を破裂させた。

「あの国は犯罪者を庇《かば》っているのか」

　まさかそんなことはあるまい、と犬養は内心で否定する。過去に、大掛かりな詐欺事件が中国当局によって摘発された時も、日本へは通報が為《な》されている。

　要は中国国内で表面化していない事件、言い換えれば中国にとって重要ではない案件は軽んじられるという事実だ。しかも王少年殺害の犯人が周であるという物証もなく、ただ情報を求めても懇切丁寧な対応をしてくれるはずもない。

「自分の尻《しり》に火が点《つ》いていないからですよ。中国国内で起きた事件なら、彼らも腰を上げるんでしょうけど」

「犯人と限った訳じゃないが、周の聴取もできず王少年の事情も分からないんじゃ捜査も進展しない」

もちろん周の顔写真を入手した捜査本部は、現場付近で周を目撃した者の証言を拾い始めていた。だが王少年の時と同様に周を見掛けたという証言は未だ得られていない。

「ただ向こうの返事を待っていたんじゃ埒《らち》が明かん。できるなら、こっちから直接出向いてやりたいところなんだが」

麻生が悔し紛れの愚痴をこぼすと、明日香が不思議そうに反応した。

「こちらから直接出向くことはできないんですか」

「派遣自体には問題ないさ。刑事一人を渡航させる程度の予算はある。問題は人材だ。捜査本部の中で、中国語に堪能で身軽なヤツが見当たらない。庁内を探せば何人かは候補に挙げられるんだろうが、彼らは彼らで日常業務がある。他の課や班から無理に引っ張ってくる訳にもいかん」

すると、明日香は自分の顔を指差した。

「わたしが、います」

「何だと」

「わたし、大学で中国語専攻でした。留学経験もあります」

二　二つの国の貧困

1

十二月十日、明日香は長沙黄花《ちょうさこうか》国際空港に降り立った。留学していた頃は北京《ペキン》市内に滞在し期間中も市外へは出なかったので、湖南省は初めてということになる。

地方空港とはいえ長沙黄花国際空港は眩《まばゆ》いほど近代的な設備だった。ロビーも清潔そのものでゴミ一つ落ちていない。数年前に見たきりの北京首都国際空港と遜色《そんしょく》ないのではないか。

意外にも到着フロアはいくぶん閑散としていた。だから明日香の名前を大書した紙を掲げた人物はすぐに見つかった。

「わたし、高千穂明日香です」

「あーっ、どうもどうも。安河内《やすこうち》です」

男は名乗るなり相好を崩した。改めて見ると見事なまでのビヤ樽《だる》体形で、サスペンダーなしではズボンが穿《は》けないだろう。顔は下膨れで笑顔には子供のような愛嬌《あいきょう》があった。

安河内力也《りきや》、東都《とうと》新聞北京支局特派員。津村一課長を介して現地で協力してくれそうな人物を求めていると、先方から紹介された人物が安河内だった。詳しくは訊《き》かなかったが、刑事部長のコネが功を奏したらしい。

「日本で起きた事件の絡みでわざわざ湖南省くんだりまで。大変ですね、警視庁勤めも」

「いえ、わたしも中国は二度目で。学生時分に留学していたんです」

「ほう。どちらにですか」

「北京です」

「ああ、それなら言葉は大丈夫ですね。しかし、街並みや人の生活はずいぶん違っていることは最初に言っておきますよ」

王少年が来日した事情を探るために、中国に出向くことを承知してもらったまではよかった。だが問題はその先にあった。

留学中にも小耳に挟んでいたのだが、中国という国は中央と地方ではまるで様相が異なっている。国土が広大に過ぎることと多民族で構成されていることにも起因しているのだろう。中央集権である一方、地方には地方の権力者がのさばっている。警察機構も地方警察は地元の権力者と癒着しているので、中央とは半ば断絶しているらしい。つまり王少年の事情を探るのであれば、中央の人民警察に協力を仰ぐよりも、直接地元警察に掛け合った方が早いのだ。

「地元警察には何度か取材をしているので、それなりにコネがあります」

安河内はぼかしたが、この場合コネというのはカネのことを指す。明日香も覚えがあるが、この国でものを言うのは地位とカネだ。二つのうちいずれかを持っていれば大抵融通が利く。

「王少年の事件はわたしも知っています。まだ十二歳でしたね。可哀想なことをしました」

「捜査にご協力いただいて感謝します」

「いや、お互い様ですよ。ウチの支局長がよろしくと言ってました。そちらの刑事部長さんとは以前から昵懇《じっこん》の仲みたいですね」

麻生から話は聞いていた。東都新聞の支局長がまだ社会部にいた頃、刑事部長の番記者をしていたらしい。昵懇の仲というよりは腐れ縁の類《たぐ》いなのだろう。

安河内が口にしたお互い様という社交辞令も油断がならない。現地案内をする見返りを、それとなく要求しているのだ。

「あの、安河内さん。実はわたし、捜査一課に配属されてやっと二年なんです」

「ほう」

「だから上司がやっているような腹の探り合いとか以心伝心とか、ホント苦手なんです。もし交換条件みたいなものがあるのなら、いっそはっきり言ってくれた方が有難いです」

横に並んで歩いていた安河内は珍奇なものを見るような目をした。

「ストレートな人ですねえ」

「まだ変化球が投げられないだけです」

「いやいや、いざという時の決め球はやっぱり真っ直ぐですよ。そういう人は嫌いじゃありません」

安河内は快活に笑い飛ばす。

「わたしも具体的に教えられている訳じゃありませんけどね。きっと王少年を殺した容疑者が逮捕された暁には、東都新聞にスッパ抜かせろ程度の条件だと思いますよ」

「えっ。でもこっちの支局にリークしても、あまり意味がないんじゃないんですか」

「東京本社に流して恩を売るつもりなんですよ。特ダネにできたら社への貢献度が上がりますから」

栄転か昇格か、いずれにしても異動の際の加点になるという理屈だ。

「いいんですか。こちらでの捜査が空振りになる可能性もあるんですよ」

「一緒ですよ。ブン屋だって大抵は空振りです。打率は一割もありゃしない。第一この国で行われている臓器移植については、ちょうどわたしも調べている最中なので支局長も適材と判断したんでしょう」

空港の外に出ると、湖南の空は澄み渡っていた。北京の薄汚れた空しか知らない明日香には、目を瞠《みは》る光景だった。

一直後にネガティヴな考えに転じる。北京の空が汚れたのは急激な経済発展と無縁ではなかった。換言すれば、空に一点の曇りもない湖南は北京ほどには発展していないことになる。

「王少年の住まいは湖南省邵陽《しょうよう》県にある村でしたね。空港から高速鉄道とタクシーを乗り継ぐことになります。少しかかりますよ」

北京しか知らなかった明日香は甘く見ていたとしか言いようがない。高速鉄道もタクシーも都会と同様に捉《とら》えてはいけなかったのだ。

結局、王少年の村に近い駅に到着したのは翌日になってからだった。しかも駅から村までは更に時間が掛かるという。

「そんな長距離だとタクシー代がばかにならないじゃないですか」

「大丈夫ですよ。ぼったくられない限り、それこそばかみたいな料金ですから。だからドライバーは長距離大歓迎です」

駅のロータリーにはタクシーが客待ちをしていた。安河内は慣れた様子で先頭車に近づいていく。

だがドライバーに微笑みながら放った最初のひと言が明日香の度肝を抜いた。

「おい、××××」

唖然《あぜん》とした。到底言い逃れできない蔑称《べっしょう》だ。これから長距離を運んでもらう相手に喧《けん》嘩《か》を売ってどうするつもりなのか。

ところがドライバーは一瞬きょとんとしたものの、安河内につられるように笑顔を作った。

「このクルマならよさそうですね」

安河内は後部座席に潜り込む。体格が体格なので一人で座席の半分以上を占めている。明日香よりずっと流暢《りゅうちょう》な中国語でドライバーと言葉を交わす。目的地までの料金を確認した上で値段交渉を始めたのだ。だが交渉は別に珍しい光景ではない。客が日本人だと見てとるなり、金額を吊《つ》り上げる場合が多いから自衛手段として値切りを覚えるようになる。

「交渉成立です。行きましょう」

遅れて明日香が乗り込むと、クルマが動き出した。

「訊《き》いていいですか」

「何なりと」

「さっきのアレ、どういう意味ですか」

「彼が日本語を解するか試してみました。これから車内で事件について話すこともあるでしょう。彼が話の内容を理解でき、妙なところに情報が洩《も》れたらやり難《にく》くなります」

「もし彼が日本語を知っていたらどうするつもりだったんですか。喧嘩になるところじゃないですか」

「相手の顔色が変わった瞬間に逃げ出せばいいんですよ」

いけしゃあしゃあと話すところをみると、日常使っている手なのだろう。大きな赤ん坊のような外見をしているくせに、とんだくわせ者だった。

「先任の特派員から伝授された方法でしてね。最初はえらく抵抗があったんですが、向こうも平気で小鬼子《シャオグイズ》とか日本鬼子《リーベングイズ》とか放言していますから、そのうち慣れました」

明日香にも現地人からそう蔑《さげす》まれた経験がある。だが、その時の相手は中高年で、明日香と同世代から下は差別感情が希薄だと聞いた。だから安河内の言い分には素直に頷《うなず》けない。

「王少年は臓器を取り出されていたという話でしたね」

「はい」

「わたしはすぐに臓器移植を連想しました。捜査本部はどうお考えなんですかね」

「可能性の一つとして捉えています」

「でも最大の可能性ではないんですか。だからこそ、臓器移植の中心地となりつつある中国まで足を運ばれたんでしょう」

中国が臓器移植の大国になりつつあるというのは誇張でも何でもない。日本を発《た》つ際に少し調べたのだが、二〇〇五年の段階で中国では年間約一万二千件の臓器移植を行っている。件数だけならアメリカに次ぐ多さだ。

「どうして日本では臓器移植の数が増えないか、ご存じですか」

「ドナーが圧倒的に不足しているからだと聞きました。いくら最新の設備や技術があっても、提供する臓器がなければ無用の長物になってしまいます」

「ですよね。じゃあ、どうして中国は臓器移植大国に上り詰めたか分かりますか」

日本とは逆の理屈であるのは承知している。手術の件数を多くするにはドナーを増やせばいいのだ。だが、都合よく臓器提供者や脳死患者が病院前に列をなすとも思えない。

「死刑囚ですよ」

安河内はあっさりと言う。

「事前に死刑囚の承諾を得て、執行後に臓器を摘出する。予《あらかじ》め医療スタッフを待機させるので、新鮮なうちに臓器を摘出できる」

「それでも死刑の数自体が多くないと」

「多いんですよ、実際に」

安河内の顔から笑みが消える。

「中国というのは厳罰主義がまかり通っていて、何と四十六種類の罪名に死刑が適用されています。窃盗や麻薬所持もそうですからね。勢い死刑判決が多くなる。思想犯もそうですね。今でもそうですが、中国にとって最悪の罪は中国共産党に対する反逆ですから」

何やら話がキナ臭くなってきた。話している安河内もわずかに顔を顰《しか》めている。

「法輪功《ほうりんこう》というのを憶《おぼ》えていますか」

「中国のカルト教団みたいなものですよね」

「カルト教団ではなく、独自の運動法を広めようとした団体です。ただリーダーにカリスマ性があったために、被害妄想気味の共産党が彼らをカルト教団と決めつけ、大量に投獄したんです。死刑囚増大の裏には、そういう政治的な背景も潜んでいます」

「でも分母が多くなるにしても、臓器移植を申し出る死刑囚がそんなにいるものなんですか」

「これは死生観というよりも道徳の相違なんですが、中国では悪行をした者はとことん悪者という考えが浸透しています。つまり死刑になるような犯罪に手を染めた者は世の中に尽くして、初めて罪を償うことができるという理屈です。もちろん理屈だけでなく、臓器移植を申し出た囚人の遺族には数万元の謝礼が支払われるというのも大きな理由です」

「それって本人承諾の臓器売買じゃないですか」

「ええ。ですがただ死ぬよりは遺族にカネを遺《のこ》せるだけ数段マシでしょう」

精神的な面と経済的な面の二つから、死刑囚の臓器移植が容認されているということだ。

「死刑執行の場には既に医療スタッフが待機していますから、臓器が時間経過で傷むのを防げる。事前検査が可能だから、肝炎やエイズウイルスに感染する危険性も回避できる。摘出したての臓器を扱うから手術の成功率は上がる。手術を多くこなしていくから、執刀医の経験値も上がる。経験値が上がるから更に成功率が上がる。ある意味ブラックなスパイラルですが、結果として中国は臓器移植大国となった。提供できる臓器は豊富、執刀医は熟練の腕を持っているから、自国では手術の叶《かな》わない患者が高い費用を払って中国にやってくる。この場合、患者本人のみならず家族を帯同するのがほとんどですかから、渡航費用に滞在費用と多額の外貨が落ちることになる。だから中国政府もいっときは外国人向けの移植手術を奨励していたんですよ」

「日本人もですか」

「例外じゃありません。移植手術の後進国であれば尚更《なおさら》希望者は多いですからね」

そろそろ明日香の中で良心が悲鳴を上げ始める。窃盗に麻薬所持、そして思想犯とおよそ日本では極刑に値しない罪でこの国の囚人が死刑を執行され、その臓器で日本人の患者が生き長らえる。時と場所によって命の価値が変動する。主義と社会システムの相違で生かされる者と殺される者が分別される。

車窓を眺めればとうに市街地を抜け、クルマは田園地帯の真ん中を走っている。景色の流れ方とエンジン音で、タクシーがかなり飛ばしているのが分かる。

「国内に限らず手術と臓器の需要が増えると、当然のように仲介者が擡頭《たいとう》してきます。所謂《いわゆる》臓器ブローカーですね。実はわたしも臓器ブローカーを追ううちに、移植事情に詳しくなったという経緯《いきさつ》があります」

「臓器ブローカーは、この国では違法なんですか」

「ぎりぎりセーフですね。日本で臓器の斡旋《あっせん》なんかして見返りを得たら臓器移植法に抵触してアウトなんです。ところが日本国内で斡旋すれば罪になるが、中国で中国法人を設立して仕事をすれば引っ掛からない。もちろん臓器移植法は海外で行われても適用されますが、中国国内で中国人同士のドナーとレシピエントを斡旋すれば問題はない訳で、ここに日本人患者が絡んでも隠蔽《いんぺい》しやすい。だから臓器ブローカーの中には、違法スレスレと分かっていながら参入している日本人が交じっています」

日本人患者に臓器を提供するため、他国に法人を設立して合法的に臓器を漁《あさ》る同国人――思い浮かべるだけで嫌悪感が背中を這《は》いずり回る。

「死刑執行の件数とともに臓器ブローカーもまた増加しました。他人の臓器を右から左に移すだけで大金が得られる商売ですからね。我も我もと参入してくるのも当然です」

「そんなに儲《もう》かるものなんですか」

「一例ですが、肺移植の場合、病院に四十万元、院長と医師に二万元ずつ、そして臓器ブローカーには十四万元が支払われたそうです」

十四万元といえば日本円にして約二百二十万円だ。手術に要する費用の約四分の一が手に入る計算だから、確かに美味《おい》しい商売と言える。

「もっとも誰もが臓器ブローカーになれる訳じゃありません。死刑執行を管轄するのは人民法院でブローカーは囚人に直接接触できません。だから人民法院と病院双方にコネを持っていないと仲介ができない。稼ぎのいいブローカーほど多くのコネを持っています」

コネとカネを持つ者がその世界に君臨するというのは、臓器移植ビジネスの世界でも通用するのだ。聞いているうちに、むかついてきた。

「こうして中国は臓器移植大国に成り上がった訳ですが、その栄華に冷や水を浴びせる事件が起きました。二〇〇七年に死刑制度の見直しが行われ、それまでは地方で決めていた執行命令を、中央の最高人民法院で下すことになったんです。中国での死刑執行が多過ぎることで世界からの非難が集中したのに加え、政府としては地方の決定権をもぎ取るという目的があったんですね」

元々、地方の幹部たちは自身の利権を優先させるために、度々中央の意向を無視してきた前科がある。政府が省エネと汚染物質削減の目標を立てても、地方は利益追求のため環境汚染に繋《つな》がる企業投資を一向にやめようとしなかったのはその一例だ。胡錦濤《フーチンタオ》体制の頃、共産党指導部はとうとう地方に対する怒りを露《あら》わにした。二〇〇七年三月に行われた全国人民代表大会の冒頭、温家宝《ウェンチアパオ》首相が『一部の地方や企業が環境保護に関する法規を厳守しなかった』と地方幹部たちを名指しで非難したのだ。

「最高人民法院が死刑執行の決定権を掌握すると、執行数は以前の二割程度に落ちたそうです。数が少なくなれば、当然その恩恵に与《あずか》れるのはコネとカネを持った特権階級に限られてくる。またそうした実情が患者の口を通して海外メディアに流れれば、また世界から非難を浴びる惧《おそ》れがある。それで二〇〇六年十一月、臓器移植に関する会議が広《こう》州《しゅう》で開かれ、外国人への移植禁止が宣言されました。外国人に対する臓器移植は二〇〇七年以降、禁止の憂き目に遭っているんです」

説明を聞いている途中から嫌な予感が背筋を這い上ってきた。

一度大きく膨れ上がった市場が、そう簡単に縮小していくはずもない。利権とカネの旨《うま》みを知った者が、易々と金蔓《かねづる》を手放すはずもない。

「お察しの通り、法律で身動きの取れなくなった臓器移植ビジネスは地下に潜るようになりました。臓器の需要は相変わらず大きく、手術のためなら高額の費用をものともしない外国人も多数存在する。ところが一方、供給する臓器は慢性的に不足している。二つの要因が犯罪を誘発するのは、むしろ自然の理《ことわり》でした」

道端の田舎臭いレストランで小休止を取ることにした。明日香はパスタを注文したが、出されたのはパスタという名のうどんだった。外国で自国と同じものを味わおうと考えること自体が無理なのだ。特派員生活の長い安河内は慣れたもので、何の躊躇《ちゅうちょ》もなくピザを選んでいた。数多《あまた》あるメニューの中で、ピザが一番日本人の舌に合うらしい。明日香はそれほど空腹でもなかったが、安河内は二人前のピザを頬張り、そして精力的に喋《しゃべ》り続けている。このくらいバイタリティがなければ、中国の特派員はやっていられないのだろうと思う。

「早く言ってくださいよ」

「いやあ、他人の好き嫌いに口出ししたらまずいと思いまして。よかったら一枚どうぞ」

たかがパスタの注文で難渋するのはお国柄もあるだろうが、このレストランの立地に拠《よ》るところも小さくないだろう。レストランというよりは場末のドライブ・インで周囲に他の建物はなし。しかも客は明日香たちを含めてたったの四人とくれば、美味しい食事を振る舞おうとする気持ちは萎《しぼ》んでいく。

レストランに至るまでの風景もまたみすぼらしいものだった。田園風景といえば聞こえはいいが、要するに文化的な建造物なり設備なりが何も見当たらないのだ。足元を見れば道路は未舗装、上を見れば電線の一本もない。民家すらとんでもない間隔で点在するだけで、貧相な田畑がどこまでも続いている。

「留学されていたのならご存じでしょうが、北京市内と農村部では人々の暮らし向きが全く異なります。それこそ別の国じゃないかと思いますよ」

安河内は温和そうな顔で結構辛辣《しんらつ》なことを口にする。

「特に、ここ湖南省邵陽県は中国政府が貧困県と指定した地域です。日本にも限界集落がありますが、まるで比べものになりません」

さすがに貧困県というのは初耳だった。

「一九八六年に政府は、取り分け貧困家庭の多い二百七十三の県を貧困県と指定し、七年かけて飢餓状態から脱却させる政策を打ち立てたんです。放置しておけば中央と地方の極端な経済格差は広がる一方で、これはいずれ政府および共産党の基盤を危うくする懼れがあったんです」

「県の幹部にしてみれば、下手すると抗議ものですね。自分の行政執行能力が至らないって烙印《らくいん》を押されるようなものでしょう」

「ところが、彼らは文句の一つも言わない。それどころか貧困県という不名誉な肩書を自ら欲しているフシさえあります」

「どうしてですか」

「貧困県と指定されれば、その撲滅を名目に政府から政策的な援助や資金支援が得られるようになっているんです。だから外から見ても分かりやすいように、貧困が明らかな地区を放置している。資金が入ってきても援助を打ち切られたくないものだから、貧困が顕著な地区は見世物にしている。王少年の故郷である邵陽県東《とう》村というのは、まさにそういう場所なんです」

まだ訪れる前から貧困地区であると釘《くぎ》を刺されたので覚悟はしていた。しかし目的地が近づくにつれて安河内の言葉が大袈裟《おおげさ》でも皮肉でもないことが分かってきた。

道の両側に広がる田畑はお世辞にも手入れされているとは言い難い。雑草が伸びるに任せて、畑なのかどうかも曖昧《あいまい》な状態だ。試しに窓を開けてみると、饐《す》えたような臭いが鼻腔《びこう》を突く。家畜の動物臭と糞尿《ふんにょう》臭が一体となった刺激臭で、しばらくすると目が痛くなってきた。

「大規模な排水設備が見込めないから工場を誘致することもできない。市街地から遠く離れているので土地を所有したい者も現れない。残った手段は農業だけですが、設備も資金もないから未《いま》だに百年前からの収穫方式を変えられない。よって、貧困は一向に改善されないという仕組みです……ああ、着きましたね」

タクシーがゆるゆると速度を落とし、集落の前で停車した。

明日香はしばらく唖然とする。

安河内が言うように、百年前の農村風景が眼前に広がっていた。

宅地に相応《ふさわ》しい土地が確保できないのか、集落自体はこぢんまりとした広さしかない。その狭小な敷地に、これまた小ぶりの建物が軒を連ねている。道路は未舗装で電線・電柱の類いも見当たらないので、まだ電気すら通っていないのかもしれない。

建物の屋根はどこも草葺《くさぶ》き、壁は漆喰《しっくい》が剝《む》き出しになっている。日本の家畜小屋でも、これよりはマシだろう。入口は戸板一枚がぶら下がっているだけだ。大きく隙間が空いていたので、ちらりと覗《のぞ》いてみると日中だというのに家の中は薄暗かった。

何人かの住民が外に出ていた。野良着なのだろうか、皆がすっかりプリントの剝《は》げたシャツとよれよれになったズボン姿だった。住民たちの明日香を見る目には好奇と嫌悪の両方が交じっている。

「歓迎されていないみたいですね」

「いや、歓迎していいものかどうかを探っているんです。村に来るよそ者には二種類しかいません。カネを落としていく者と搾取していく者」

見れば子供の姿もあった。三歳くらいの男の子が半裸のまま地べたに座り込んで、虫を捕まえようとしているところだった。

子供の身体を眺めた明日香は胸が潰《つぶ》れそうになる。肉の落ち方が異常だ。ひと目で飢餓に近い状態と分かる。まともに風呂《ふろ》も入っていないらしく、全身が垢塗《あかまみ》れだった。

集落の中に入れば入るほど、先刻嗅《か》いだ異臭が強烈になっていく。羊や鶏といった家畜の啼《な》き声も耳に届く。

安河内は住民の一人を捕まえて問い質《ただ》す。

「王建順くんの家はどちらですか」

元より猫の額のような敷地に数戸がひしめきあっている。王の家はすぐに分かった。

「この奥だそうです」

安河内の後についていくと、該当する家は集落の中で一番みすぼらしい建物だった。壁の至るところに穴が開き、ガラス窓の全部に罅《ひび》が入っている。震度二程度の地震でも全壊するのではないか。

「ごめんください」

建物の外見や異臭にもめげず、安河内は家の中に入っていく。やがて顔を出したのは中年の女だった。やせぎすどころか栄養不良だろう。袖口《そでぐち》から覗いた手の甲は筋張り、髪や肌には全くと言っていいほど艶《つや》がない。触れれば、ざらざらと音がしそうだ。

「王建順くんの自宅はこちらですか」

「そうだけど建順はいないよ。あんたたち、誰」

「わたしは新聞記者で安河内といいます。こちらの女性ははるばる東京からお見えになった警察官です」

「警察官」

途端に女の顔に警戒心が表れる。だが安河内は外見によらず俊敏な動きを見せた。女の眼前にいきなり王少年の顔写真を突きつけたのだ。

「あなたはお母さんですね。この少年が建順くんで間違いありませんか」

「そうだけど……でもどうして日本の警察がこんなところまで」

「建順くんは亡くなったそうです」

今まで二人を胡散臭《うさんくさ》げに見ていた母親は、そのひと言で一変した。

「嘘」

「嘘を吐くために、わざわざ東京からやってくる理由はありません。今月の四日、公園の雑木林の中から遺体で発見されました」

安河内から事の次第を告げられると、いきなり母親は両手で顔を覆い、獣のような声で号泣し出した。

感情を露わにされるのは明日香も見慣れていたが、それでも尋常な泣き方ではない。近隣住人が抗議に来るのではないかとひやひやしたが、不思議に誰も飛び込んではこなかった。

「どうして……どうして」

「建順くんが誰にどんな理由で殺されたかは、まだ分かっていません。それを調べるために高千穂刑事が足を運んできたんです」

「建順、建順、建順」

「建順くんの無念を晴らすため、捜査に協力してください」

安河内の中国語は流暢だが、母親の心を開かせるまでの説得力は有していないようだった。明日香は交代する意思を示して母親の前に立つ。

息子の死を確信したらしく、目は絶望の色に染まっていた。こういう時は畳み掛けては駄目だ。母親になった経験はないが、同性として気持ちは痛いほど分かる。

号泣が啜《すす》り泣きに落ち着いたところで、改めて明日香は質問に入る。自分の中国語がたどたどしいせいか、母親は目と耳を集中してくれているようだった。

「建順くんは雑木林の中で埋められていました」

その腹の中にはまともに未消化物がなかったのは、まだ伏せておくべき事実だろう。

「建順くんは家族の帯同もなく来日しています。いったい、どういう事情だったんですか」

母親はまだ泣き続けていたが、やがてぽつりぽつりと話し始めた。

「養子に出したんです」

「わざわざ日本の家庭に、ですか」

「ウチは四人も子供がいて、とても全員育てられる余裕がないの。困っていたら、末子の建順を養子に引き取りたいという人が現れて……」

「直接、養い親になる人が訪ねてきたんですか」

「いいえ、家にやってきたのは養子縁組を仲介するのを仕事にしている人でした」

思わず安河内と顔を見合わせる。臓器ブローカーの存在がここでも見え隠れする。

「日本の夫婦と養子縁組するというのは、とても嬉《うれ》しい話でした。この村、この家にいたんじゃ碌《ろく》な生活もできず、まともな教育も受けさせてやれないんですから」

「養子縁組に関して日本から夫婦はやってきましたか」

「いいえ、書類の手続きも渡航準備も全部その男の人が世話してくれました。わたしたちは建順を送り出すだけでよかったんです」

息子を手放すというのに、いくら何でも無警戒過ぎると怪しんだが、安河内がつんつんと袖を引っ張った。

「この辺りでは、養子縁組というのはとても恵まれたケースなんですよ」

母親に知られないよう、安河内は日本語で囁《ささや》く。

「長男以外はまだ幼いうちから市内に働きに出されたり、不法就労と知りながら蛇頭を介して海外に飛ばされています。ひどい例だと出産した時点で娘と分かれば間引きのような行為にも及んでいるらしい」

「間引きだなんて。そんなの江戸《えど》時代の飢饉《ききん》じゃあるまいし」

「命の値段は国や場所によって違いますよ」

理解していても、相変わらず納得し難い言葉だった。

「間引きすることを思えば外国の、しかも富裕層からの養子縁組は降って湧いたような話ですからね。千載一遇、欣喜雀躍《きんきじやくやく》。どうしたって警戒心は後退するでしょう」

引き取られる側は受け身になるので、相手方が来なかったり、仲介者が全てを仕切ったりしても口出しできなくなるのだ。

「その仲介者の名前と連絡先を知っていますか」

問われた母親はいったん、のろのろとした足取りで奥に引っ込む。戻ってきた時には一枚の名刺を握り締めていた。

名刺は中国語で表記されていた。

『日中養子縁組協会　北京支部代表　馬瀬賢市《まぜけんいち》』

明日香は咄嗟《とっさ》に機転を働かせ、出入国在留管理局から入手した周明倫の写真を取り出した。

「ああ、そうです。この人が馬瀬さんです」

母親は何度も頷きながら答える。取引相手に素性を明かすなど不用心だと思ったが、やはり周の偽名だったか。

記載されている協会の住所は東京都世田谷《せたがや》区。代表番号と携帯番号もちゃんと併記されている。無駄足だとは思うが、後で確認だけはしてみよう。

最後に次の一点だけは、どうしても訊いて確かめざるを得なかった。

「建順くんを解剖してみたら、肝臓が半分摘出されていました。死因は手術中のショックという見方が出ています。お母さん、何か心当たりはありませんか」

また母親の顔が一変した。

息子を喪《うしな》った母親の顔から、悪巧みが露見した狡猾《こうかつ》な女の顔に変化したのだ。

だが、それも一瞬だった。母親はまた顔を覆って泣き出した。不用意に晒《さら》した素顔を隠そうとしているのは、明日香の目にも明らかだった。

「建順くんが家を出たのはいつですか」

「先月の二十三日でした」

東村から北京市内まで、下手をすれば一日がかり。建順が成田に到着したのが十一月二十四日だから、時間的な齟齬《そご》はない。

「名刺、預かってもいいでしょうか」

母親は躊躇なく頷いてみせた。もう、これ以上母親から訊き出すことはなかった。

礼を言って立ち去ろうとした寸前、安河内が思い出したように母親に尋ねた。

「養子縁組で、いくら入ったんですか」

直後の母親こそ見ものだった。いきなり怒り出し、安河内に摑《つか》みかかった。早口過ぎて明日香には聞き取れないが、その顔つきと口調から明日香たちを罵倒《ばとう》しているのは確かだった。

「おいとましましょう」

母親の攻撃をやり過ごし、安河内は何事もなかったような顔で家から出る。

「二度と来るな。小鬼子」

捨て台詞《ぜりふ》だけは克明に聞き取れた。

「この国の臓器移植は需給バランスが取れなくなっているというのは、さっき説明しましたよね。外国人への臓器提供も表面上は禁止。そうなると移植ビジネスは自《おの》ずと地下に潜る道を模索する」

幸い、集落の前ではタクシーが待っていてくれた。明日香は這《ほ》う這《ほ》うの体で後部座席に逃げ込んだ。

「二〇〇六年一一月に河北《かほく》省石家荘《せっかそう》市で、悲惨な事件が起きました。王という男がホームレスを監禁した上で臓器ブローカーと連絡を取り、五人の医師と臓器移植の話を進めたんです。五人の医師は変電所の一室に通され、そこで死体と対面しました。医師たちはすぐに手術を開始して臓器を摘出、王に一万五千元を支払ってそのまま自分の病院に持ち帰りました」

「ホームレスの死体を死刑囚のものと偽ったんですね」

「死体が囚人服を着ていなかったことに不審を抱いた医師たちが警察に通報しました。当局が捜査すると変電所の裏にある井戸から臓器を抜かれた死体が発見され、犯行が露見しました。臓器目的の殺人だった訳ですが、おそらく同様の事件がどこかで繰り返されているでしょう。移植手術に供する死刑囚がいないのなら、こしらえてしまえという発想はそう突飛なものじゃありませんしね。しかし、これはれっきとした犯罪です。たかが一万五千元で死刑判決をもらったのでは割に合わない。そこで臓器ブローカーたちが考えついたのが農村部の子供を養子縁組で引き取るというアイデアです」

話の内容は容易に想像できる。明日香はおぞましさで吐きそうになりながら、安河内の説明を聞くしかない。

「一人っ子政策というのを憶えていますか」

「子供は一人しか産むな、という決まりでしたよね」

「しかしそうは言っても二人目ができる場合があります。子沢山を望む夫婦だっているでしょう。誤解されがちですが、この政策の眼目は二人目からの出産には罰金を徴収するという細則です。税収不足に喘《あえ》いでいた党執行部の苦肉の策ですよ。党執行部にすれば、これはカンフル剤のようなもので、徴収した罰金で財源が潤えば、すぐにでも廃止するはずでした。そんな政策を続けていれば、近い将来に少子高齢化を招くのは火を見るより明らかでしたからね。ところが、党執行部も地方の幹部もなかなか廃止できなかった。罰金の徴収額が予想以上に大きく、労せずして収入が保証されるからです」

二人目以降が生まれても罰金を払いさえすれば育てられる。問題は罰金すら払えない貧困層だった。

「貧困であればあるほど子供が多くなる。外食も遊興もできない夫婦が家の中ですることと言えば一つだけですからね。ところが無計画に産んでしまったものの罰金は払えない。農家にしてみても長男以外は要らない」

全身に悪寒が走る。

「臓器の確保に躍起になるブローカーの要求と農家の思惑が一致した瞬間ですよ」

「……人身売買じゃないですか」

「だから表面上は養子縁組を装っているんです。しかも中国国内ではなく、子供を外国の養い親に送り届けてから臓器を摘出する。国外での犯行だから、当局もなかなか手が回らない」

「日本国内で起こした犯罪なら警察が乗り出します」

「しかし被害者が身元不明の中国人少年なら、被害者が日本人であった場合と同等の熱意が傾けられますか。養子縁組で出国したから中国人と言い難い。一方、帰化手続きがされていないのなら日本人では有り得ない。中国人でも日本人でもない、つまり無国籍の少年なんですよ」

明日香は蝙蝠《こうもり》の逸話を思い出す。牙《きば》があるからあいつは獣だと鳥に怖れられ、羽があるからあいつは鳥だと獣たちから排斥される。

「王建順の母親は、もちろん全てのからくりを知った上で息子を養子に出したんです。いや、周明倫から相応のカネを受け取っているはずだから、この場合は売ったというべきでしょう。付け加えるなら、子供の臓器というのは死刑囚を移植に供していた頃からいつも不足していました。十二歳以下の犯罪者は珍しい。従って子供の臓器は希少であり、取引価格も成人のはるか上をいく。臓器ブローカーにしてみれば死刑囚の臓器を斡旋するよりも実入りがいいんです」

胸の裡《うち》に昏《くら》い怒りが込み上げてくる。

母親から受け取った名刺はビニール袋に収めている。取り出して視線を落とす。四隅が何かの汁に塗れ、皺《しわ》もいくつか入っていた。後生大事に保管していたのではなく、台所の隅にでも放置していたに違いない。

二度と仲介者に連絡を取るつもりがなかったからだ。

名刺を握り潰したい衝動に駆られたが、必死に堪《こら》えた。

堪えた反動で今度は膝頭《ひざがしら》が震えてきた。

自分は今、未だかつてないほど憤っているのだ。

2

明日香が中国へと発った翌日、十二月十一日午後七時。

勤めを終えた西村茉緒《にしむらまお》は帰路を急いでいた。ワンルームでの一人暮らし。部屋で誰かが待っている訳ではないが、こんな寒い日は一人鍋《ひとりなべ》で一杯引っ掛けたい。

空港関連企業に勤める二十四歳。楚々《そそ》とした出《い》で立ちと地味めながら野暮でもないファッションセンスで、職場の男どもが自分にどんな幻想を抱いているかは大体想像がつく。中年上司のセクハラぎりぎりの軽口も笑って流す品の良さもプラスに働いているに違いない。しかしその実態は、吟醸酒と肴《さかな》に目のないオヤジ体質の酒飲みだった。冷蔵庫と流しの収納ボックスにはお気に入りの酒が所狭しと並んでいる。手提げのレジ袋にはこれまた好物のカラスミが開封されるのを今か今かと待っている。コンビニのおつまみとて最近は馬鹿にできない。さてこのカラスミに合うのは果たしてどの酒だろうか。

様々な取り合わせを考えるだけで仕事の憂さが雲散霧消していく。つくづく自分は安上がりな女だと感心していると、路上に見掛けないものが転がっていた。

人だ。

この辺一帯は羽田空港に臨み、空港関係の会社と倉庫が建ち並んでいる。そのために店舗や飲食店は数えるほどしか存在せず、夕刻を過ぎれば人通りもまばらになる。ひょっとしたら路上の酔いどれを発見したのは、自分が最初かもしれない。

気の早い会社ならそろそろ忘年会を開く時季だから、こうした光景は決して珍しいものではない。同じ酒飲みとして感心はできないが、少しは同情も湧く。放っておく気にはなれず、茉緒は酔いどれに近づいてみて驚いた。

まだ子供ではないか。

幼さの残る顔立ちの男子。どう見ても高校生ではない。さては中坊が背伸びをしてバッカスの洗礼を受けたか。

未成年なら話は別だ。介抱ついでに説教してやるのが大人の務めというものだ。

「ねえ、君。こんなとこで寝たら凍死するぞ」

身体を揺すろうと伸ばしかけた手が途中で止まる。

酔い潰れた顔ではない。赤ら顔どころか真っ青ではないか。

少年は息をしていない。慌てて胸に耳を当てても鼓動は聞こえない。

まだ一滴も飲んでもいないのに、茉緒はぐらりとよろめいた。

＊

大田《おおた》区羽田の路上で少年の死体が発見され、通報を受けた機捜は現場へ直行した。現場付近を巡回していたので蒲田《かまた》署の人間よりも早く到着したのだ。少し遅れて庶務担当管理官が臨場すると、彼は死体を検分するなり捜査一課の麻生班を呼び出した。

『そちらで追っている事件に関連するかもしれません』

まだ検視も終わっていない段階で特定の班が名指しされるのは異例だ。高千穂が出張中であるため、犬養は単独で現場に向かった。

庶務担当管理官は詳細を説明しなかったらしいが、麻生班が呼ばれたという時点でうすうす予想はついていた。麻生本人も苦々しい顔をしていたから、どうせ同じ局面を考えていたに違いない。

案の定、ブルーシートに覆われた現場には御厨が待ち構えていた。

「多分、二人目だ」

最悪の予想は大抵的中する。

「まあ、見ろ」

既に裸に剝かれた死体に手を合わせる。またしても子供。ただし携帯していた学生証で日本人であるのは確認できたという。

「だが国籍はこの際、関係がない。関係があるのはこれだ」

御厨が指摘する前から気づいていた。色を失くした腹に残ったひと筋の縫合痕《ほうごうこん》。長さは二十センチほどでやや蛇行した線。王少年の身体に残されていた切断面と酷似していた。

「ここまで特徴があると、もはや犯人の署名みたいなものだな」

御厨は吐き捨てるように言う。

「事切れてからずいぶん経ちますか」

「やっと顎《がく》関節が死後硬直の兆候を示し始めている。まだ死後二時間程度だ」

現在午後七時三十分。それでは死亡推定時刻は午後五時三十分前後といったところか。

「着衣にも現場にも争ったような形跡はない。おそらく行き倒れに近い状況だったんだろう」

「手術は前回と同一人物の手になるものですか」

「少なくとも縫合痕はそう見える。前の事件で切断面の写真を公開した訳でもないから、別人が模倣をしたとも考えられんだろう」

「今度も死因はショック性のものですかね」

「外傷は縫合痕以外に全く見当たらない。だが眼球と皮膚の一部に黄疸《おうだん》が認められる」

御厨は死体の左目を開いてみせる。なるほど白目が薄黄色に濁っている。

「肝臓を大量に切除すると、肝機能が低下して黄疸を伴う肝不全に陥ることがある。司法解剖の結果を待たなきゃならんが、十中八九肝臓は健常な状態ではないだろうな」

「でも今回のは、ちゃんと縫合されていますね」

「縫合痕を見る限りだが、やはり執刀した者の腕は怪しいもんだ。肝臓の部分摘出は成功率こそ安定しているが、盲腸を切るような手軽な手術じゃない。藪《やぶ》が捌《さば》いたのなら合併症を引き起こす危険性も高い。術式のミスによる影響が速効性か遅効性かだけの違いだ」

御厨はいつになく苛立《いらだ》っているように見えた。おそらく御厨は犯人を医療従事者とは考えていない。素人風情が医師の真似事をしているのが気に食わないのだろう。

「怒っているように見えるか」

「検視官の立場なら、手術で人を弄《もてあそ》ぶような不届き者は許せないでしょうね」

「俺が許せんのは麻生班のお前たちだ」

御厨は威嚇するように犬養を正面から見据えた。

「殺《や》られたのは今度も子供だ。まだ包皮を被《かぶ》ったような子供が藪とも素人とも知れない馬鹿に好きなようにされている。早く捕まえろ。もし三人目の犠牲者が出たら、今度は手前《てめえ》の腹が裂かれないか心配しろとお前の上司に伝えておけ」

御厨はそう言い放つと、さっさとブルーシートの外へ消えていった。

犬養は先着していた機捜の捜査員に近づく。

「被害少年は学生証を携帯していたそうですね」

「これです」

常盤《ときわ》という捜査員はビニール袋に収められた学生証を取り出した。

「東糀谷《ひがしこうじや》中学二年生、小塩雅人《おじおまさと》。学校に知らせた上で家族に連絡していますが、まだ……」

「連絡先は固定電話ですか」

「いえ、学校から教えてもらったのは母親のケータイですが、何度かけても繋がらないんですよ。今、別の人間が自宅に向かっています」

常盤は困り果てたように洩らす。最近は学校から保護者への連絡は携帯端末を介して行うものが多いと聞く。伝達事項もメールなら記録に残るから何かと都合がいいのだろう。

「他に所持品は」

「買い物帰りだったらしく、スーパーのレジ袋を持っていました。中身は惣菜《そうざい》でした」

「ここに向かう途中、近所にスーパーは見掛けませんでしたよ」

常盤は、これもビニール袋に入ったレジ袋を見せる。

「入っているロゴで、スーパーは自宅からかなり離れた場所にあることが分かります」

「惣菜は何だったんですか」

「唐揚げワンパック。それだけです」

妙だと思った。今日び唐揚げならコンビニエンスストアでも売っている。わざわざ遠く離れたスーパーにまで足を延ばす必要がどこにあるのか。

「その他の所持品といえば財布とケータイだけでした。所持金は二百五十一円。ケータイは現在、鑑識に回していますが、死亡直前の通話記録はありませんでした」

所持金額にも引っ掛かった。

「買い物帰りとしても、全財産二百五十一円というのは十三、十四歳にしては少な過ぎる気がしますね」

「実はわたしも気になります。最近はカードで買い物をする子供も多いのですが、この被害少年は一切のカードを所持していませんでしたから」

自宅と学校が近距離なら交通系ICカードを持つ必要もない。状況自体は納得できる。だが、犬養は微《かす》かな違和感を覚える。所持品からはその人物の生活が透けて見えるものだが、小塩雅人にはまるで見えてこないのだ。

更に死体発見現場の問題もある。王少年は殺害されてから、その死体を雑木林まで運搬され埋められた態様だった。では小塩少年の場合は、やはり別の場所で殺害され、ここまで運ばれたのだろうか。

犬養は唐揚げのパックを一瞥《いちべつ》して、買い物途中で拉致《らち》された可能性は低いことを確認した。パックの表面に貼付《ちょうふ》されたシールが教えてくれたのだ。

『タイムセール　本日のおつとめ品』

売れ残りを防ぐため、一定時間を超えた食品を半額程度に値下げしているのがおつとめ品だ。主婦たちが買い物に繰り出す午後五時を目安にしていると聞いたことがある。特殊事情がなければこの唐揚げは午後五時以降にタイムセールのシールが貼られたものであり、死亡推定時間が午後五時三十分前後というのは時間的な辻褄《つじつま》が合う。

無論、スーパーに出向いた者が本人以外の可能性も捨て切れないが、これは穿《うが》った見方だろう。つまり小塩雅人は買い物帰りに突然身体に変調を来し、そのまま路上で死亡したという推論が一番無理がない。

状況だけ見れば、ほぼ自然死に近い。だが御厨は王少年の時と同様、稚拙な手術による死亡を示唆した。犬養の心証も同じだ。御厨は速効性と遅効性という言い回しをしたが、犬養に言わせれば腹の中に時限爆弾を仕込まれたようなものだ。

去り際に御厨が見せた怒りは同意できるものだった。小塩雅人の亡骸《なきがら》を見下ろしていると、腹の底に殺意めいた感情が生じるのを否定できない。

犬養は捲《めく》れていたシーツを戻し、死体の上を覆う。

彼方《かなた》から騒ぎが聞こえてきたのはその直後だった。

「母親が到着しました」

常盤に続いて、五十代と思《おぼ》しき女性が姿を現した。自宅に戻る途中だったのか外出着のままだ。顔面は蒼白《そうはく》となり、髪の乱れを気にする余裕もないらしい。

被害者と遺族を引き合わす作業ほど気の滅入《めい》るものはない。それでも必要な仕事なので、母親を死体の傍まで誘《いざな》う。

「急なことで動顚《どうてん》していらっしゃるかもしれませんが、被害者の確認をお願いします」

できるだけ事務的に伝えてから、戻したばかりのシーツを再度捲る。

「……嘘でしょ」

母親はひと言だけ洩らすと、その場に崩れ落ちるように座り込んだ。

そして犬養の許可も求めないまま、死体の顔に指を這わせた。

「嘘だと言って」

「雅人くんですか」

重ねて訊いたが、犬養の声は耳に入らない様子だった。母親は自分の顔を死体に近づけ、頬ずりでもしそうな素振りだ。司法解剖を後に控える今、不必要な干渉は望ましくない。

「すみません、小塩さん」

後ろから母親の肩を摑んで引き上げようとした。だが彼女の力は存外に強く、相当な力を加えなければ死体から引き剝がせなかった。

「雅人お、雅人お」

引き剝がされても尚、母親は両手を懸命に伸ばして息子の身体に近づこうとする。あまりの力に、常盤の加勢に頼らざるを得なかった。

男二人がかりで押さえられると、ようやく母親は抗《あらが》うのをやめた。すると地べたに手を突き、泣きながら低頭した。

「ごめんね。ごめんね……こんなことになるんだったら母さん……」

常盤は感に堪えたように表情を硬くしていたが、犬養は別の理由で顔を強張《こわば》らせた。

母親の言葉が、どうにも腑《ふ》に落ちなかったからだ。

3

どのみち小塩家を訪問して事情聴取する必要がある。雅人との引き合わせを終えた母親の知里《ちさと》を送り届けるため、犬養は自宅まで同行することにした。現場から徒歩圏内と言われたが、万が一を考えて彼女を助手席に乗せる。

死体発見現場となった羽田空港周辺は空港関連の会社と倉庫が軒を並べているが、呑川《のみがわ》を越えた辺りからは低層住宅や集合住宅が目立ってくる。

知里は乗車してからひと言も口を利こうとしない。俯《うつむ》き加減になったまま、嗚咽《おえつ》を堪えているようだった。犬養が道を尋ねると、「その角を左折」というように細切れの言葉を発するだけだ。

時刻は既に十一時を回っている。コンビニエンスストアの煌々《こうこう》とした照明以外は、各戸の窓から洩れる淡い光だけがアスファルトを照らしている。都内でも夜半を過ぎると寂しくなる場所があるが、ここは尚更だった。犬養の記憶ではもう少し先に行けば繁華街があるが、柄のよくない者が目立つのでやはり女性の一人歩きは難しい。

小塩家は二階建てアパートの中の一室だった。いかにも安普請の外装で、家賃の安さが想像できる。

階段は狭く、大きな家具の搬入ができそうにない。微かに異臭も漂っている。果物の腐敗臭に埃《ほこり》っぽさを加えたような臭いだった。

「どうぞお入りください」

今にも消え入りそうな口調は息子の死に打ちひしがれているからだと思っていたが、家の中に入るなりそれだけの理由ではないことを知った。

部屋数が少ないのはアパートの外観と階段の狭さで見当がついていた。予想外だったのは内部の荒廃ぶりだ。どんな住まいでも、入居した当初は整理整頓《せいとん》が行き届いているものだ。生活を経ていくうちに安寧と不安、満足と不満、希望と絶望が色とかたちを変えていく。

小塩家の中には不安と不満と絶望が蔓延《まんえん》していた。最初に足を踏み入れたのは台所を兼ねた居間だ。今にも明滅しそうな暗い電球。先の入居者か小塩の家族かに汚された染みだらけの壁。経年劣化で凸凹になった床。今すぐ大型ゴミとして出してもおかしくない家具類。脱ぎ散らかした服。書き込みで真っ赤になったカレンダー。ゴミでぱんぱんに膨れたレジ袋。フリーペーパーの山。どことなく寒々しいのも、隙間から忍び込んでくる冷気のせいだけではあるまい。

階段に漂っていた異臭が更に強くなっていた。家人も気づいているのか芳香剤を置いているようだが、元々の異臭に薬剤の匂いが混ざり合い、一層鼻を突く。

無意識に鼻から下を手で押さえかけたが、辛うじて思い留《とど》まった。

「雅人くんの部屋はどこですか」

「雅人専用の部屋というのはありません」

知里は悄然《しょうぜん》としたまま、台所のテーブルの前を横切る。

「ここ、ふた間しかないんです。隣は勉強部屋とわたしたち母子《おやこ》の寝室を兼ねています」

わたしたち、という意味は椅子の数で分かった。たった二脚。仔細《しさい》に観察すればどの食器も二つずつしかない。

引き戸の向こう側は六畳ほどの部屋になっている。隅の机は雅人のものだろう。ここにも服が脱ぎ散らかしてあるが、雑誌やゲーム機の類いは見当たらない。

「お二人だけの生活でしたか」

「雅人が十歳の頃から、ずっとです」

勧められて知里の対面に座る。脚の長さが不ぞろいなため、体重を移動させると椅子がたがたと揺れる。

「雅人の生活ぶりをお訊きになりたいのでしょう」

「病院で亡くなったのでないのなら、どんな死でも一応は捜査対象になります。それに息子さんの遺体を自然死と片づけるには、色々と腑に落ちない点があります」

「何が腑に落ちないんですか」

「腹部に縫合痕がありましたが、検視官の話ではとても免許を持った医師の術式とは思えないらしいんです。いったい、どこの医師がどんな手術をしたんですか」

「知りません」

答える瞬間、知里はわずかに視線を逸《そ》らした。

「腹を切る手術ですよ。母親のあなたが知らないはずないじゃないですか」

「いつも一緒にいる訳じゃありません。生活の時間帯がすっかり違っているので」

「そんな馬鹿な言い訳が通用するとでも思っているんですか」

あまりにも的外れな答えに、つい詰問口調になる。だが知里は動じる風もなく、言葉を継ぐ。

「主人は普通の勤め人だったんです」

こちらの質問を無視するような素振りだったが、雅人の家庭の事情も知っておくべきなので敢《あ》えて遮らなかった。

「水道工事の会社に勤めていました。真面目で優しい人だったんですけど、ただギャンブル依存症で……生活費から抜くくらいで済んでいた時はまだよかったんですけど、そのうちサラ金とかでおカネを借りるようになって……そうすると取り立ての人が毎日のように家にやってきました。ここに引っ越してくる前の話ですけど……それである日、会社を無断欠勤して家にも帰ってこなくなりました」

「連絡はあったんですか」

「いいえ、こちらから本人のケータイにかけてみたんですけど、もう通話停止の状態になっていました。それでも取り立ての人は構わず家に押しかけてきました」

「奥さんが保証人になっていたんですか」

「全部じゃありませんでしたけど、一件か三件。でもわたしもパート勤めで、とても月々の返済ができる金額じゃなかったんです。それで自己破産の申し立てをしました。それでも保証人になっていない分については、取り立てが続いたんです。主人が住んでいないのを知っていても、日参したら払うと思っていたんでしょうね」

いくら家族であっても、保証人でもない者が借金を支払う義務はない。しかし第三者が任意で支払う分には構わないという理屈だ。

「ご近所にはすっかり知れ渡ってて、それに前の住まいは家賃も高かったので引っ越すことにしたんです。最低限の家具と着替えだけ持って。ほとんど夜逃げみたいなものでした」

「引っ越してからはどうでしたか」

「さすがに取り立ての人も来なくなりました。でも、前のパートも辞めないといけなくなって……何しろパート先まで取り立てに来ていましたから。それで新しい仕事を探したんですけど、この歳になるとパートくらいしか求人がなくて、それもこの時間帯までが勤務時間なんです。だから雅人と顔を合わせる時間がなくて、たまの休日はわたしも疲れて午前中は寝ているし、雅人は雅人で午後はバイトに出ているし……」

「まだ十四歳ですよ。バイトなんてできるんですか」

「大っぴらには募集していないけど、掃除とか客あしらいくらいならさせてくれるところもあるんです。先輩のコネか何かでそういうバイトを見つけてきたようです」

つまり雅人自身にも相応の収入があったということだ。するとまた別の疑問が湧いてくる。

「雅人くんは自宅から離れたスーパーで買い物をした帰りに倒れたとみられています。彼が買ったのは所謂おつとめ品の唐揚げで、所持金はわずか二百五十一円。唐揚げなら自宅近くのコンビニにいけば事足りる。それをわざわざ遠方のスーパーにまで出向いているのは、コンビニで買うのがもったいないと考えたからでしょう。バイトをしている身分なら、十円単位をケチるというのは少し考え難い。部屋を見てもゲーム機やマンガ雑誌の類いは見当たらない。バイトをして稼いだカネはどこに消えたんでしょうね」

「さあ……雅人のバイト代は雅人のものですから」

「外出する際、雅人くんが着ていたのはシャツとジーンズ。シャツは量販店で二着千円の代物です。今日びの中学二年生が外出着に選ぶにはあまりに冴《さ》えない服だと思いませんか」

「ちょっとした買い物なら……」

「ちょっとした買い物でも、道中やスーパーの中でクラスメートと出くわすかもしれない。私服姿を見られるかもしれないのに無頓着過ぎると思いませんか」

「さあ」

「お母さんは仕事で帰りが遅くなる。でも雅人くんに夕食は用意していなかったみたいですね。台所のシンクには食べ終えた皿もない」

「……夕食は買って済ますこともあります」

「ほう、買って済ます。育ち盛りの十四歳が夕食に唐揚げひとパックで満足するんですか」

「元々、食の細い子でしたから」

知里は俯いたままで、犬養をまともに見ようとしない。

いや、真剣に答えようとしていない。

「お母さん。雅人くんの死が悲しいですか」

「当たり前じゃないですか」

俄《にわか》に声が跳ね上がる。

「子供に先立たれて辛《つら》くない母親なんていません」

「それなら警察に協力してください。でなきゃ、息子さんの仇《かたき》を討てない」

「雅人は殺されたというんですか」

一瞬、犬養は返事に窮する。外見は限りなく自然死で、御厨の見立ても司法解剖の結果を待たないことには確実と言いかねる。関係者に予断を与えるのも褒められた行為ではない。

「首を絞められたとか、どこかを刺された痕《あと》でもあったんですか」

「いえ、外傷はありません。ただ、腹部の縫合痕がどうしても気になります」

「それについては存じませんと言いました。他に訊くことがなければ、もうお帰りください」

おめおめと引き下がるのは業腹だったが、知里の拒否反応が強すぎる。退去を命じられたにも拘《かか》わらず居座ったら、こちらの立場が悪くなる。ここはいったん撤退するより他にない。

「お邪魔をしました。しかし、また来ます」

「迷惑です」

「あなたにはそうかもしれませんが、死んだ少年たちはそうじゃない」

「たち？」

「腹に縫合痕を残して死んだ少年は雅人くんだけじゃありません。先日も類似の事件が発生しているんです。いや、ひょっとしたらこれからも犠牲者が出るかもしれない」

ゆっくりと知里の面が上がってくる。犬養はその表情が変わるのを期待した。

「それでも教えてくれませんか」

しばらく知里は生気のない目で犬養を見つめていたが、やはり萎《しお》れるように項垂《うなだ》れてしまった。

こんな時、明日香なら同性であることを武器に食い下がるのだろうか――柄にもないことを考えながら、犬養は小塩宅から出た。


知里ならびに失踪《しっそう》中の夫である小塩真樹夫《まきお》の経済状態は、各金融業者への照会によって明らかになった。

まず真樹夫が失踪するに至った顚末は知里の説明通りだった。近所からの訊き込みと金融業者への照会結果が説明の正しさを証明したのだ。以前の住まいに取り立ての人間が押し掛けていたことも、知里と雅人が身を寄せ合うようにして生活していたことも全て事実だった。

失踪後の真樹夫がどこで何をしているかは、捜査本部の調べでも未だ判明していない。住民票も移動させておらず、目撃情報もない。知里の証言通り完全に行方を晦《くら》ましたとみて間違いなさそうだった。

ところが知里の現住所周辺で訊き込みをすると、新しい事実が浮かんできたのだ。

「蒲田の自宅にも、まだ取り立て屋が押し寄せてきていたらしい」

蒲田署からの報告を受けた麻生は、不味《まず》いものを舌の上に載せたような顔で喋る。取り立ては収まったと知里から聞いていた犬養は、早くも騙されたかと唇を噛《か》んだ。

「今月の初め、蒲田のアパート付近をうろつく男の姿を近隣住民が目撃していた。それで改めて借財に関する照会を出してみたら新しい情報が出てきた」

「金融業者がデータを隠していたんですか」

「違う。取り立て屋が群がったのは知里本人に対する債権だ」

麻生が取り出したのは各金融業者が提出した回答書だった。

「亭主とまだ一緒に暮らしていた頃から借金している。それぞれの借入日が亭主の借金を返した日と前後しているから、亭主の分の返済をするために自分名義でカネを借りたんだろう。自転車操業ってヤツだ」

「しかし知里は転居する前に自己破産していますよ」

「ああ。それも確認できた。だが破産した人間に平気でカネを貸す業者も存在する。一度破産宣告を受けたら次は七年後にしか破産できないから、取りっぱぐれる心配はない訳だ」

自己破産には個別の事由が存在するのだろうが、そのほとんどは収入と支出のバランスが取れなかったからだ。つまり借り手本人が経済的破綻《はたん》者であり、一度自己破産した者にカネを貸すからにはよほど回収できる見込みがあるはずだった。

「多くはソフト闇金と呼ばれる手合いで、融資残高の合計は百五十万円以上に上る。だが、もちろん照会先以外にも借財があったとみていいだろう」

過去形に引っ掛かった。

「借財があった。つまり現在はないという意味ですか」

「今月初めに取り立て屋がうろついていたと言ったろう。それが四日には全社完済しているのさ。だから取り立て屋も四日を境に姿を消している」

「百五十万円以上の借金を全額返した訳ですか」

「蒲田のアパートの家賃は月五万三千円。水道光熱費と通信費を足せば七万円から八万円てところだろう。これに二人分の食費も加わる。母親のパート代と息子のバイト代を加えてもかつかつだ。百五十万円以上の現金をいったいどこから捻出《ねんしゅつ》してきたのか」

カネの流れから人の動きが分かる時がある。知里の場合がまさにそれに当たる。

「もう一度、知里から聴取します」

女の嘘を見破れなかったのは二度や三度ではなかったが、だからといって慣れるものでもない。終始俯き加減で表情が読めなかったというのは言い訳にしかならない。

改めて己の不甲斐《ふがい》なさに吐き気すら覚えた。

「部屋の中に入りましたが、家具はどれも安物。高級そうな服がある訳でも、遊興費にカネを注ぎ込んだ痕跡もありませんでした」

「カネの入口も出口も不鮮明なんだな」

「任意で引っ張ります」

初回は小塩家の生活状況を把握する意味もあって自宅での聴取となったが、今度はその必要もない。手前に有利な駆け引きをするだけだ。日にちが経過しているから知里もショック状態から脱しているだろうし、前回答えてくれなかったことにも反応する可能性がある。息子の死に少しでも責任を感じているのなら、捜査に協力してくれるはずだ。ただし知里本人に後ろ暗いところがなければの話だが。

要請すると、果たして知里は任意での出頭に応じた。取調室の殺風景さにまごつく様子を見せながら、犬養の対面に座る。

「ご足労いただき、ありがとうございます」

「いえ、パートの方は忌引きが取れていますから」

既に雅人の司法解剖は終了し、遺体は返却手続きに入っている。遺体が戻れば知里も葬儀の用意をしなければならないので、事情聴取するには絶好の機会だった。

「落ち着きましたか」

犬養の問い掛けに、早速知里が目つきを険しくする。犬養も人の親なので、雅人を亡くしたばかりの知里の気持ちは容易に想像できる。女心に疎くても親心なら理解できる。だから、敢えて知里の神経を逆撫《さかな》でするように話している。

「まだ葬式も終わっていないのに、落ち着くはずないじゃないですか」

「それは失礼しました。ただ、前回は気が動顚《どうてん》していて思い出せなかったことも、今日はお話しになれるのではないかと思いましてね」

「雅人についてはお話ししたあれが全てです」

「たった数十分で語り尽くせるものなんですか」

知里の眉《まゆ》がぴくりと上下する。

「十四歳。我々いい大人には過ぎ去った短い時間ですが、当人たちにはかけがえのない時間だったはずです」

「赤の他人のあなたに言われる筋合いはありません」

「仰《おっしゃ》る通り赤の他人ですが、わたしにも雅人くんくらいの娘がいるんですよ」

知里は意外そうな顔をした。自分を尋問している刑事も、当たり前に家族を持つ者だと認識した顔だった。

犬養はポケットから沙耶香の写真を取り出して、知里に見せる。己のプライバシーを開示し、見返りのかたちで相手から供述を引き出すのは尋問の常套《じょうとう》手段だ。

沙耶香の情報を事件関係者に知らせることには抵抗がある。以前の事件では、容疑者に逆手に取られて沙耶香の危機を招いた経験もある。だが親という共通点から知里の心理に斬り込むには、この手段以外に考えが浮かばなかったのだ。つくづく情けない父親だと自嘲《じちょう》したくなるが、ならばせめて刑事としては及第点を取りたい。

「子供に先立たれる苦しみは想像できます。しかし、それ以上に十四歳という若さで死ななければならなかった雅人くんの無念さに胸が痛む」

犬養が次に取り出したのは、雅人の遺体写真だった。検視の際に撮影したもので、外傷が全くないのが幸いした。血の気は失《う》せているが、まるで眠っているように見える。

知里の反応は顕著だった。磁石に引き寄せられるように写真を手に取り、そのまま釘づけになった。

「死因が何であれ、十四歳の少年が理不尽に命を奪われるのは、大人に責任があると思いませんか」

返事はない。知里は写真に見入ったままである。

「雅人くんの死が単なる自然死であれば天寿を全うしたと諦《あきら》めがつくかもしれません。しかし司法解剖の結果は違いました。彼は肝機能不全の上、合併症を引き起こしていたんです」

解剖報告書には仔細が記載されていた。内容は御厨の見立てが的中していたことを示すもので、肝臓を一部摘出した執刀者の未熟さについても言及していた。

「肝臓の一部摘出手術が全ての元凶でした。それさえなければ雅人くんが命を落とすこともなかった。そんな手術を、母親のあなたが知らなかったはずがない」

少し語気を強めてみたが、知里の視線は写真に固定されたまま動かない。

「小塩知里さん。実はあなた自身の経済状態を調べさせてもらいました。前回はご主人の借財についてお話しいただけましたが、実際はあなた名義の借金もあるんですね」

犬養が各金融業者から集まった照会結果を披露するが、知里の頭と目は依然として動かない。それでも知里が聞いていることを前提に、話を進めるしかない。

「現住所に越してからも借金はじわじわ増え続けていました。月々の支払い総額がパート収入を侵食していくから、転居先でもあなたは自転車操業をせざるを得なかったんでしょう。ところがその借財の一切合切は今月の四日に、一括返済されている。雅人くんの夕食代にも事欠くような状況で、あなたはそんな大金をどうやって工面したんですか」

いったん言葉を切って知里の返事を待つ。しかし数秒経っても、知里の態度には何の変化も見られない。

禁じ手を使うしかなかった。親ならば、誰でも反駁《はんばく》したくなるような質問を浴びせるしかない。

「借金返済のために、雅人くんを売ったんですか」

効果は覿面《てきめん》だった。

突然、知里は写真を自分の顔に押しつけ、表情を隠した。

「小塩さん」

再び問い掛けられると知里はその姿勢のまま、指先から肩、肩から上半身へと震え出した。写真ごと覆った両手の隙間から洩れてきたのは嗚咽だった。

「……雅人お」

絞り出したような声はひどく歪《ひず》んでいて、まるで別人のそれに聞こえた。

「雅人おっ」

矢庭に声が大きくなる。今まで感情を堰《せ》き止めていた堤が一気に崩壊したかと思えた。いったん泣き出したら、収まるまで待つしかない。犬養は辛抱強く知里が落ち着くのを見守ることにした。

五分ほど経過すると、次第に泣き声が鎮まってきた。肩の震えも小さくなり、ようやく知里は写真を顔から剝がした。

ひどい顔だった。薄化粧ではあるが、アイラインがほとんど流れ落ちて目の下が黒い筋になっている。

「話してくれますか」

「……本当に……もう、本当にどうしようもなかったんです。主人の支払いをしているうちにわたしの収入では足りなくなって……家賃の安い蒲田のアパートに引っ越しても、やっぱり苦しくて、わたしも雅人も一日三食が二食になって、食材もおつとめ品ばかりになって……わ、わたしに甲斐性がないせいで育ち盛りの男の子に、満足にご飯も食べさせてやれなかったんです」

解剖報告書の所見には『栄養失調の兆候あり』との記述もあった。うすうす予想していたことだが、母親の口から語られるとより一層雅人が不憫《ふびん》に思えてくる。

「あの子のバイトだっていけないことだと知っていました。させたくてやらせた訳じゃありません。でもわたしが夜遅くまで働いているのを見かねて、雅人が自分からバイトをすると言い出したんです」

過呼吸じみた息を整えてから、知里は再び口を開く。

「最初はわたしも反対しました。中学生の身分でバイトをしたら、見つかった時に何らかの処罰を受けます。でも、背に腹は代えられないと雅人が押し切って……」

「生活保護を受けようとは考えなかったんですか」

「刑事さん、知らないんですか。生活保護費は借金の返済には充てられないんです。わたしだって色々考えたんです。主人から暴力を受けたことにして母子シェルターに助けを求めてみようかとか、いっそ雅人を施設に預けてみようかとか。でも、どの制度もわたしたち母子には当てはまらないものばかりで……」

福祉制度に詳しくない犬養でも、知里の窮状は少し理解できた。現状、社会保障のシステムは万全ではなく、どんなセーフティネットからもこぼれ落ちる者たちがいる。制度の常として掲げられている条件が仇《あだ》となり、制度から見放される者がいつも一定数存在する。知里の言及した生活保護や母子シェルターもその一つだ。窮状を考慮すれば救済しなければならない対象のはずなのに、制度ゆえの欠点が知里たちを突き放してしまう。

「借金は二百万円あったんです」

「やはり照会できない業者がありましたか」

「わたし、一度自己破産しているので、まともなところは貸してくれなくて。最後の闇金さんはホントにいかがわしそうなところだったんです。信号機の柱にビラが貼ってあるだけの。胡散臭いのは分かっていたけど、そういうところに頼るしかなかったんです。その闇金さんからは五十万円借りました。無理に無理を重ねた借金だったので、初回の支払いから詰まってしまったんです。もう破産もできず、新しい借り入れ先も見つけられず途方に暮れました。万策尽きて、その担当者さんに相談しました。もう、風俗関係に堕《お》ちるのも覚悟してたんです。でも……」

「でも？」

「最近は風俗にも若くて可愛い娘《こ》が大勢流れてきてるから、あんたみたいな容姿ではどこも採ってくれないと言われて……実際、そこから借りる前に一度だけソープの面接にいったんですけど、ほとんど門前払いだったので、担当者さんの言うことは間違いなかったんです」

女としてそれが屈辱なのか、それとも気休めなのか、犬養には知る由もない。だが風俗で稼ぐ手段も閉ざされたのなら、万策尽きたというのも頷ける話だった。

「するとその担当者さんが提案してきたんです。息子さんの肝臓の一部を医療に役立てる気はないかって……」

やはり、そうだったのか――予想していたこととはいえ、犬養の気は逸《はや》る。

「肝機能不全で苦しんでいる子供がいるけど、親の肝臓と不適合だから親族間の生体肝移植ができずに困っている。もし息子さんの肝臓が適合するのなら、肝臓の三分の一を二百万円で買い取るって」

「それで、すぐ了承したんですか」

「すぐなんて、そんな」

知里は大きく頭を振る。

「いくら借金まみれになっていても、息子の身体の一部を売り渡すなんて、そんなこと思ってもみませんでした。だから最初の申し出はきっぱり断ったんです。でも担当者さんの勧誘がとてもしつこくて、検査だけでも受けてくれって言うんです」

「肝臓がレシピエント側に適合するかどうかの検査ですね」

「わたし、自分の肝臓では駄目なのかとも訊いたんです。雅人でなくわたしでいいなら、肝臓くらいは売ってもいいと思ったんです。でも、肝臓を求めているのは子供で、提供する側も歳が近くないと意味がないと言われました。検査だけ受けてくれれば支払いを待ってやると言われ、わたしも切羽詰まっていたから検査だけ受けさせたんです。そうしたら適合してしまって……」

「それで肝臓の提供に同意してしまったんですか」

「わたしじゃありませんっ」

知里は悲鳴のような声で否定した。

「同意は、雅人が言い出したんです。お母さんに水商売なんてさせたくない。肝臓は半分切除しても日常生活には支障が出ないし、また再生するらしい。それで二百万円もくれるのならそうしようって」

胸が詰まった。

仮に知里の証言が正しいとしても、十四歳の少年にそれを言わせる状況は過酷としか言いようがない。

「わたし、反対しました。子供の身体の一部を売って自分の借金を返すなんて鬼畜のすることだと思いましたから。でも、今度は担当者さんと雅人が結託したみたいに摘出手術をさせろと言い出して、他の会社の返済日も過ぎてしまって……本当にどうしようもなかったんです」

知里はまた俯いて泣き出した。正面に座る犬養はまたも待つ羽目になるが、これは致し方ないところだろう。

しばらく嗚咽が続いた後、頃合いを見計らって声を掛けた。

「肝臓の摘出はどこの病院で、何という医師が執刀したんですか」

「それが、分からないんです」

「分からないって、そんなはずはないでしょう。事前に検査もしたでしょうし」

「検査の時も手術の時も、雅人だけ連れていかれたんです。母親が付き添う必要はないって強硬に言われて」

「摘出手術の後、ドナーもすぐには退院できないはずですよ」

「手術したのは四日で、雅人は十日に帰ってきました。本人にどこの病院だったか訊いたんですけど、かなり遠い場所だったらしくて、雅人にも説明できませんでした」

四日と言えば知里の借金全額が一括返済された日だ。つまり雅人の肝臓の一部が摘出された同日に取引を実行したことになる。雅人は十日に退院、そしてその翌日路上で行き倒れる。

「しかし送り迎えはあったんですよね」

「闇金の担当者さんがクルマでやってきて、雅人を乗せました」

「やってきたのは、その担当者だけでしたか」

「いいえ。後部座席に別の男の人が一人座っていました。名前も、どういう人かも教えてくれませんでしたけど」

「闇金と担当者の名前、それから連絡先を」

「ジー・オー・ファイナンスの矢部《やべ》って人です」

「連絡先は」

それが、と知里は口籠《くちご》もる。

「わたしが知っているのは先方の電話番号だけなんです。代表番号じゃなくって090から始まる番号で、かけるといつも矢部さんが応対してくれるんです」

「それじゃあ、事務所とか営業所とかはどこにあるんですか」

「行ったことありません。融資の申し込みと審査は電話で済んだし、融資も支払いも矢部さんの方からきてくれたので」

知里は持参していたバッグの中からスマートフォンを取り出す。画面に表示したのは

『ジー・オー　矢部』という相手先とその携帯番号だった。

裏でヤクザが経営しているような業者でも事務所くらいは用意している。ところが最近のソフト闇金と呼ばれる手合いには事務所すら構えておらず、全て電話だけで業務を行うところがある。ジー・オー・ファイナンスとやらもその類いなのだろう。

「完済したのなら借用書の原本を返却してもらってますよね」

「それが……完済日に全部破棄してしまいました。ゴミに出したので、もう残っていません」

何てことだ。

打ちひしがれている相手だが、愚痴の一つもこぼしたくなった。

「二百万円は口座振り込みでしたか」

「いいえ。矢部さんから現金で渡されました」

銀行振り込みなら追跡調査で相手の口座と連絡先を突き止めることができる。しかし現金手渡しでは、何も証拠が残らない。矢部なる人物が最初から雅人の肝臓を狙っていたのなら、全て合点がいく話だった。

「矢部の顔は憶えていますよね」

「はい。会えばすぐに分かると思います」

とりあえず携帯番号から矢部本人、もしくはジー・オー・ファイナンスを辿《たど》るしかない。そこから雅人を収容した病院と執刀医が判明すれば、事件は一気に解決へと向かうはずだ。

　その時、犬養の頭の中で閃《ひらめ》くものがあった。

「ちょっと待っていてください」

　中座し、捜査資料の山の中から周明倫の写真を抜き出して取調室へ取って返す。

「送り迎えのクルマに矢部以外の男がいたと言いましたよね。ひょっとして、この男ではなかったですか」

　差し出された周の顔写真を、知里はじっくりと見つめる。やがて口から出たのは自信なげな声だった。

「似ていると思いますけど……すみません。ほんの一瞬だったのでよく分かりません」

　簡単には繋がらないか──犬養は胸の裡で舌打ちするが、知里一人から得られる情報はそれが限界だった。

「手術を終えた雅人くんの様子はどうでしたか。体調がすぐれないとか、肉体的に変調を来しているとかはなかったんですか」

「体調、悪かったかもしれません。でも、手術のせいで具合が悪くなったのをわたしには見せたくなかったんだと思います。雅人はそういう子でした」

　そういう子でした、ともう一度呟《つぶや》くなり、知里は机に突っ伏した。

「ごめんなさい、ごめんなさい、ごめんなさい……」

　謝罪の相手が犬養なのか雅人なのか、確かめる気も起きなかった。

4

十五日、中国に出張していた明日香が帰国した。旅の疲れを癒《い》やす間もなく明日香が捜査会議で報告した内容は、村瀬以下並みいる捜査本部全員の表情を暗くさせた。

「養子縁組に名を借りた人身売買という訳か」

村瀬が唇を歪《ゆが》ませるのを見て、何人かの捜査員が目を丸くする。村瀬という男は滅多に感情を面に出さない管理官だ。だが子供ばかりを標的にした犯罪、しかも目的が臓器の奪取とあっては腹に据えかねるものがあるのだろう。

「王少年の母親が持っていた名刺にある〈日中養子縁組協会〉というのは架空の団体でした」

続く明日香の説明は予想通りの内容だったが、馬瀬賢市こと周明倫の胡散臭さを浮き彫りにするには充分な効果があった。

「出入国記録はパスポートを元にしている。パスポートでは周明倫、名刺では馬瀬賢市。日本の常識ではパスポートの記載内容を信用したいところだが、臓器売買の仲介をするような輩《やから》だ。偽造パスポートでない保証はどこにもないな」

犬養の意見は少し違う。周明倫は何度も日本と中国を行き来している。偽造パスポートを使用し続けるのは精神的にかなりのプレッシャーになるはずだ。仕事を円滑に進めるためには、最低限パスポートだけは真正のものを使用しているように思える。

だが周明倫なる人物が実在するのかどうかは、中国当局に問い合わせるしかない。しかも小塩知里の証言によれば雅人少年の死にも周明倫らしき人物が絡んでいる。いずれにしても周明倫の素性が明らかになれば、王少年を殺害した犯人に辿り着く可能性が高い。

「警察庁を通して人民警察に問い合わせよう。別件で向こうの警察が動いているかもしれん」

次に雅人の件で、知里の事情聴取に当たった犬養が報告に立つ。知里の供述した内容を話し始めると、会議室の空気が重くなったのが肌に伝わった。

「現在、ジー・オー・ファイナンスの担当者、矢部については接触を試みている最中です」

「店舗を持たないタイプの闇金か」

「ケータイ一本で客を釣っているようですね。逆探知する必要がありますので、準備を整えてから接触する予定です」

「ケータイの番号から使用者を割り出せないのか」

「プリペイドの番号を使用しているようなので、通信事業会社に照会を取っても不明でした」

「流行《はや》りのソフト闇金と臓器売買がどう結びついているかだな。組対と連携してほしい。

反社会的勢力が関与している可能性もある」

一応、了解の旨を伝えるが、犬養自身は暴力団の関与という説に懐疑的だった。肝臓摘出後の粗っぽい仕事はなるほどヤクザ紛いの仕業を連想させるが、中国の貧困県まで出向いて臓器を調達するとなれば、相応の規模とネットワークが必要になってくる。よほどの広域暴力団でなければできない仕事だが、広域暴力団なら逆に目立つ仕事は控えるはずだ。加えてそれほど大きな組織なら腕の確かなお抱え医師がいるはずだから、あんな素人臭い縫合痕は残さないはずだった。

だが、これらはあくまでも犬養の感触に過ぎない。ただの感触を会議の場で口にしても碌なことはないから黙っている。

「二人目の被害少年の生活圏で不法な医療行為をしている者の存在はないか」

これには蒲田署の捜査員が答える。

「過去に検挙された例も含めて浚《さら》っていますが、現状そういった人物は見当たりません」

「無免許で検挙された人間の範囲を首都圏まで広げてくれ」

村瀬の指示は的確だ。だが一方で犬養は、指示内容の硬直化を疑う。もちろん前科から洗うのはセオリーだが、執刀者は初犯のような気がするからだ。

「外堀が埋まってきた感はあるが、あくまでも本丸は二人の少年の腹を掻《か》っ捌いた執刀医と、違法な臓器移植をビジネスとして展開している不逞《ふてい》の者たちだ。しかも、雅人少年の母に洩らした言葉を信じるなら、ヤツらはもっぱら子供の臓器に執心しているようだ」

子供を標的にするだけでも充分に悪辣なのに、真の目的が臓器の奪取なら二重に非道という理屈だ。捜査員の中には子持ちも少なくないから、この理屈は胸に刺さる。

「特定の人間に恨みがあるのではなく、ただ単に若い者の臓器を欲しているというのなら、事件はまだまだ続く可能性がある。各人には一層の奮起を望む。以上」

村瀬の号令で捜査員たちが散っていく中、麻生は犬養と明日香を招き寄せる。

「高千穂。遅れたが、中国への遠出、ご苦労だった」

いいえ、と明日香は首を横に振る。捜査会議の席上もそうだったが、明日香の表情は終始張り詰めている。麻生も悟ったのだろう。珍しく明日香を気遣う素振りをみせる。

「どうした。やっぱり長旅は疲れるか。それとも基礎化粧品に瞬間接着剤でも混ぜたのか」

出来の悪いジョークだが、麻生なりに景気づけのつもりで放ったに違いない。しかし明日香はくすりともせず、難しい顔を更に険しくする。

「誰だって、あの様子を目の当たりにすればこんな顔になりますよ」

促されるように語り出したのは、王少年の故郷の詳細だ。近年急速に近代化した国から置き去りにされた貧困県の住民たち。そして身体以外に売るものがない窮状。聞くだに空しさとやり場のない怒りで胸が締めつけられる。

「ひどい話だ」

麻生は露骨に顔を顰めてみせる。

「貧困は犯罪の巣窟《そうくつ》だって話があるが、こいつはその典型みたいなもんだ。貧困は犯罪を生むが、同時に犯罪につけ込まれる。生活のために売るものがなきゃ、本来売っちゃいけないものまで売らなきゃならなくなる。王建順も小塩雅人も置かれた境遇は酷似している。だから同じ犯罪に巻き込まれている」

中国と日本。国としてのかたちも違えば場所も離れている。だが二人の少年が味わった苦しみはひどく似通っている。家庭の貧困と生活の過酷さ。そしていつでもどこでも、一番の被害者は幼き者たちだ。

「人間のクズどもが揃っている刑務所でも、子供相手にやらかした服役囚の扱いは別格だ。囚人イジメも半ば公認、同じ囚人仲間や看守からも蔑まれる。犯罪にも最低のルールや仁義が存在する。子供殺しは、悪党どもにも嫌われるんだ」

悪党どもですら嫌悪する犯罪なら、警察官は尚更憎悪する。王少年と小塩雅人を巻き込んだ事件は、その意味で最悪の事件と言えた。

「王建順と小塩雅人の事件が連続していることは、まだマスコミには公表されていない。公表した途端に世論が沸騰するのは目に見えている。まだ碌な手掛かりもない状態で、外部から圧力が掛かるのを嫌っている」

麻生の観測も間違ってはいない。しかし逆に言えば、世間やマスコミが二つの事件の関連を知る前に、有力な手掛かりを咥《くわ》えてこいという話だ。

「現状、尻尾《しっぽ》が見えているのはジー・オー・ファイナンスの矢部という男だけだ。必ず捕まえろ。母親の供述を信じる限り、矢部が臓器売買に加担していたのはほぼ間違いない」

「午後にでも逆探知の準備が整います。その上で矢部との接触を試みます」

予定通り、犬養は通信事業会社の協力を得てジー・オー・ファイナンスとの最初の接触に臨む。

既に頭の中では演じる人物像が確定している。三十代半ば過ぎ、独身。ギャンブルに嵌《は》まり、まともな金融機関からは門前払いを食ったロクデナシ。尊大ぶった、しかしどこか不安げな声を出せば信憑《しんぴょう》性も増す。演技プランは完璧《かんぺき》だ。俳優養成所で学んだメソッドがこんな場面で生かされるなど当時は想像もしていなかったのだから、人生は分からない。

麻生と明日香、そして通信事業会社の社員が待機する中、犬養は090で始まる番号を呼び出した。

コール音が一回、二回。三回目の途中で相手が出た。

『はい。ジー・オー・ファイナンス』

相手方の声は、イヤフォンを通して待機している麻生たちにも聞こえる。

「えっとね。二十万円くらい融資してほしいんだけど」

多過ぎず少な過ぎず。二十万円というのは初回融資金としては妥当な金額だろう。

『ありがとうございます。融資ご希望のお客様ですね。当社をお知りになったのは、どの媒体からでしょうか』

「知り合いから聞いて」

『ありがとうございます。ではお名前とご住所、それからお勤め先をお教えください。審査結果は後ほどこちらからお知らせします』

「あの、担当する人の名前を知りたいんだけど」

『わたし、平岡《ひらおか》と申します』

「あのさ、矢部って人いるかな。できれば……」

次の瞬間、唐突に電話が切れた。

咄嗟に犬養は通信事業会社の担当者を見やる。しかし彼は首を振るだけだった。

「おそらくクルマか何かで移動していますね。世田谷区の基地局内からの発信であるのは分かりましたが……もう少し通話時間が必要でした」

相手に気取られるような台詞を吐いたつもりはない。一方的に切られたのは、こちらが矢部の名前を出したタイミングだった。

「警戒されたんだ」

麻生が吐き捨てるように言う。

「小塩雅人の死亡記事を見て怖気《おじけ》づきやがった。小塩母子に接触した矢部を外したんだ」

ただ担当を外したのか、それとも組織に迷惑が及ばないように始末したのか。

「世田谷区内巡回中の警官に捜させる」

知里の協力を得て矢部の似顔絵を作成し、捜査本部で共有していた。巡回中の警官たちにも回してあるが、相手も移動しているとなると発見は困難が予想される。

そして犬養が危惧《きぐ》した通り、矢部らしき男の姿は遂《つい》に報告されなかった。

三　貧者の資産

1

『さあ、選びなさい。犬養さん』

注射器を手にした〈ドクター・デス〉はそう言い放つ。注射器の中身は筋弛緩剤《きんしかんざい》。静脈に直接注入すれば、間違いなく相手は死ぬ。

『彼はもう長くない。保《も》って十分か十五分。肋骨《ろっこつ》は折れると内側に曲がる。多分、肺に刺さっている。口腔《こうこう》内に血溜《ちだ》まりがあるのは、その出血が逆流したからでしょう。仮にこの梁《はり》を持ち上げても、ここにはメスの一本もない』

『あなたは何の道具も持っていないのか』

『この人を楽にしてあげる道具は持っている。それがこの注射器です』

相手はもう何度も同じ手口で犯行を繰り返している。犬養を目の前にしても躊躇《ちゅうちょ》はしないだろう。

『馬鹿なことをするな。それは殺人だ』

『そんなことくらい、分かっています。それならこの人が苦しみ続けるのを、指を咥《くわ》えて見ていますか。それは罪にならないのですか』

違う、それは倫理の問題だ。警察官である自分に向ける質問ではない。

犬養は否定しようとするが声にならない。

『いいえ、違いません。あなたには沙耶香ちゃんという娘がいる。もし沙耶香ちゃんがいよいよ危なくなり、本人が安楽死を希望した時、あなたは賛成しますか、それとも反対しますか。今、わたしが手にかけようとしている患者さんと沙耶香ちゃんといったい何が違うんですか。倫理と法律で分けようとしても無駄です。沙耶香ちゃんがいる限り、あなたはこの選択から逃げられない』

何故だ。

『法が許さなくとも倫理的に黙認せざるを得ない犯罪も存在する。警察官なら問答無用でわたしを逮捕しなければならないが、一方で父親でもあるあなたは注射器を取り上げることができない』

腋《わき》の下から嫌な汗が流れる。分かっている。これは自分が刑事と父親、どちらを優先させるかの残酷な試験だ。不可抗力だったと言い逃れても、生涯この光景から逃げ果《おお》すことはできない。

『あなたの職業倫理があくまでもこの患者さんの安寧を拒否するのなら、この注射器を粉々にしなさい。三秒だけ待ってあげましょう。それ以上は患者さんへの拷問になりますよ』

注射器を取り上げなければ——〈ドクター・デス〉から注射器を取り上げようとする腕が、しかし何故か動かない。

『犬養さん。これは筋弛緩剤を注射するわたしと、それを黙って見ているあなたの二人が背負う罪です。今からこの患者が息絶える瞬間を、しっかり目に焼き付けなさい』

やめろ。

やめてくれ。

見えない縛《いまし》めが解け、ようやく腕が動くようになった。犬養は〈ドクター・デス〉に向かって駆け出す。

だが思うまま身体が動かない。まるでスローモーションのようにしか手足が言うことを聞いてくれない。

『ほら、ご覧なさい。あなたの優柔不断が一人の人間を殺す瞬間を』

注射器の針が患者の静脈を探し当て、皮膚を貫く。

その時、犬養は叫んだ。

「やめろおっ」

——という、自分の声で犬養は跳ね起きた。

目を開ければ仮眠室の見慣れた天井がある。一人でよかったと安堵《あんど》した。横に誰かが寝ていたら赤面ものだ。全く、己の寝言に起こされるなど麻生班の連中に知れたら後で何を言われるか分かったものではない。

暖房は「弱」に設定しているはずなのに、額が汗でぬらぬらとする。寝間着代わりにしていたシャツを脱ぎ、持参してきた新品に着替えてから洗面所に向かう。途中で刑事部屋の横を通り過ぎる。麻生かそれとも別の誰かが作業をしているらしく、かたかたとキーを叩《たた》く音が廊下に洩《も》れている。

洗面所に着いて蛇口を捻《ひね》ると、手を切るような冷たい水が出た。敢《あ》えて冷たいまま顔を洗うと、ようやく意識がはっきりした。顔面の皮膚が引き締まり、汗も引いた。

すこぶる不愉快な夢だった。〈ドクター・デス〉の事件が終結してから一年経つというのに、逮捕の瞬間がつい昨日のことのように思える。犯人を検挙したにもかかわらず、これほど後悔と遣《や》る瀬《せ》無さを覚えた事件はかつてなかった。

夢に見た理由は分かっている。生命をカネでやり取りするという犯行態様が記憶を呼び覚ましているからだ。警察官としてみればれっきとした犯罪だが、病に臥《ふ》す娘を持つ父親の立場からすれば心情的に完全否定しかねる。そうした公私の矛盾が犬養の心に巣くっている。外敵なら立ち向かえばいいだけの話だが、内なる敵では闘い方も分からない。

くそ、と犬養は悪態を吐く。全ては己が父親であることに起因している。沙耶香を想う気持ちが、その脆弱《ぜいじゃく》さに結びついている。まるで沙耶香を人質に取られているような気分だった。

人心地がつくと同時に眠気も吹っ飛んだ。腕時計を見れば午前四時八分、二度寝できても三時間足らずだ。どうせ眠れないのならと刑事部屋を覗《のぞ》いてみると、案の定麻生がパソコンの前で難しい顔をしていた。

「お疲れ様です」

「何だ、こんな中途半端な時間に」

「班長こそ。徹夜ですか」

「俺はいいんだ」

麻生はこちらを一瞥《いちべつ》もせず、パソコン画面に見入っている。

「現場を飛び回っているお前たちが睡眠不足じゃ話にならん。寝られる時に寝とけ」

「高千穂みたいな駆け出しに言う台詞《せりふ》ですね」

「あいつもいつまでも駆け出しじゃない。今度の出張じゃ、ずいぶん顔つきも変わっていたぞ」

明日香の変化には犬養もとうに気づいていた。帰国した際の顔には悲壮感さえ漂っており、麻生班の皆と同様、刑事の顔になっていたのだ。幸福は心を豊かにするが、悲劇は心を剛《つよ》くする。現場の刑事たちが日に日にタフになっていくのは、悲しみの蓄積があるからだろう。

明日香が見聞してきた王少年の境遇と小塩雅人のそれが二重写しになる。貧困層を狙った臓器売買は、子供を持たない捜査員の心にも火を点《つ》けるかたちとなった。こうして麻生が夜っぴて作業をしているのも、そうした事情と無関係ではない。

「そういや、蒲田署から新しい報告が上がっている。小塩雅人には補導歴があったそうだ」

「捜査会議の時には出ませんでしたね」

「会議の直後、生活安全課から上がったらしい。去年の夏、蒲田の繁華街をうろついていたところを補導されている」

　蒲田の繁華街といえば風俗店の建ち並ぶ場所でもある。そんな場所を中学生がうろついていれば補導されて当然だろう。

「当然、学校の方では夏季休暇であるとないとに拘《かか》わらず生徒が単独で繁華街に出入りするのを禁じている。校則の上では、小塩雅人は不良という位置づけだ。実際、学校では小塩雅人を札付き扱いにして、碌《ろく》に指導もしなかったという話だ。だが、補導した担当者の報告では、小塩雅人は歳相応にやんちゃだったが歳相応に素直だったらしい。担当者は、どうしてあの子が死ななければならないのかと怒っている」

「学校の公式見解なんて、そんなものですよ」

　以前、イジメから派生した殺人事件を担当した犬養は、学校について偏見を抱いていた。教師の多く、学校のほとんどは自らの恥部を隠蔽《いんぺい》することにばかり熱心で、肝心の生徒に対しては何らケアを施さないという偏った見方だ。

　ところがその後も少年に関わる事件を担当し続けていると、満更偏見ではないことが分かってきた。全ての学校がそうではないと思いたいが、犬養の知り得る学校は大抵醜聞を怖れ、不祥事の発覚を怖れ、手前《てめえ》たちがカメラとフラッシュの放列の前に立たされるのを怖れ、そして何より自身の不手際を糾弾されるのを怖れている。

教え子たちの現在や将来に優先してだ。

弁解めいた話だが、事件が発覚してから犬養たちがやれることは弔い合戦でしかない。少年たちが加害者や被害者になるのを防げるのは、家庭と学校だけだ。その学校が体面を保つことだけに汲々《きゅうきゅう》としている。

たられればを口にしても詮無《せんな》い話だが、もし学校側が補導後の小塩少年に何らかの指導や保護を施していたら、今回の悲劇は起こらなかったのではないか。小塩家の窮状に警察以外の組織・団体が救いの手を差し伸べていたら、雅人が自らの臓器を売らなくても済んだのではないか――。

そこまで自問しながら犬養は力なく首を振る。

まずい。嫌な思考回路に入りかけている。事件となったからには警察の領域であるはずなのに、他人に責任を転嫁し始めている。

「しかし学校の事情とは別に、また王少年との共通点が見えてきましたね」

「言ってみろ」

「本来なら窮乏した家庭なり子供なりを護《まも》るはずの組織やコミューンが機能していなかった。つまり王少年も小塩雅人も孤立していたという事実です」

ふん、と麻生は忌々《いまいま》しそうに鼻を鳴らす。

「孤立していたがために目を付けられたという解釈か。確かにそういう側面はあるかもな。捕食動物だって群れにはおいそれと近づかん。あいつらが狙うのは群れからはぐれた個体だからな」

群れからはぐれる。非情だが言い得て妙だと思った。集団はそれ自体が防護壁となる。外敵に襲来された瞬間、壁は強固になり内部の生きものを護ろうとする。警察という集団に属している犬養には、尚更《なおさら》その思いが強い。

その時、夜明け前の静けさを破って麻生の卓上電話が鳴った。午前四時過ぎの知らせに碌なものはない。

「はい、麻生」

果たして麻生の表情はみるみるうちに険しくなる。遠慮がちに犬養を一瞥し、了解と答える。

受話器を置いた麻生は、もう指揮官の顔をしていた。

「中途半端に起きると碌なことがないな」

「俺もそう思います。臨場ですか」

「まただ」

麻生は背後にあるホワイトボードに貼付《ちょうふ》された王少年の写真を指差す。

「また石神井署管内でやられた。被害少年は十五歳。コンビニの跡地から死体で発見された。死体の腹には縫合痕《ほうごうこん》があるそうだ」

石神井。

コンビニの跡地。

猛烈な既視感に襲われる。まさかあの場所が犯行現場に使用されたというのか。

「現場には機捜と石神井の強行犯係が既に臨場している。行けるか」

命じられるまでもない。

犬養は承諾の意を示すと同時に刑事部屋を飛び出した。


確認した住所に近づくほど、石神井署の長束との同行が甦《よみがえ》ってくる。午前五時少し前、まだ石神井の街は闇の中に沈んでいるが、一度目にした街並みであるのは間違いない。

不吉な予感ほど的中する。目的地と思《おぼ》しき場所は、まさに長束が少年四人と睨《にら》み合いを演じたコンビニエンスストア跡だった。

店舗内は覗けないように外側がブルーシートで目隠しされている。敷地には歩行帯が敷かれ、帯の外側では鑑識課の人間が地べたを這《は》っていた。各々の吐く息が照明を受けて白く浮き上がる。

「お疲れ様です、犬養さん」

最初に声を掛けてきたのは長束だった。

「度々ご足労をおかけする羽目になってしまいました」

まるで自分の責任とでもいうように、長束は申し訳なさそうに頭を下げる。

頭を上げてくれと頼んだものの、一方で長束の気持ちも手に取るように分かる。手前の管轄でこれだけ短期間に同じ犯行を繰り返されるのは屈辱でしかなく、しかも非難の矛先は所轄のみならず警視庁にも向けられる。

「犬養さんにノォローされると気が休まりますよ。強行犯係は言うに及ばず、石神井署全体が息をするのも憚《はばか》られる状況でしてね」

長束はすぐに声を潜めた。

「事件発生を知った傍島署長の檄《げき》は壮絶なものでした」

捜査会議の席上、雛壇《ひなだん》に据えられた傍島の姿は未《いま》だ記憶に新しい。村瀬管理官のひと言ひと言にいちいち反応していた神経質そうな人物だ。さもありなんと思う。自分の庭で二度目の粗相をした野良ネコを、同じ庭の木に吊るそうとするタイプだ。

「被害者は十五歳の少年と聞いています。もう身元は判明したんですか」

「身元も何も、先日犬養さんも対面していた少年ですよ」

「まさか」

「与那嶺照生《よなみねてるお》十五歳。ええ、例の金髪バ……金髪少年ですよ」

与那嶺少年の死体は店舗内で発見された。発見したのは三人の仲間で、いずれも先日お目にかかった面々だった。

「まず死体を拝見できますか」

長束は心得た様子で、犬養を店舗内に招き入れた。二度あることは三度ある。三度目のまさかは担当する検視官だった。

「お前の顔なんぞ見たくもない」

犬養が入ってくるなり、御厨はそう毒づいた。

「言ったはずだぞ。もし三人目の犠牲者が出たら手前《てめえ》の腹が裂かれないか心配しろと。麻生班長に伝えなかったのか」

「ちゃんと伝えましたよ」

普段から辛辣《しんらつ》な物言いが身上の御厨だが、今回は怒気の上に殺気まで漂っている。つい犬養も及び腰になる。

「捜査員も増員しました。班長は今夜も徹夜でしてね」

「その結果が三人目の犠牲者か。小言は後回しにしてやる。まずは自分の目でホトケを拝め」

御厨が足元に広げられたシーツを捲《めく》ると、最初に見覚えのある金髪が目に入った。肌は色を失い、腹部にはもはや署名と化した縫合痕がくっきりと残っている。加えて頸部にはうっすらと索条痕も認められる。

「直腸温度と死後硬直、加えて眼球の白濁具合から死後五時間から六時間経過」

逆算すると、死亡推定時刻は昨夜十九日の午後十一時から十二時にかけてということになる。

「死因は、やはり術式の不手際によるものですか」

「違う」

御厨は頸部に刻まれた索条痕を指す。明らかに手で絞めたものではないが、紐《ひも》状のものを使用したにしては幅が狭く、また変色度合いも小さい。

「あまり見かけないかたちですね」

「索条痕というよりは擦過傷だ。柔道の絞め技に近い」

次に、死体の横に積まれた着衣を指す。

「本人が着ていたワイシャツの襟羽と索条痕が一致した。送襟絞《おくりえりじめ》にすると、こういうかたちになる」

警察学校でひと通りの格闘技は習っているので、送襟絞がどんな技なのかは知っている。背後から相手の左腋下《ひだりえきか》に左手を差し入れて左襟を下へ引き、弛《ゆる》みをなくす。次に右手で弛みのなくなった左襟を深く握る。最後に左手を右襟に持ち替え、右手の手首を返して絞める。絞め技の中では基本中の基本と言える。

「頸動脈洞を圧迫された相手は失神する。すぐに技を解除すれば脳への血流が再開するが、絞め続ければ意識は失われたままだ。放置しておいても危険だが、ご丁寧にも犯人は意識不明になった被害者の鼻と口を押さえたようだな」

御厨は死体の目蓋《まぶた》を開いてみせる。

「見ろ。眼球に溢血《いっけつ》点が認められる。解剖すれば各臓器に鬱血《うっけつ》が見つかるだろう。これで心臓および大血管内の血液が暗赤色流動性を示せば、窒息死の三徴が揃う」

「しかし、首の擦過傷と縫合痕以外に目立った外傷は見当たりませんね」

「格闘技のプロとまでは言わんが、犯人は手慣れている。そこそこ柔道を習った者なら、中学生など赤子の手を捻るようなものだ」

「犯行現場もここですかね」

「それは鑑識に訊《き》け。赤子の手を捻るにも、足跡に特徴が出るだろう」

「送襟絞なんて技を使えば、襟に犯人の皮膚が残りますね」

「犯人が素手でいてくれたならな」

素っ気ない言葉が犬養の期待を粉砕する。十二月半ば過ぎ、しんしんと冷え込む時間帯に手袋を嵌《は》める者は少なくない。加えて最近は手袋の素材も多様化し、強く擦《こす》っても表面の剝《は》がれにくい製品が売り出されている。殺人に慣れた犯人なら、当然その程度の装備は考えているはずだ。

「これも鑑識の仕事だが、一見した限りではワイシャツの襟にそれらしき残留物は見当たらなかった。もっとも俺の目は顕微鏡とは比べものにならんくらいの節穴だがな」

自嘲《じちょう》めいて聞こえるが、これは自負の裏返しだろう。御厨の観察眼の精緻《せいち》さは鑑識課の人間も舌を巻く。無論、顕微鏡と比較するようなものではないが、その所見は決して無視できない。

「縫合痕、やっぱり同じ医者の手によるものでしょうか」

「表皮の修復具合から、被害者は術後数日間も長らえている。最初から臓器を摘出だけして見殺しにするつもりとも思えんが、それでこの縫合痕ならやっぱり藪《やぶ》か、さもなけりゃメスを握って間もない医学生といったところだな。いずれにしても命を預ける気には到底なれん。そんな藪医者の跳梁跋扈《ちょうりょうばっこ》を許しているお前たちにも我慢がならん」

宣言通り小言の再開ときたか。

「都内に医師免許を取得したヤッならごまんといるだろうが、これだけ腕が未熟なヤツは却《かえ》って少数のはずだ」

「モグリの可能性もあります」

「メスを含めて医療器具を取り扱っているメーカーも卸業者も限られている。エンドユーザーの中から真っ当な医者を弾《はじ》いていけば残りカスの中に犯人がいるだろう」

言われなくても、という抗弁は呑《の》み込んだ。

「エンドユーザーの洗い出しは、別の班が着手しています。しかし最近はダーク・ウェブで医療器具ですらオークションにかけられているんです。入手経路が真っ当でない場合、捜査は難航します」

「……何でもかんでもネット販売か」

「時流ですよ」

「せめて肝臓もネット販売してくれたなら、三人は腹を裂かれずに済んだ」

移植学会の面々が聞いたら目を剝《む》きそうな皮肉を吐いて、御厨は店舗を出ていく。

二

人のやり取りを横で見ていた長束は恐る恐るといった体で話し掛けてきた。

「王少年の時よりも怒りに拍車がかかっているみたいでしたね」

「何の符合か、三件とも御厨さんが検視を担当されていますからね」

「無理もないと思います」

何気なく吐いた言葉だっただろうが、無念さが聞き取れた。

「そう言えば長束さんと被害者は以前から知り合いでしたね。ベーカーストリートボーイズとして」

「ホームズ並みに使えた訳じゃありません。せいぜい情報網の一つでした。でも……」

長束なりに思うところがあるのだろう。言葉を途切らせたまま、しばらくは何かを堪《こら》えている様子だった。

「……失礼しました。死体を発見した三人は待機させています。話しますか」

「お願いします」

三人はパトカーの後部座席に押し込められていた。ともに十五歳、与那嶺照生とは同級生だという。右から垣内隆哉《かきうちたかや》、相田《あいだ》訓彦《くにひこ》、丸尾《まるお》翔大《しょうた》。ただし三人の中でも序列が存在するらしく、警官の質問に答えているのはもっぱら隆哉だった。

犬養が助手席に乗り込むと、三人は無言でこちらを見た。顔を憶《おぼ》えているらしいので、成績が悪くないというのは満更嘘ではないかもしれない。

「死体を発見したのは誰だ」

　これは三人とも手を挙げた。

「発見した時の経緯《いきさつ》を話してくれ」

「待ち合わせしてたんです、俺たち」

　答えたのはやはり隆哉だ。

「昨夜《ゆうべ》の十時、石神井公園駅前のコンビニで。でも集まったのは俺たち三人だけで、テルは三十分過ぎても現れなかったんです。あいつ時間にはうるさいヤツで、いつも俺たちより先に来てるのに、昨日に限って遅れたんです」

「ケータイがあるだろう」

「呼び出したけど、何度テルのスマホにコールしても出なかったんです。こんなこと今までになかったから、思い当たる場所を捜してみようって話になって」

「それで溜まり場になっていたここにやってきたのか。死体はどんな風に転がっていた」

「店の中央に、ごろんと」

「死体の周りに何か落ちていなかったか」

　三人は萎《しお》れた様子で首を横に振る。暗い室内灯の下では克明ではないが、三人とも顔色が悪いようだ。いくら不良でも、死体を目の当たりにする機会は多くない。

「そもそも集まった理由は何だ。駅前に繰り出したところで先立つものがなければゲーセンにも行けないだろう」

「奢《おご》ってやるって言われたんです」

「照生にか。中坊がいったいどうした風の吹き回しだ」

「俺たちだって知りません。ただ一昨日《おととい》、いい金蔓《かねづる》を見つけたから十九日の夜に集合しろって」

「いい金蔓。誰かからカツアゲでもしたのか」

「だから知りませんって。そんな金蔓だったら俺たちもお裾《すそ》分けしてほしいから、テルに訊いたんです。でも、あいつ教えてくれなかった。でも教えられない代わりに奢ってやるって」

「……ちょっと変だとは思ったんです」

不意に翔大が割り込んできた。

「テル、先月まではシャレにならないくらいの借金背負っていたのに、いつの間にか完済しちゃうし、今度は今度でカネ回りよくなったみたいな話するンです」

おどおどと上目遣いで犬養を見る目は小動物を連想させた。

「ちょっと待て。何だ、そのシャレにならないくらいの借金というのは」

「賭《か》け麻雀《マージャン》。テル、負けて九十二万円の借金こさえたンす」

「九十二万円。中学生の借金じゃないぞ」

「最初は俺たち仲間内でやってたんです。レートはテンヨンくらいで」

テンヨンといえば千点に対して四十円。半荘《ハンチャン》で最大負けたとしても二千円程度という計算になる。

「でもテルのヤツ調子に乗って、雀荘で打ち始めたんです。それでタチの悪いヤツらと囲んで……最終的にはデカデカピン（千点に対して一万円）で打つ羽目になって、それだけの借金抱えちゃったんです」

デカデカピンというレートは久しぶりに聞いた気がする。あまりに高レートで、ヤクザな芸能人かヤクザなスポーツ選手の相場だ。

打った相手がヤクザ者なら、これは照生が嵌められたと見ていい。最初は低いレートで勝たせ、射倖心《しゃこう》を煽《あお》る。徐々にレートを高く設定し、本人が気づいた時には火だるまという寸法だ。もちろん中学生にそんな賭け金を払える資力がないのは向こうも分かっている。

借金のカタに、本人を準構成員に仕立てるというやり口だ。

「そんな大金を払っちゃうし、今度は奢ってくれるって言うし、よっぽどいい金蔓捕まえたんだって思ったっス」

「今の話、本当だな」

「こんな嘘吐いたって、真実味ないっしょ」

入庁してからはずっと強行犯を相手にしてきたので、生活安全課と異なり子供と接する機会はあまりなかった。それでも子供の嘘は分かりやすい。殊に不良と呼ばれる子供たちは暴力に依存している者が多く、暴力を行使するのに言葉は必要ないので詐話の技術が向上しない。

犬養は三人の顔を観察した結果、彼らの供述に大きな嘘はないと結論づけた。

そこに長束が入ってきたので訊いた。

「もう保護者に連絡したんですか」

「四人のうち二人は。もうじき引き取りに来る予定です」

隆哉の顔が微妙に歪《ゆが》んだのを、犬養は見逃さなかった。

「出ましょうか」

外に出たのはせめてもの気遣いだった。彼らにも屈辱があり、劣等感がある。

「保護者と連絡が取れないのは照生と隆哉なんですね」

「ご明察です。子供たちの身柄を確保してから連絡を試みましたが、二家庭とはどうしても繋《つな》がりません。まあ、あいつらには珍しい話じゃないんですけど」

長束は諦《あきら》めたように嘆息する。

「片親、時には両親とも家を空けたままの家庭が結構あるんです。深夜勤務だったり親自身が夜っぴて遊び歩いていたりと事情は様々ですが、親が不健康な生活を続けていれば、当然子供の生活にも影響しますよ」

「照生はスマホを持っていましたか」

「いいえ、現場からは発見できませんでした」

証言通り照生が有望な金蔓を摑《つか》んだとしたら、その金蔓と何らかの接触を試みたはずだ。照生の年齢を考えれば、携帯端末を介して連絡したとみるのが普通だ。

いい金蔓を見つけたと仲間に嘯《うそぶ》いたのが一昨日、殺害されたのが昨日。恐喝された者はしばしば逆襲に転じる。時間経過と併せて推理すれば、照生は恐喝相手に殺害された可能性が非常に高い。

犯行後、恐喝された相手は当然自身との接触記録を残したくないから、携帯端末を処分しようとするだろう。照生のスマートフォンは犯人が持ち帰ったとみて間違いない。

くそ、と長束が小さく洩らした。

「まさか殺されるなんて」

無念さが言葉尻《ことばじり》に表れていた。ちらと犬養を見て、恥ずかしそうに顔を背ける。

「すみません。私情を挟むつもりはないんですけど」

「いえ」

扱い方は手荒かったものの、青田買いまで考えていた相手だ。胸に去来するものがあるのだろうと放っておくことにした。

「やっぱり子供が被害者になるのは応《こた》えますね。自分の知り合いだと尚更だ」

「照生の自宅、ご存じですか」

「もちろん。親に死体と対面してもらう必要もあるので、今から訪問する予定でした。一緒に行きますか」

答えるまでもなかった。

「与那嶺照生の家は公園の南側に位置しています。以前も説明した通り、新しい住宅地と古い住宅地が混在している地域です」

与那嶺宅に向かう車中で、長東が近隣の住宅情報を確認し始めた。確か同じ集合住宅でも、セキュリティ万全の新築マンションと改築もされていない昔ながらのアパートが併存しているという話だった。

「与那嶺家は後者になります」

話の内容が小塩家と被《かぶ》るのではないかと気になった。

「両親とも揃っていますか」

「揃っていますが、そのことにあまり意味はありません。本人の弁では、三人が顔を合わせるのは年に数回だけだったようです」

「深夜勤務で生活時間がずれていましたか」

「そんな上等な理由じゃありません。有り体に言ってしまえば家庭崩壊の一歩手前らしいんですよ」

「照生本人から聞いたんですか」

「補導した際は、家族状況を聴取しますからね。父親はこう、母親はこうと断片的に話していましたが、繋ぎ合わせてみると家族のかたちをまるで成していませんでした」

やがて長東はクルマを停めた。

午前六時を過ぎたが、ようやく東の空が白み始めたばかりで辺りはまだ薄暗い。当該のアパートは三階建てで、なるほどふた昔前の集合建築物に見える。下手をすれば石綿を使用していそうな古いスレート屋根、コンクリート剝き出しの階段、そして小さな窓。昭和の時代に建てられたと説明されても、まるで違和感がない。

「三階の一番奥の部屋になります」

以前に訪問したことがあるのか、長束は何の躊躇もなく階段を上がっていく。三階奥の部屋、表札には確かに〈与那嶺〉の文字がある。

ところが表札を眺めたと同時に、異臭が鼻を突いた。

一瞬、中に死体でも転がっているのかと思ったが、よく嗅《か》いでみると死臭ではなさそうだ。しかし何かが腐っているのは間違いない。

長束は異臭にもめげず、ドア横のインターフォンを鳴らす。一度、二度。反応はない。こんな時間の訪問だからただならぬ用件であるのは分かりそうなものだ。反応がないのは両親ともども不在だからではないのか。

しかし長束は執拗《しつよう》にインターフォンを鳴らし続ける。中から反応が返ってきたのは八回目だった。

『うっるさいわねえっ。今、何時だと思ってんのよおっ』

「石神井署の長束といいます。息子さん、照生くんの件で参りました」

『あんたあ、照生のことで警察。あんたが出てよう』

『……まだ寝てるんだ。そんな用事で起こすな』

『だって警察だよ、警察。近所に筒抜けだよ』

『うっるせえなあ』

『放っておいても、きっと帰りゃしないよ』

『ちっくしょう』

待っていると、足音の代わりにナイロンや紙の擦れる音が近づいてくる。内側から顔を覗かせたのは無精ひげを生やした男だった。

「照生が何か仕出かしたんですか」

男が顔を出したのと同時に、部屋の中の臭いが一気に放出される。

鼻が曲がるかと思った。死臭でないのがせめてもの救いだが、まるで動物性蛋白質《たんぱくしつ》の腐敗臭を濃縮させたような臭いだ。よくこんな刺激臭の中で生活できるものだと、長束の肩越しに男を観察してみる。誰しも自分の臭いには鈍感だ。男は異臭を感じない様子で、それよりは警察官の訪問がこの上なく迷惑そうだった。

背後にゴミの山が見えた。

玄関と言わず廊下と言わずゴミ袋が大人の腰の高さまで積まれ、身体を横にしないと通れそうもない。ゴミ袋の壁はまだマシな方で、袋と袋の隙間を大小のプラスチック容器とペットボトルが埋めている。床には衣服と段ボール箱と雑誌が散乱し、あろうことか靴《くつ》や傘までが居住空間に進出していた。

典型的なゴミ屋敷だった。

「お父さんですか」

「そうだけど」

「至急、わたしたちと同行していただけますか」

「また補導されましたか。へえへえ、引き取りに行きますよ。でもせめて昼まで待って……」

「照生くんは遺体で発見されました」

起き抜けの顔が驚愕《きょうがく》に変わるかと思ったが、案に相違して父親は面倒臭そうに頭を掻《か》いただけだった。

「おい、照生が死んだんだってよ」

奥の方へと話し掛ける。さすがに母親らしい女が、血相を変えて飛んできた。

「照生が？　どうして？　何かの間違いじゃないんですか」

「お母さんですか。残念ながら間違いではありません。わたしは以前から彼を知っているんです」

「そんな……」

「照生くんの行動を確認する必要もあります。お辛《つら》いでしょうが、ご同行をお願いします」

母親は未森《みもり》という名前だった。取りあえずの外出着に着替えてから、クルマの後部座席に乗り込んだ。ハンドルを長束に任せ、犬養は未森の隣に座る。

息子の死を知らされた直後は動揺しているので、単刀直入に訊いてもまともには答えられまい。まずは当たり障りのない家庭の事情を確認しようとしたのだが、これが存外に支障のある話だった。

母親の未森は二十四時間スーパーでの深夜勤務、父親の東弥《とうや》は工場のラインで作業員をしているという。

「共働きですか。それなら特に生活苦という訳でもないですね」

あの部屋の様子を思い出せば、とても普通の家庭とは考えられない。ゴミ屋敷と化した家のほとんどが貧困層だというデータも無視できない。

念を押すように質問すると、未森は項垂《うなだ》れた。

「共働きでも、ウチは裕福じゃありません。裕福だったら、あんな古いアパートじゃなく、新しいマンションに住んでます」

「失礼ながら、共働きであのアパートならずいぶん余剰が出るんじゃありませんか」

「無理ですよ。わたしも亭主も借金こさえてるんですから」

ひどく投げやりな物言いだった。訥々《とつとつ》と喋《しゃべ》る未森を促すと、与那嶺家の現状が浮かんできた。

まず東弥だが、彼はパチンコ依存症なのだという。給料の大部分がパチンコ代に消え、本人は昼食を抜くことも度々あるらしい。せめて店に行く回数を減らしてほしいと未森が愚痴るとすぐに拳《こぶし》が飛んでくるので、最近はすっかり諦めている。

稼ぎ頭が碌にカネを入れなければ家計はあっという間に破綻《はたん》する。未森はシフトを増やして収入アップを目論《もくろ》むが、深夜勤務で疲れ切ると、アパートに戻っても家事をこなす気力は失《う》せている。ゴミを集めて一階の集積場まで持っていくことさえ億劫《おっくう》だ。パチンコ屋が閉店し、自分より早く帰ってきている亭主は安い酒で酩酊《めいてい》しているのでゴミ出しを頼むこともできない。

いつの間にか東弥はパチンコ代欲しさで借金を作り始めた。月々の返済金が生活費を蝕《むしば》んでいく。未森は精神的にも体力的にも追い詰められる。

「そんな時にハマっちゃったんです。ソシャゲに」

犬養自身はしたことがないが、巷間《こうかん》流行している主にスマートフォン向けのオンラインゲームの総称だ。無料のものもあるが大抵のゲームは、主人公を強くするレアアイテムを手にするためには金を払う必要がある。

「払っても払っても、次々にレアアイテムが出てくるんです」

「たかがゲームじゃないですか」

「ゲームをしない人は決まってそう言いますね。やった人にしか分かりませんよ。自分の推しキャラがどんどん強くなっていく快感は」

やがてパート代にも手をつけるが、それでも足りなくなり、遂《つい》には未森も消費者金融のドアを叩くようになった。

「もうね、ふっと気がつくと笑っちゃうんですよ。汗水垂らして働いても、この給料のほとんどがソシャゲに消えるんだと思うと。でも、家に帰ってスマホを操作していると辛いことも悲しいことも全部忘れられるんです」

犬養は密《ひそ》かに嘆息する。何ということだ。照生のみならず、両親ともギャンブルのために借金づけになっていたというのか。

「遅くまでゲームに没頭していたら睡眠時間も確保できないでしょう」

「そういう時は無理にでも寝ます。亭主が買ってきた発泡酒を呑むとソッコー眠れるんです」

ゴミ屋敷の床に転がっていた空き缶を思い出す。ラベルでアルコール度数の高い発泡酒と分かった。要は安上がりに酔っ払える酒だが、意地の悪い見方をすれば貧困層の象徴でもある。

居住空間に巣くう荒廃の正体は貧困と絶望、そして現実逃避だった。腐敗臭の正体は貧困の臭いだった。

暗く澱《よど》んだ家の中で照生が何を感じ、何を考えたのか。

「亭主はパチンコ屋の閉店後、わたしはパートが終わってからの帰宅になるんですけど、照生は照生で深夜まで遊び歩いているから、なかなか三人が顔を合わせる機会はなかったです」

「登校していなかったんですか」

束の間の沈黙の後、未森は俯《うつむ》いたままでぼそぼそと答える。

「今年の二学期からはずっと不登校でした」

「成績は悪くなかったと聞いていますが」

「成績以外のことで……あの……実は二年生になってから、ずっと給食費を滞納していて……」

呆《あき》れて、すぐには声も出なかった。寸前まで未森に抱いていた同情も木っ端微塵《みじん》に吹き飛んだ。子供の給食費も納めず、自分たちはパチンコとゲームにせっせとカネを注ぎ込んでいたというのか。

「最近、照生くんからカネのことで相談されはしませんでしたか」

「相談というか……冗談だったと思うんですけど、いつもなら夜遊びに外出するのに、ずっとわたしの帰りを待っていた日があって。顔を合わせるなり、いきなり九十二万円ないかって言い出して」

「それで、どうしたんですか」

「そんなカネ、ウチにはないって答えました。それっきりです」

九十二万円。父親と母親が懸命になれば用意できない金額とも思えない。だが肝心の両親は自分たちの快楽と引き換えに子供の給食費さえ払わない人間だ。未森にカネの無心を拒絶された照生の胸中は想像するにあまりある。

長束はバックミラーを見上げることもなく、黙ってハンドルを握っている。彼の言葉から想像するに、照生の置かれていた環境についてある程度のことは知っていたに違いない。学校の成績が悪くなくても非行に走らざるを得ない現実を、長束はどんな目で見守っていたのか。警察官の資質を有しているかどうかはともかく、青田買いをしようとしていた長束の心情が初めて理解できた。

「照生くんの腹に縫合痕があるのはご存じですか」

「え……」

やはり気づかなかったのか。日常でも碌に顔を合わさなければ息子の変調にも無頓着《むとんちゃく》でいられるらしい。

「彼は外科手術を受けています。入院から退院まで数日を要するはずで、その間は帰宅していません。記憶にありませんか」

「あの……照生が一週間くらい家を空けるのは珍しいことじゃなかったし、生活がすれ違って帰っているかどうかも分からなかったし……何か病気だったんですか」

辛い現実を突きつけるのはできるだけ後回しにしたかったが、こんな母親なら遠慮する必要はないと乱暴に思ってしまう。

「彼は自分の臓器を売ったらしいんです」

未森はゆっくりと面を上げる。犬養の言葉が理解できないという顔をしていた。

「タチの悪い大人と賭け麻雀をして九十二万円の借金を背負ったそうです。十五歳の少年にそんなカネは作れない。だから自分の臓器を売って、借金返済に充てた。腹の縫合痕はその名残りだとわたしは考えています」

犬養たちが現場に到着した時、照生の死体は法医学教室に搬送される寸前だった。

「ご遺体はこれから司法解剖に回されます。とにかく照生くんかどうかの確認さえしていただければ結構で」

長束が言い終わらぬうちに、未森は駆け出した。今しも店舗の中からストレッチャーに乗せられた照生の死体が運び出されるところだった。

死体を運んでいた捜査員も未森が母親であるのを察したのだろう。歩くのをやめて各々が一歩退いた。

未森はストレッチャーの傍らに立ち、恐る恐るシーツを捲る。

「照生」

呆《ほう》けたような声。更にシーツを捲り、腹の縫合痕を見た瞬間に声質が一変した。

「照生おおっ」

腹の底から絞り出すように叫ぶと、未森はそのまま死体に顔を突っ伏した。

しばらくは誰も声をかけることができなかった。

2

十二月二十一日、捜査本部に司法解剖の報告書が届けられた。

「読むか」

麻生は報告書を机の上に投げ出した。

「大したことは書かれていない。ほとんどは御厨さんの見立て通りだ」

大したことでなくても自分の目で確認しておくのが犬養の流儀だ。報告書を手元に寄せて目を通してみると、確かに御厨の見立てを補完する内容に終始していた。

「やはり肝臓は部分摘出ですか」

「三分の一程度を切除しているらしいな。しかし相変わらず解せんのは縫合の稚拙さだ。臓器の部分摘出をするほどの腕がありながら、どうしてこうも縫合が下手なのか」

「それについては他の法医学の先生から話を聞いてきました」

刑事部屋で陰鬱な顔をしていた明日香が声を上げる。

「浦和《うらわ》医大に、法医学の世界ではその人ありと謳《うた》われる先生がいます。それで三人の死体写真を送っておいたんです」

「光崎藤次郎《みつざきとうじろう》教授か。で、斯界《しかい》の権威は何と言っている」

「ある種の執刀医の中には、縫合時に癖が出る者がいるということです。傷口の縫い方は規定されたものでないため、手慣れてくると独自の癖が現れる。言い換えれば執刀医のサインのようなものだと」

「待て。それなら、およそ素人の仕業としか思えないアレが手慣れた執刀医のサインだってのか」

「光崎教授が挙げた可能性は次の二つです」

メモを残していたのだろう。明日香は自分のスマートフォンに見入っている。

「まず、実際にそんな医師が働いているかどうかは別として、研修や実習を碌に履修していない医学生がほとんど独学で施術を行っている可能性。この場合、いくら執刀に慣れても技術は向上しないので、稚拙なまま自己流が確立してしまう」

横で聞いている犬養はぞわぞわと胸に不快感が込み上げるのを自覚する。いったい何の冗談かと思う。生命の何たるかも知らない子供に刃物を与えるようなものではないか。

「可能性の二。縫合痕が執刀医のサイン同様であることから、逆に稚拙にする場合」

「どういう意味だ」

「摘出手術はちゃんとした執刀医が担当しますが、違法な手術に自らのサインを残したくないので、開腹と閉腹を別の人間に代行させたのではないかと」

「ふん。その代行者が呆れるほど初心者だったという解釈か。なるほどな」

麻生は束の間考え込んでから、犬養に視線を寄越《よこ》した。

「どう思う」

「今のところは何とも」

明確な回答を返せるほど材料を与えられていない。答えをぼかすのが精一杯だった。

医療器具のエンドユーザーを片っ端から当たる捜査は、目下継続中だった。しかし御厨に弁解した通り、闇のウェブサイトやネットオークションで取引された商品はこの限りではないし、使用された器具のメーカーも不明となると干し草の山から針を捜す作業に等しい。いや、鳥取砂丘から砂金ひと粒を見つけるようなものか。

「しかし与那嶺照生の死因は他の二人と異なり窒息死だ。どうして照生だけが別のやり口で殺されたと思う」

「最初に考えつくのは肝臓を売った側の反撃ですね。与那嶺照生には九十二万円の借金があった。同じく肝臓の一部を摘出された小塩雅人には二百万円の値がつけられていたから、照生にも借金が返済できるだけの代金が支払われたに違いない。しかし、照生は王少年や小塩雅人と違い、恐喝や暴行といった非行をひと通りこなしてきた少年です。臓器摘出と売買が違法であることを逆手に取り、相手方を脅迫した可能性は大いにあると思います」

「何より、自分の肉体が証拠物件だからな」

「ええ。そして恐喝者はその行為自体が殺害される理由になります」

「返り討ちに遭ったという解釈か。取りあえず筋は通るな」

「現場から被害者以外の遺留品は発見できたんですか」

「まだ分析の途中だ」

麻生の顔は冴《さ》えない。

「しばらく子供たちの溜まり場だったから、与那嶺照生を含む四人、それから現場に踏み込んだ石神井署の長束と犬養の毛髪と下足痕。この六人分を除外しても、まだ不明毛髪が多数存在する。ただし、現場は誰でも出入りが自由の廃墟《はいきょ》だ。現にイヌ・ネコといった動物の糞尿《ふんにょう》も検出されているし、冬場には寒風を逃れてホームレスがやってくる。

鑑識の話じゃ、結果が出るにはまだまだ時間がかかる」

「犯行現場は店舗内でしたか」

「それも不明だ。死体の転がっていた周辺は地べたが掃き清められている」

犯行現場だから掃き清めたという解釈と、誤導の目的で掃いたという解釈の両方が可能だ。いずれにしても、被害者の出血がないので特定は難しい。

「照生のスマホが見つかれば御の字なんですがね」

「公園にはお誂《あつら》え向きに池がある。放り込まれていたら、データの復元も困難だ」

麻生とやり取りをしていると、捜査に手詰まり感が出てきたのが分かる。司法解剖にしろ鑑識にしろ、新しい手掛かりがなければ方向性も混沌《こんとん》とする。

照生の殺害に関し、与那嶺東弥・未森のアリバイは成立していない。東弥はパチンコ屋が閉店するとアパートに直帰し、早速ヤケ酒を始めている。午後十時には未森も帰宅し、こちらはこちらでソーシャルゲームに没頭している。アパートから死体発見現場まではクルマを使っても二十分。二人ともクルマを所有していないから移動には更に時間を要する。死亡推定時刻と考え合わせれば二人の犯行は不可能であり、夫婦は相互にアリバイを証明し合う恰好《かっこう》になっている。ただし家族間の証言は採用されないため、折角のアリバイも意味がない。

「でも、両親のアリバイを調べてもしょうがないです」

明日香も自分と同じことを考えているらしい――というのは、いささか早合点だった。

「そもそも親が子供を殺す動機がありません」

「どうかな」

同僚の誤解を放置すれば誤認の原因にもなりかねない。非情な話だが明日香にも認識を共有させるべきだろう。

「そりゃあ与那嶺夫婦は照生を大事に思っているさ。ただしパチンコやソシャゲ以下だがな」

喋りながら皮肉な言い回しに自己嫌悪を覚える。与那嶺家の現状を目の当たりにすると、どうしても親子の愛情とやらが胡乱《うろん》に思えてくるから厄介だ。

「肝臓三分の一で九十二万円という値段は格安な気もする。臓器売買を斡旋《あっせん》したのが、実の親だという可能性も皆無じゃない。その場合、発生した斡旋料が親の懐に入ったかもしれん」

「そんな馬鹿な」

「ああ、馬鹿な可能性というのは承知している。だがな、子供の給食費を手前の娯楽費に回した段階で、そんな親は信用しない方がいい」

「母親は死体に取り縋《すが》って泣いたらしいじゃないですか」

「涙くらいいつでも出せる。絶望する演技もその気になれば迫真もの。そういう母親だって存在する。似たような事例を、お前も中国で見てきたばかりじゃないか」

明日香は悔しそうに押し黙る。見れば唇が小刻みに震えている。

少し言い過ぎたか。

別の言い方がなかったかと珍しく反省しかけた時、明日香が口を開いた。

「どうして子供ばかり狙うんでしょうか。ただ臓器を求めるのなら、成人でもいいじゃないですか。許せません」

子供が絡むと、明日香は普段と違う振る舞いを見せる。それが吉に転じるなら問題はないが、今回は凶に転じる懼《おそ》れがある。冷静に片づけるには、あまりに少年たちが粗末に扱われ過ぎているからだ。

「ちょっと来い」

犬養は明日香の腕を取り、強引に部屋から連れ出す。この場で忠告しても麻生は気にしないだろうが、明日香の反応が心配だった。

「あまり気負うな」

「わたしは別に」

「俺たちは少年たちの腹を裂き、与那嶺照生を窒息死させたヤツを捕まえればいい。許す許さないは検察官と裁判官が決めることだ。それにな、この事件は実行犯だけじゃないかもしれん」

「犬養さん、何か心当たりがあるんですか」

まだ仮定の材料さえ揃っていないので、犬養は黙っていた。だが実行犯以外に犯行を誘発させた張本人には見当がついている。手垢《てあか》のついた通説だが、今回ほどそれを痛感したこともない。

犯人の一人は紛れもなく〈貧困〉だった。

3

照生の解剖報告が上がってから二日後、石神井署に与那嶺東弥が訪ねてきた。捜査本部に居合わせた犬養と明日香はもしや自供に出頭してきたのかと、早速東弥を取調室に放り込んだ。

既に照生の身体は司法解剖を終えて東弥と未森の許《もと》に返している。確か今日が通夜のはずだ。その当日に出頭してきたのだから特別な事情があるとしか思えない。

犬養は逸《はや》る気持ちを抑えて取調室に向かう。ところが同行する明日香は何故か気乗りがしない様子だった。

「機嫌が悪いのは勝手だが、参考人の前でそんな顔をするな。無理なら、その表情のままでいろ。相手に動揺を見透かされるような真似をしたら直ちに部屋から放り出す」

「嫌な感触しかしないんです」

明日香は顰《しか》め面のまま吐露する。

「どんな感触だ」

「自分のパチンコ代を確保するために子供の給食費を払わなかった父親ですよ。人間のクズじゃないですか」

　いつにも増して険のある言い方が気になった。

「それだけのことでクズ扱いか」

「それだけで充分です。生活の全てを子供優先にしろとは言いませんけど、下手をすれば子供が昼食抜きになるんですよ。それなのにパチンコだなんて」

　子供が絡むと感情が先走ってしまうのは明日香の悪い癖だが、今回は特にそれが著しい。個人の感情は成果に貢献する時もあるが、そうでない場合が圧倒的に多い。犬養は明日香や自分がそうした感情の渦に巻き込まれないように予防線を張る。

「その一点だけで人間を色分けするな。予断の元凶になるぞ」

「百歩譲って人間のクズでなくても、父親としてクズですよ。自分の都合で子供を犠牲にするなんて……」

　慌てた様子で明日香は口を噤《つぐ》む。

　自分の都合で子供を犠牲にする――それこそ〈ドクター・デス〉の事件で犬養が沙耶香にしたことだった。犬養は気づかないふりをして先を歩く。

「人間のクズだろうが父親のクズだろうが、重要参考人の一人であるのを忘れるな。聖人が喋ってもクズが喋っても、証言であることに違いはない」

　取調室の東弥はアパートでの応対とは異なり、いくぶん遠慮がちに見えた。

「どうもすいませんね、捜査でお忙しいところを」

「いえ、それは構いません。照生くんの葬儀は今日でしたね」

「今晩が通夜で明日が告別式ですよ。区が指定した葬儀場で執り行うことになってます」

「区の指定に何か意味があるんですか」

「指定された葬儀場を使用すると、上限三万円で助成金が出るんですよ」

まるで葬儀費用を安くしたことが手柄のように吹聴《ふいちょう》する。案の定、明日香は先刻よりも眉間《みけん》の皺《しわ》を深くしていた。

「明日の告別式には本部から捜査員を派遣しますから、そのおつもりで」

王少年と小塩雅人の時と異なり、今回は殺意が明確な犯行態様になっている。犯行現場もしくは被害者の葬儀に犯人が現れるという定石が通用するかもしれなかった。

「ひょっとして参列者をチェックするんですか」

「警察官には見えない人間を遣《や》らせますよ。何か不安でもあるんですか」

「いや。捜査とはいえ葬儀に参列するのなら香典はいただけるのかと思って」

まじまじと東弥を見たが、どうやら冗談のつもりではないらしい。

「捜査の一環です」

長々と説明するのも鬱陶しいのでひと言で片づける。すると東弥は仕方がないというように頰を搔く。

「まあ、そうでしょうね」

「奥さんには申し上げましたが、照生くんは自分の肝臓を売った疑いがあります」

「女房から聞きましたよ。子供だてらに九十二万円なんて借金をこしらえていたそうですね。息子ながら大したもんだ」

「借金が大したものなんですか」

「カネを借りられるというのは、そいつに社会的信用があるからですよ。言ってみりゃ男の甲斐性《かいしょう》みたいなもんでしょう」

「男の甲斐性だから、賭け麻雀は違法だと窘《たしな》めるなり代わりに工面するなりしなかったという訳ですか」

「借金の件はともかく賭け麻雀していたのは聞いてなかったですよ。もっとも知っていたところで肩代わりするつもりも余力もありませんけどね」

明日香ではないが、さしもの犬養も話していて苛立《いらだ》ちを覚えずにはいられない。父親失格と詰《なじ》るのは簡単だが、自分の子供を蔑《ないがし》ろにする姿が己に重なるからだ。

「十五歳の少年が自ら臓器売買の買い手や仲介者を探すとは考え難《にく》い。向こうの方から接触してきた可能性が強い。最近、照生くんに接近してきた大人に心当たりはありませんか」

「心当たりねえ」

東弥は当惑したように小首を傾げる。これも苛立たせる仕草だが、犬養たちを挑発しようとしてのものではないらしい。

「何しろ家にいても顔を合わせる機会がほとんどなかったんで、気づきませんでした」

「肝臓の摘出と回復に数日の入院を必要としたはずです。その間は家を空けていた訳ですが、それでも気づかなかったんですか」

「あいつは無断外泊なんてしょっちゅうでしてね。俺が夜勤で遅く帰ってもなかなか顔を合わせなかったのも、一つにはあいつの帰宅が不定期だったからです」

息子の無断外泊が常態化していたことにも悪びれた素振り一つ見せない。与那嶺家は崩壊しているという長束の言葉は的を射ていたと思った。

「家族間に諍《いさか》いはありませんでしたか」

「家族間の諍い。ははあ家庭内暴力というヤツですか。それはなかったですね。こう見えてもウチは家父長制度で俺の威厳は絶対だったんで」

明日香から剣呑《けんのん》な空気が漂っている。犬養でさえ苛立っているのだから、明日香の腹立ちは相当なものと思えた。彼女の気性を考えれば、ここでガス抜きをしておくのが妥当だろう。

「威厳が絶対だったから給食費を一年以上滞納しても意に介さなかったんですか」

不躾《ぶしつけ》な質問に東弥が怒っても、それはそれで有益だった。およそ人の親とは思えない言動の数々が虚勢なのかどうかも検証できるし、思いがけない証言を引き出せるかもしれない。

だが案に相違して東弥は全く動じなかった。

「何で子供の給食費を親が払わなきゃならないんですか。中学までは義務教育なんですよ。言ってみれば国が責任持って子供の面倒をみるってことでしょ。だったら昼飯も面倒みてくれたってバチは当たらないじゃないですか。大体、富裕層とウチみたいな貧困層を平等に扱うのが間違っている。金持ちの子は有償に、貧困層の子供は無償にするべきですよ。そうは思いませんか」

犬養が即座に思いついたのはこの場合に相応《ふさわ》しいかどうかはともかく、盗人猛々《ぬすっとたけだけ》しいという言葉だった。

「照生くんが臓器売買について何か洩らしたのを聞いたことはありませんか」

「生きているうちには聞いてませんでした」

犬養の特技は男の嘘を見破ることだ。表情筋の動き、四肢の振る舞い、口調と抑揚。それらを仔細《しさい》に観察していると虚偽を口にする時には微細な変化が生じるのが分かる。だが東弥にはそうした変化が全くといっていいほど発現しない。この男は父親の役目も責任も、とうの昔に放棄しているようにしか思えない。

かつての犬養と同じように。

「本日、出頭された理由は何だったのですか」

「ああ、それそれ。実は臓器売買についてなんです」

反射的に身を乗り出す。

「やはり、照生くんから何か聞いていたんですか」

「いや、値段設定がどうにも納得いかなくて」

何を言い出した。

「息子の肝臓は三分の一摘出されていたようですね。それで九十二万円の借財がチャラになったと。つまり三分の一で九十二万円だった計算になる」

「ええ。あくまで計算上ですが」

「安過ぎやしませんか」

東弥も身を乗り出してきた。

「ネットで闇サイトを覗いてみたんですけど、未成年の肝臓というのは希少品だから半分でも二百万円相当で取引されている」

不快な予感がした。先を促す気は失せていたが、東弥はこちらの嫌気には気づかないようだ。

「つまり相場でいけば照生の肝臓三分の一は百三十万円から百四十万円で取引されてしかるべきなんです。ところが照生の場合は九十二万円の借金が完済されただけで終わっている」

「何を言いたいんですか」

「つまりですね。実際に照生が手にしたのも百三十万円から百四十万円じゃなかったかと思うんですよ。差額は四十万円から五十万円。その差額、ひょっとして照生がどこかに預けるか隠しているのじゃないんですか」

もう東弥は父親の顔をしていなかった。

守銭奴の顔だった。

「発見された時、照生くんは多くの現金を所持していませんでした」

「だからどこかに預けるか隠しているかと言ったじゃないですか」

東弥はますます身を乗り出してくる。口から何かの腐敗臭がした。

「もしもその差額が発見されたらですね。当然その相続権は両親である俺たちにありますから返還してもらえますよね。今日はその確認にやってきたんです」

嫌な予感がしたので真横を窺《うかが》うと、明日香がズボンの両膝《りょうひざ》を握り締めていた。よほど力を入れているのか、指の関節が白くなっている。

「あいつの連れに聞いたら、殺された日はみんなに奢る予定だったらしい。つまり、その時点では結構な現金を持っていたことになりますよね」

東弥の事実誤認だった。照生が仲間を呼んだのは、犯人と思しき人物と会う前だった。犬養の推理では相手を恐喝して金銭を得ようとしていた。もし照生に余分のカネがあったのなら、そんな時期に恐喝を思いつくとは考え難い。少なくとも殺害された当日は財布が軽かったのではないか。

「繰り返しますが発見された時、照生くんは多くの現金を所持していませんでした。現場にも落ちていませんでした」

「犯人が持ち去ったんですよ。だからですね、犯人が逮捕されたら、そのカネを必ず取り返してやろうと思っているんです」

警察官としては不要な質問だが、同じ父親として尋ねてみた。

「照生くんの復讐《ふくしゅう》を考えたことはありますか」

「これでも人並みに悔しい気持ちはあるんですよ」

東弥は涼しい顔で言う。

「ようやく稼げる歳まで育てた長男を殺された。こっちは大損ですよ」

これ以上話しても有益な情報は得られそうにない。明日香が癇癪玉《かんしゃくだま》を破裂させる前に引き取ってもらった方がよさそうだった。

「犯人が逮捕できれば照生くんの所持していたかもしれない現金の行方も明らかになるでしょう。そのためにも捜査にご協力ください」

「それはもう、こちらも願ったり叶《かな》ったりですよ」

東弥を署から追い出した正面玄関で、明日香は深い溜息《ためいき》とともに肩を落とした。

「尋問しなかったお前が疲れたか」

「自分を抑えるのに、あんなに苦労したのは初めてです」

「被害者の無念を晴らそうとするのはいいが、肩入れし過ぎると捜査を誤るぞ」

すると明日香は物憂げな表情を見せた。

「貧困は犯罪を生むって言いますよね」

「ああ。否定できないな」

「それでも貧困家庭に生まれ育った全員が非行に走る訳じゃないんです。貧困はあくまで外部要因の一つで、少年を非行に走らせる直接の原因は家族です」

「与那嶺家のようにか」

「ふた親揃っていても孤独だったんだと思います。中学生では返しきれないような借金を背負っても、誰にも相談できない。本来道を示してくれるはずの大人が無軌道にその日暮らしをしている。これじゃあ子供が道を誤っても本人を責められません」

話の途中から、まるで自分が糾弾されているようで居たたまれなかった。

「所轄にいる頃から、そういう環境に置かれた子供たちを大勢見てきました。まだまだ善悪の判断がつかなかったり、世間知の足りなかったりする子供にとって親の存在は決して小さくないんです。親はなくとも子は育つなんて、今の世の中では通用しません」

貧困は親から愛情や良識までも殺《そ》いでしまうということか。

「そういう意味で、照生くんを殺した犯人の一人は間違いなくあの父親なんです」


翌日、与那嶺照生の告別式は午後一時からだった。区が指定した葬儀場という触れ込みだが、なかなかの広さを確保しており三百人は収容できそうだった。

ただし葬儀場の広さに比べて参列者は多くない。開始五分前だというのに、まだ二十名ほどしか記帳所に並んでいない。

通夜の席に紛れ込んだ捜査員の話では、参列者は与那嶺夫婦と母方の祖父母だけだったという。故人が十五歳という事情を勘案してみても、その寂しさに胸が塞《ふさ》がる。

「担任の先生も通夜には来なかったんですね」

記帳所を一望できる場所に立ち、明日香は見知らぬ担任を責めるように言う。

「成績が悪くなくても補導歴のある生徒だったら、担任も腰が引ける。そういう生徒なら担任より生活指導の教師の方が馴染《なじ》み深いんじゃないのか」

「犬養さん、結構ひどいこと言いますね」

「担任だからといって受け持ちの生徒全員に公平でいられる保証はないし、生活指導だからといって担当する教師が強面《こわもて》とは限らない。そういうのを思い込みというんだ」

午後一時ちょうどに告別式が始まったが、やはり参列者が増える気配はない。クラスの同級生と学校関係者、後は近隣住民が数人といった程度だ。香典を当てにしていた東弥の顔色は優れず、その落胆が事情を知らぬ者には息子を失った父親の顔に見えるのだから皮肉な話だった。

「入ってきた香典、どうせパチンコ代に消えちゃうんでしょうね」

箱の上に積み重ねられる香典袋を眺めながら、明日香がぽつりと洩らす。

「悔しいか」

「不憫《ふびん》なんです。照生くんは死んだ後も父親からは金蔓としか扱ってもらえません」

「不憫だと思うのなら、その目で挙動の怪しいヤツを探せ。それが俺たちにできる唯一の供養だ」

記帳所に訪れた参列者は例外なく別の捜査員によって顔を撮られている。記帳された氏名と住所を参照し、素性に虚偽がないかを確認するのだ。

参列者だけではない。葬儀場周辺をうろつく者にも同様にカメラが向けられている。挙動不審な者に限らず全ての通行人を捉《とら》えて、これも捜査対象とする。

クリスマスイブのため、少し離れた商店街からは華やいだ喧騒《けんそう》が洩れてくる。参列者の寂しい葬儀場は、尚更寒々とした印象を植えつける。

自分の係累でなくても、子供の葬儀は胸に迫る。天寿を全うできなかった儚《はかな》さと、将来を強引に摘み取られた理不尽さが伝わってくる。

被害者に肩入れするなと忠告した犬養も、その点では同様だった。不吉と戒めても、沙耶香の顔が浮かぶのを拒絶することができない。

「お疲れ様です」

二人に声を掛けてきた者がいる。振り返ると、ブラックフォーマルに身を包んだ長束が立っていた。

「捜査の一環、ではないようですね」

「ええ。今日はプライベートでの参列です」

長束は斎場入口に立つ東弥に視線を向け、鼻を鳴らす。

「今日はずいぶんと殊勝な顔をしていますね。母親は斎場の中ですか」

「みたいですね。少なくとも父親よりは応えているようです」

昨日東弥が取調室で語った内容を聞くと、長束は物憂げに頷《うなず》いた。

「何から何まであの男らしい言動で、いっそ清々《すがすが》しいくらいですよ。それで犬養さんはそのまま帰したんですか」

「有益な情報が得られなかったもので」

「強行犯係であれば三時間は責めてやるところです。もっともそれであの金髪バカが生き返る訳じゃありませんけど」

金髪バカという言い方には、それなりの愛情が込められていたことに今更ながら気づく。明日香は同意するようにこくこくと頷いていた。

「何度も補導しているうちに絆《ほだ》されて、絆されているから児童相談所に連絡するのを躊躇《ためら》してしまう。まだ親との絆《きずな》を復元できると思い込んで児童相談所に連絡するのを躊躇う。躊躇っているうちに親か当人が問題を起こしてしまい、結局手遅れになってしまう……我々はそういうことの繰り返しです。もっとデジタルに対応していればと後悔しても、デジタルな対応ではどうしてもカバーできない部分が出てくる。私情を挟んでもダメ、思い入れがなさ過ぎてもダメ。ゴールのないマラソンを走っているようなものです」

おそらく長束の愚痴は本音に近い。そこには犬養たち捜査一課への羨望《せんぼう》も含まれている。どんな悲惨な事件であろうとも、犯人を検挙し送検してしまえば事件は一応の終結を見るからだ。

「あの男のことだから香典もパチンコ代に消えちまうんでしょうね。よっぽど袋の中にお札代わりの令状でも入れておきたかったんですけど」

奇《く》しくも明日香と同様のことを口にする。同じ仕事をしている者には同じ価値観が生まれやすいのだろうと思う。

「犬養さんは斎場に入られますか」

「いえ。参列者以外の人間も監視していますから」

「じゃあ、せめてわたしは参列者たちを見ることにします。不審な人物がいたらお知らせします」

「よろしく」

一礼して長束は記帳所に向かう。

参列者の列には隆哉と訓彦、そして翔大の姿も見える。訓彦と翔大は母親帯同だが、隆哉は単独だった。一人きりで列に並ぶ隆哉に照生の姿が重なる。

「あの子の家庭も問題があるんですかね」

明日香が目敏《めざと》く隆哉を見つけた。犬養と同じ印象を抱いたらしい。今のうちに関われば照生の二の舞は避けられるとでも考えているのか。いずれにしても今の犬養は王少年たち三人の無念を晴らすだけで精一杯だ。

参列者の列が途切れたので次は野次馬の動向にも目を光らせる。葬儀場の四隅にカメラを設置し、犬養たちがモニターで四画面を監視する。

野次馬たちは様々な顔を見せる。気の毒そうに眉《まゆ》を下げる者、薄笑いを浮かべる者、諦めたように俯く者、そして関心なさそうに通り過ぎる者。しかし彼らに共通するのは隠そうとしても隠しきれない好奇心だった。三少年の死を同一事件と捉えているマスコミはまだ見当たらないが、与那嶺照生単独としての事件報道はされている。十五歳の少年に突如襲いかかった悲劇を茶の間に提供しようと何社かのテレビクルーたちが参列者にカメラを向けているが、野次馬たちの目は彼らのそれと酷似していた。

酷似しているのも当然だった。この場に集まったマスコミは野次馬たちの見たいもの知りたいことを取材しにきていた。野次馬たちと価値観を共有していなければ、エサの善し悪しも分からない。

モニターを凝視しているうちに、斎場の中からは読経が流れ始めた。画面を眺めるだけの単調な作業中に経を聞いていると、体感温度が更に一度は下がったような錯覚に陥る。

何人もの野次馬たちがモニター画面を流れていく中、犬養は一人の男に目を留めた。

歩道の男は一瞬足を止めて葬儀場を一瞥していた。短髪小柄、彫の浅い顔でグレーのダウンジャケットを纏《まと》っている。特段目を引くような風貌《ふうぼう》でも服装でもないが、犬養を刺激したのはやはり目の色だった。

人の不幸を愉《たの》しむ野次馬の目ではない。少なくとも昏《くら》い悦楽以外の色を湛《たた》えた目だった。この違和感を言語化するのは難しい。星の数ほどの容疑者と対峙《たいじ》してきた刑事の勘と言えばそれまでだが、対象が男に限っては読み違えたことがあまりない。

無線で該当するモニター付近を張っている警官に連絡する。

「短髪、グレーのダウンジャケットを着た男。職質を掛ける。逃がすな」

必要事項だけ伝えて駆け出す。

「あの、犬養さん」

「お前はその場を離れるな。引き続きモニターを監視していろ」

明日香を張りつかせたまま、犬養は走る。要領よく対象が捕まればよし、万が一職務質問を振り切って逃走してくれれば御の字だ。

葬儀場の西側、表通りに面した歩道に警官と対象者が立っていた。

「お引き留めしてすみません。捜査にご協力ください」

犬養の声に振り返ったダウンジャケットの男は少し面食らったように口を半開きにしている。よく見れば、まだ幼さを残した顔立ちだ。

「わたし、何も知りませんよ」

言葉の抑揚で日本人でないのは分かった。

「いえ、ただの確認みたいなものですから気楽に答えてください。今、葬儀場の横を通り過ぎる際、いったん立ち止まって様子を見ていましたね」

男の表情に怯《おび》えの色が走る。どうやら監視されているとは想像もしていなかったようだ。

「見ていませんでした」

「でも立ち止まりましたよね」

「……ニッポンのお葬式、興味ありました」

暗に葬儀場を覗き見たことは認めた。

「失礼ですが、氏名と国籍を」

「劉浩宇《リュウハオユー》、中国人です」

「旅行ですか」

「いいえ。わたしは留学生です」

「証明書をお持ちですか」

劉は戸惑う素振りもなく、バッグの中から学生証を取り出す。

劉浩宇、東朋《とうほう》大学医学部二年生。申告通りの内容だった。

「日本の葬式に興味があると言いましたね。中国では葬儀の方法が違うんですか」

「中国では棺桶《かんおけ》に入れる、あまりないです。先に火葬してから葬式します」

「故人となった少年をご存じですか」

「いいえ、知りません」

「テレビとかで報道されている事件の被害者ですよ」

「知りません」

頑《かたく》なな態度が引っ掛かる。

「どこに行く予定でしたか」

「……買い物」

犬養は劉の全身を隈《くま》なく観察する。肩掛けのバッグ以外に手荷物はなし。彼が歩いていた方角の先には、確かに商店街がある。信憑性《しんぴょう》のある話であり、言い換えれば綻《ほころ》びの少ない嘘だ。

「もう、行っていいですか」

これ以上引き留める理由もなく、聴取すべきことは聴取した。

「ご協力、ありがとうございました」

犬養が解放すると、劉は振り返りもせずに立ち去った。逃げるように走らなかったのは全く身に覚えがないからなのか、それとも一刻も早く立ち去りたい衝動を抑えているのか。

所属しているのが医学部というのが気になる。まだ二年生で果たしてメスを握る機会があるのか、当該医学部に確認する必要がある。

モニター設置場所に戻ると、明日香が文句を言いたげな顔をしていた。

「職質、できたんですか」

「ああ」

「いったい、あの人のどこが怪しかったんですか」

目、と答えようとしてやめた。あまりにも直感めいたものであり、やはり言語化が難しい。刑事の勘などと口走れば、それはどういう根拠でどんな知見から導き出されるのかと煩《うるさ》く訊かれそうだった。

犬養たちは告別式が終了するまでモニターを眺め続けたが、劉以降怪しい素振りの野次馬は現れなかった。

「すみません。告別式に参列した者で不審な人物は見当たりませんでした」

斎場から出てきた長束は申し訳なさそうに報告した。しょげかたを気の毒に思ったのか明日香が、劉という不審な人物に職務質問を掛けた件を口にするとすぐに関心を示した。

「しかし、さしたる根拠はありませんよ。言ってみれば俺の勘に過ぎません」

「犬養さんの勘なら期待してしまいますよ」

長束は頭を下げた。

「与那嶺照生の無念を晴らしてやってください。お願いします」

4

捜査本部に戻った犬養は早速劉の画像データを鑑識に渡した。照生殺害の現場付近に設置された防犯カメラの解析は始まったばかりだが、その中に劉の姿が認められれば彼は容疑者の一人に浮上する。

次に行ったのが東朋大学生課への問い合わせだ。提示された学生証が偽造でないという保証はどこにもない。学校自治の手前もあり、学生課は生徒の個人情報保護には特に厳格だ。幸い学部と学生番号、有効期限は職務質問の際に記録してあったので照合だけ依頼すると、学生簿と一致するとの回答が得られた。

劉は自分で留学生と名乗った。留学ビザを取得しているのなら、当然出入国在留管理局に本人の記録があるはずだ。幸い出入国在留管理局には王少年の件で知遇を得た熊雷がいる。

成田空港支局に連絡すると、すぐに熊雷が電話に出た。

『今度は留学生調べですか』

「度々、面倒をおかけします」

『やはり王少年の事件絡みですか』

「そちらのデータ如何《いかん》では容疑者の一人に成り得る人物です」

『そうですか』

淡々とした口調の中にも緊張が聞き取れる。

『では二時間ほどお待ちください。こちらから掛け直しますから』

いったん電話は切れたが、二時間どころか十五分後に折り返しの返事があった。

『劉浩宇は昨年四月、成田から入国しています。住所は瀋陽《しんよう》市内。パスポートを確認しましたが不審な点は見られませんね。渡航歴も一回きりです』

入国目的とパスポートに問題はなし。実は周明倫との関係も疑っていたのだが、現状二人の接点は見えない。

「ご協力に感謝します」

『感謝していただけるような結果になればと思います』

婉曲《えんきょく》な言い方だが、捜査に対する期待がひしひしと感じられる。手を貸してくれる者が増えれば増えるほどプレッシャーも積み重なっていく。

「必ず犯人を挙げます」

安請け合いなどするものではないが、そうとでも言わなければ熊雷を納得させられなかった。

『ニュースでその項目を見つけるのを心待ちにしています』

穏やかな言葉で人を追い詰める。熊雷という男は、案外食わせ者かもしれないと思った。

捜査の進捗《しんちょく》を報告すると、麻生は早速劉の件に飛びついてきた。

「葬儀場の前でいったん足を止めた、か。たったそれだけの理由で職質掛けたのは別に理由があったのか」

「説明できる理由はありませんよ。強いて言えば、ただの野次馬には見えなかったことくらいです」

「お前の心証はどうだ」

「この事件で初めて、それらしい臭いを嗅いだ気がします」

同じことを別の班長に言えば鼻で嗤《わら》われるか怒鳴られるところだが、麻生は犬養の実績を知っているので確認するように頷くだけだ。

「しかし、それだけの根拠じゃ令状を取るのは無理だぞ。家宅捜索一つできん。しかも本人は留学生だ。東朋大で接触するのも困難が予想される」

東朋大に限らず、大学という場所はどこも警察官の立ち入りを嫌う傾向にある。学生自治の名目からすれば当然という気もするが、一種の縄張り意識に思えなくもない。

「留学生という立場なら、尚更交際範囲も限られてくる。訊き込みするにしても学外の関係者は探しにくいんじゃないのか」

「関係者がいなければ本人に直接あたるだけです」

「警戒されやしないか」

「職質された段階で、とっくに警戒されていますよ」

「目をつけたのは劉が医学部の学生だからか」

「それもありますが、別の理由もあります。あの男には脆《もろ》い部分が見受けられます」

歳相応の脆弱さに加え、小心そうな態度を思い出す。露見を怖れてか、それとも犯罪に関与した罪悪感なのか、ともかく一突きすれば容易《たやす》く破れそうな殻に見えた。

「分かった。報告だけはしろよ」

麻生の言葉はいざという時の免罪符だ。麻生もそれを承知した上で口にしている。

翌日、犬養と明日香は東朋大の正門前にクルマを停めていた。劉の履修科目も出席する講義も不明なのでいつ現れるかは分からない。しかし二年生であれば修得すべき単位が多いので、大学に来る確率も高いと思えた。

「バイト先も聞いておくべきだったな」

キャンパスに出入りする学生たちの流れを目で追いながら犬養は後悔する。

「その必要はなかったと思いますよ」

珍しく明日香が慰めるように言葉を添えた。

「医学部に留学しているんです。勉強勉強でバイトするような時間的余裕なんてないはずですよ」

「留学がただのお題目でなければな」

就業目的でありながら留学ビザで入国する外国人も少なくなく、劉が例外でないという保証もない。ただし明日香の指摘ももっともであり、医学部に在籍している留学生であれば就業目的で渡航した可能性は少ないだろう。

正午を過ぎても劉の姿は現れない。午前中の講義で終わる学生たちがそろそろ吐き出されてくるが、その中にも見当たらない。

今日は空振りになるか──そう思い始めた頃、ようやく劉が現れた。昨日と同じグレーのダウンジャケットを着込み、寒そうに首を竦《すく》めている。

「行くぞ」

犬養に続いて明日香がクルマから飛び出す。対象が逃げられないよう、接近したら二人で前後を挟む。

「すみません、劉さん」

突如現れた二人組に劉はぎょっとして足を止める。

「わたしを憶えていますか」

「……警察の人、です」

「ええ、昨日与那嶺照生くんの葬儀場近くで質問させてもらいました」

「わたし、何も知りません」

脇をすり抜けようとしたので、犬養は両手を広げて阻止する。

「わたしは関係ありません」

「何も関係あるとは言っていません。ただあなたに興味があるんです」

「興味」

「実は今追っている事件は中国および中国の人と強い関連がありましてね。中国人の考えていることを充分理解する必要があるんです」

「ニッポンにも沢山の中国人います。わたしだけではありません。他の中国人に訊いてください」

「確かにこの国を訪れている、あるいは暮らしている中国人は少なくありません。しかし医学関係者となると、ぐっと数は少なくなる。わたしが理解したいのはあなたたちの臓器売買に対する考え方です」

臓器売買と聞いた途端、劉は虚を衝《つ》かれたように動きを止めた。

「こんなところで立ち話も何ですから、どこか暖かい場所に避難しましょう」

クルマの中に押し込めるという手もあったが、それでは警戒心を強めるだけで劉は口を閉ざしてしまうだろう。犬養は近くに喫茶店を見つけ、半ば強引に劉を連れ込んだ。

「これであなたを拘束するつもりがないのを理解してもらえましたか」

「臓器売買の何を話すのですか」

「中国では死刑囚が執行後の臓器を移植用に提供するシステムがあったようですね。そしてその臓器を売った代金は囚人の遺族に渡される」

「その通りです」

劉の返事には澱みがない。

「死刑囚であり臓器の代金は本人に渡らないとしても、これはれっきとした臓器売買になりますよね。医学的な倫理としてはどうなんですか」

「医学的な倫理」

犯罪捜査云々《うんぬん》ではなく倫理を問われたせいだろうか、劉は表情を和らげて話し始める。

「死刑囚というのは法律に違反して、死ぬ以外に罪を償えないとされた人たちです。そういう人たちが死後でも他人のために役立てるというのは素晴らしいことです」

中国人の死生観については明日香から伝え聞いていたが、中国人本人の口から聞くのは初めてだった。

「中国では死刑に値する罪が多く存在すると聞きました」

「わたしは法律の専門家ではありません。詳しくないのですが、ニッポンよりは死刑の数が多いですね。逆に、ニッポンでは死刑がある度にニュースになりますよね。どうしてわざわざニュースになるのか、そっちの方がわたしは不思議な気持ちです」

劉は犬養が抱いたものとは逆の違和感を抱いているらしい。なるほどこれがカルチャー・ギャップなのだろうと犬養は妙なところで得心する。

「劉さんは日本も中国と同じように死刑囚の臓器は提供されて然《しか》るべきだと思いますか」

「死刑囚がそれを望めばいいことだと思います。損をする人は誰もいません。囚人も囚人の遺族も、移植を必要とする人も。どうしてニッポンではそうした制度がないのですか」

「一つには法律ですね。臓器移植に関しては細かな条件が付帯していて、死刑執行の現場に移植チームが待機するようなことはしていません。現状、生前に本人が臓器移植に同意する意思を明確にしている、もしくは遺族の承諾があった場合に交通事故とかで脳死状態になった患者からしか移植できない仕組みです」

「それ、もったいないです」

言下に劉は答える。自身の専門領域だからか舌が滑らかになっている。

「折角利用できる臓器があるのに、それを移植しないのは四つの損です」

「その四つとは何ですか」

「囚人が救われません。遺族に見返りがありません。臓器を必要としている人が助かりません。移植手術の回数が増えないので医師の技術が上がりません」

死生観というよりは倫理観の相違なのだろう。劉の言葉は歯切れがいい分、犬養には奇異に聞こえる部分がある。

「本人の意思が尊重されるのなら、臓器売買は悪いことではないという主旨ですね」

「はい。何も問題はないと思います」

犬養はその返事を受けて、胸元から三枚の写真を取り出した。王少年・小塩雅人、そして与那嶺照生の顔写真だった。

テーブルに並べられた写真を目にするや否や、劉の視線は釘《くぎ》づけになった。その関心の強さで分かる。

劉は間違いなく三人の少年を知っている。

「わたしたちが追っている事件ではこの三人の少年たちが犠牲になりました。全員、肝臓の一部を摘出され、ある者は施術中のミスで、ある者は術後の不具合で、そしてある者は臓器売買の秘密を護るために殺されました」

犬養の話が聞こえているのかいないのか、劉の視線は写真に固定されたまま動かない。

「この三人にはもう一つ共通点があります。三人とも自らの意思で臓器の一部摘出および売買に同意している点です。今しがたあなたは本人の承諾があり、レシピエント患者が喜び、移植手術の件数が多くなるのなら、臓器売買は悪いことではないという主旨を話しましたよね。それはこの三人の少年にも当てはまるんですか」

数秒後、劉は自ら引き剝がすようにして写真から顔を背けた。

「わたしには、分かりません」

「分からないはずはない。さっきは自信満々に喋っていたじゃないですか」

犬養は王少年の写真を摘《つま》み上げて劉の眼前に突き出す。

「王建順、湖南省邵陽県出身。貧しい家の生まれで、親は臓器売買と知りながら彼を売り飛ばした。法律に触れるようなことは何一つしていない、まだ十二歳の少年です。あなたの同国人だ」

逸《そ》らした顔に変化があった。何かの感情に耐えるように唇を嚙《か》み締めている。

「形式の上ではあくまで養子縁組。おそらく本人は何も知らされず、知り合いが一人もいない異国に無理やり連れてこられ、やはり訳も分からないうちに手術台の上に乗せられた。肝臓の摘出手術は不首尾に終わり、彼は雑木林の中に埋められた。発見されるまで現場には冷たい雨が降っていた。肝臓を奪われ、その冷たい雨の下でいったい彼はどんな気持ちだったんでしょう」

劉の目がゆっくりと写真に移動し、そして固く閉じられる。

「……やめてください」

「別にあなたを脅している訳じゃない。殺された少年の思いを想像しているだけです。日本人のわたしですら憤りを覚えるくらいだ。同じ中国人の劉さんならもっと別の感情があるんじゃないですか。もう一度言います。彼は、わずか十二歳だった。あなたは十二歳の時、どこで何をしていましたか」

そう問われると、劉はこちらに向き直った。怯えているような目は犬養に対してではなく、王少年へのものに思える。

「日本の大学に留学できるくらいだから、ご両親は富裕層なのでしょうね。ひょっとしたら政府関係者か軍関係者ですか。いずれにしても養子縁組や臓器売買には縁のないご家庭でしょうね」

「違います。わたし、医者の息子です」

激昂《げっこう》こそしないものの犬養の言葉に反発する。

「わたしは、父親の病院を継ぐために、必死で勉強しました。東朋大への留学も、少しでも技術を高くしたくて」

「王少年を含め三人の少年は肝臓の一部を摘出された後、閉腹されています」

ここから先は捜査情報に触れる部分だ。全く無関係の第三者に洩らしていい情報ではない。しかし犬養は手応えを感じている。自分は獲物のいるポイントに釣り糸を垂らしている。

「臓器の摘出なんていう高度な医療技術を必要とされる施術を行いながら、閉腹については稚拙さが見られる。法医学の先生は臓器摘出と閉腹は別の医師の手によるものではないかという可能性を示唆しました。もしそれが真実なら、違法な手術に関与した事実は否定できませんが、罪としてはずっと軽くなる」

追い詰めてもいいが逃げ道を一つだけは残しておく。容疑者を落とす際の鉄則だが、敢えてここで使う。

「臓器の摘出を行った医師は、それが非合法なものであるのを知っている。だからこそ、執刀医の癖が明確になる閉腹は別の人間に担当させたのではないかと考えています。つまり共犯者といっても、半ば被害者のような立場と言って差し支《つか》えがない。裁判になれば情状酌量の余地は充分にあります」

果たして劉は考え込む仕草を見せ、テーブルの上の写真に視線を落とす。

「本当ですか。そんな犯罪に関わって罪が軽くなることがあるんですか」

「この国の法律はあなたの国の法律に比べれば、ずっと加害者よりでしてね。よほど凶悪な事件を起こさない限り、滅多なことでは死刑判決が下らない。死刑執行の度にニュースになるのは、実際死刑囚が少ないからという理由があります」

「ガイジンもニッポンの法律で裁かれるのですか」

「中国との間に領事裁判権はありませんから。不法入国で強制送還されない限りは、日本の法律が及びます」

劉は面を上げて犬養を見る。信用していい相手かどうかを見極めようとしている目だった。

犬養と明日香は黙って劉を正面に見据える。劉が落ちる寸前なのは、明日香にも分かるようだ。

テーブルを挟んで両者の睨み合いが続く。熾烈《しれつ》なものではない。信じてほしい側と信じさせてほしい側の切実な睨み合いだった。

このままでは埒《らち》が明かないか――そろそろ犬養が危惧《きぐ》を抱き始めた頃、明日香が身を乗り出してきた。

「わたしは王建順くんの村まで行ってきたんです。その日の食べるものにも不自由な暮らしをしていたようです。でも、そんな理由で子供がまるで犬猫のように売買されていいはずがありません。お願いです。あなたの知っていることを全部話してください」

打合わせになかった行動で止める間もなかったが、敢えて止める必要もなかったようだ。優しい者は恐喝以外の方法で追い詰められると弱い。劉の殻は脆いと予想していたが、破るためには追及よりは懇願の方が有効だったらしい。

やがて劉は睨み合いに疲れたように頭《こうべ》を垂れていった。

「時間を、ください」

苦しみながら絞り出すような声だった。

「今、この場所では話せません。わたしの方から連絡します。だから待ってください」

嘘やその場限りの逃げ口上でないと思えた。異国の地で裁かれる身にしてみれば覚悟を決める時間も必要だろう。

「いいでしょう。では連絡はここに」

犬養は自分の携帯番号を併記した名刺を渡す。劉の伸ばしてきた手は少し震えていた。

「あなたがわたしについて華々しい未来を想像しているのなら、それは間違いです」

劉は立ち上がりながら、誰に対してなのか恨みがましく言った。

「親が医者なのは本当です。しかし、わたしは父親ほど偉大でもなければ有能でもありません。そういう人間を父親に持つと、他人には分からない苦しみがあります。その、王建順という少年の苦労に比べれば贅沢《ぜいたく》な悩みなのですが」

劉はそう言い残して喫茶店を出ていった。


捜査本部に戻ると、麻生から意外な人物が二人を待っていると告げられた。

「十五の子供が一人で出頭してきた。何やら思い詰めた顔をしてるんで応接室に放り込んでおいた」

麻生も犬養と同様子供の扱いは苦手らしく、さっさと行けとばかりに手を振ってみせる。応接室に赴くと、垣内隆哉が居心地悪そうにしていた。

「何か話したいことがあるそうだな。照生くんの件か」

「それ以外にないだろ」

やや反抗的な態度は以前と同じだが、照生の告別式に一人で参列している姿を見ているだけに怒る気にはなれない。

「賭け麻雀のことですよ。あの時は隣に訓彦や翔大がいたから話しにくかった」

「ほう。仲間内でも話しづらいことがあるのか」

「俺とテルは特別なんですよ。その、境遇が似てるっていうか、二人とも親と上手《うま》くいってないこととか」

隆哉の家庭環境について詳細を確かめる必要はなさそうだった。

「賭け麻雀がどうしたって」

「中学生の分際で賭け麻雀なんて普通引くでしょ」

「そうでもないな。俺が君くらいの頃には修学旅行先の旅館で花札をやってた」

「刑事さんが」

「中学生から刑事やってる訳じゃない」

隆哉は少しだけ犬養に親近感を抱いたようだった。

「テルが賭け麻雀始めたのは理由があるんです」

「賭け麻雀の目的なんてカネだけだろう」

「別に遊ぶカネが欲しかったんじゃないんです。将来への資金だったんです」

俄《にわか》に、声が熱を帯びる。

「テルの家、行きましたか」

「ああ、行った」

「ひどかったでしょ。その、ビンボ具合が。あんなんだからテルの家には呼ばれなかったんです。俺たちも遠慮してたし」

粗暴に見えて結構繊細なところがあると感心したが、考えてみれば十五歳の少年に繊細さがあるのは当然だった。

「あいつもそんな家が嫌で嫌で堪《たま》らなかったんです。俺たちとつるむのも、なるべくあの家にいたくないからでした」

「……一刻も早く家を出たかったということか」

「あいつ成績は悪くなかったけど、給食費払えないくらいビンボだったでしょ。だから進学の費用は自分で稼ぐんだって。でも中坊ができるバイトなんてなくて、それで目をつけたのが賭け麻雀だったんです」

「仲間内で打っていたんじゃ回収できるカネはたかが知れている。だから雀荘に通い始めて、タチの悪い連中に引っ掛かったという次第か」

大人びているようで肝心なところは見通しが甘い。おそらく長束も知っていたのだろう。

「資金集めのつもりが逆に自分で借金作っちまったんです。テルの落ち込み方もハンパじゃなかったですよ。それがあの日は全然機嫌がよかったんで、どっかで一発逆転したんだとばかり思って……」

「石神井署の強行犯係が動いて、賭け麻雀の相手を捜している」

これは長束から直接聞いた話だった。一般人の賭け事にわざわざ警察が動くのは異例だったが、相手が中学生となれば話は別だ。照生殺害の犯人がその線から浮かぶ可能性もあり、長束はひどく力を入れていた。

「今度の件は警視庁との合同捜査だ。動いている人間も十人二十人の規模じゃない。与那嶺照生を殺した犯人は挙げてやる」

関係者の前で安請け合いするのは褒められたことではないが、目の前で鬱々とする十五歳を慰撫《いぶ》するにはそれしか思いつかなかった。父親としての経験が豊富だったらもっと違う慰め方もあったのだろうと、犬養は自嘲する。

「捜査してる人間の数が増えたってことは、まだ容疑者も見つかってないって意味ですよね」

隆哉は疑《うたぐ》り深く、こちらの動向を探ってくる。猜疑《さいぎ》心は信頼の裏返しだ。疑われているうちは失望もされていない。

「手掛かりはゼロじゃない」

犬養の頭には劉の存在がある。彼が去り際に見せた言動は間違いなく犯人との距離を縮めるものに思えた。

「でもネットのニュースじゃ、そんなことは一行も出てなかった」

「ネットニュースに出る時は犯人が逮捕された時だ。楽しみに待っているがいい」

「……ホント、頼みます」

隆哉は慣れない様子で頭を下げ、帰っていった。

「珍しく安請け合いしちゃいましたね」

隆哉の背中を見送りながら、明日香がぽつりと洩らした。

「軽率だったと思うか」

「わたしならもっと盛ったと思います。子供を元気づける時は大袈裟《おおげさ》なくらいがちょうどいいんです」

大袈裟ではない、と犬養は胸の裡《うち》で呟《つぶや》く。劉さえ口を開いてくれれば事件は急展開するはずだ。

しかし結果として犬養の目論見は露と消えた。

翌日、劉が死体で発見されたからだ。

四　富豪の買物

1

劉の死体が発見されたのは二十六日早朝、江東《こうとう》区新木場《しんきば》の河川敷だった。

第一報を受けた犬養が明日香を伴って現場に急行すると、運動公園の下で湾岸《わんがん》署の辰《たつ》巳《み》という刑事が待ち構えていた。

「捜査一課の犬養と高千穂です」

犬養が名乗ると、辰巳は同情するような視線を送ってきた。

「お呼び立てして申し訳ありません。何しろ被害者からのご指名でしてね。所持品の中にあなたの名刺がありました」

それで第一報で自分が名指しされたのか。疑問の氷解とともに、絶望と罪悪感が足元から立ち上ってくる。

河川敷にはブルーシートのテントが設営されている。昨日聴取したばかりの相手がそこに横たわっていると思うと動揺した。与那嶺照生といい劉といい、自分が会った端から証言者が葬られていく。偶然の一致と片づけるほど犬養は愚かではない。

間違いなく何者かの意思が働いている。

「ああ、お疲れ様です」

死体の傍らに屈《かが》んでいたのは南波《なんば》検視官だった。まさかここでも御厨と出くわすのかと危惧《きぐ》していたのだが、さすがに四度目はなかった。

「被害者があなたの名刺を持っていたと聞きました」

「昨日、本人から聴取したばかりです。今追っている事件の重要参考人でした」

犬養は合掌した後に劉の死体を見下ろす。二十歳過ぎでも幼さの残る顔が、今は全ての生気を失って青白い彫像と化している。薄紫の唇はもう何も語ろうとしない。

時間をくれ、と劉は言った。考えた上で話すと明言した。同胞の王少年の無念を知って協力するつもりだったのだ。

「死因はこれですね」

南波の指が示したのは頸《けい》部に残された擦過傷だ。照生の首にあったものと瓜二《うりふた》つの形状であり、それだけで関連づけができる。

「眼球の溢血《いっけつ》点から窒息死の可能性が大です」

「特徴のある索条痕《さくじょうこん》ですね」

「着衣の襟羽と傷痕《きずあと》が一致しています。ちょうど柔道技の送襟絞のようなかたちで窒息させられたのでしょう」

「髪の毛がびしょ濡《ぬ》れですね」

「死体が発見されたのは浅瀬でした。顔面は水中に没していました。水を飲んでいる形跡はないので、絶命した後に顔を沈められたものとみられます。河川敷から岸まで死体を引き摺《ず》った跡も残っています」

つまり送襟絞で仕留めた上で、念には念を入れるように水を飲ませようとしたのだ。

「死亡推定時刻は昨夜の午後十時から十二時までの間。惜しむらくは半日近く浅瀬に沈んでいたために、皮膚の露出部分や着衣に付着していたはずの毛髪や繊維といった残留物の多くが流出しています」

犯人の意図が残留物の抹消であったかどうか定かではない。しかし、脳裏に浮かぶ光景は犯人の性格を克明に描き出す。背後から送襟絞で劉を絞め殺し、その後死体を岸まで引き摺り、顔面を水中に押しつける——冷静さと残酷さを窺《うかが》わせる犯行態様と言える。

照生を殺害した時と同じ手口を使っていることから、犯人は同一犯であるのを隠そうともしていない。劉と繋《つな》がりのある実行犯が、警察に出頭される前に口封じしたとみて間違いない。

俺のせいだ。

俺が不用意に接触したために劉は殺されたのだ。

ならば俺が劉を殺したのも同然ではないか。

劉の死顔を見るほどに動揺が大きくなる。罪悪感で押し潰《つぶ》されそうになるが、せめて面や素振りには出ないように努める。

許してくれ、とは言わない。

自分ができることで償うしかない。

「犬養さん」

明日香から声を掛けられて我に返る。

「唇が」

指摘されて気づく。下唇を強く噛《か》んでいた。手を当てると血が滲《にじ》んでいた。

テントを出てから辰巳を捕まえる。

「発見者は誰でしたか」

「早朝、運動公園でゲートボールの予約を入れていた集まりがありましてね。最初に来た老人が死体を見つけました。死体は川面《かわも》に浮かんだままだったので、隠す気もなかったのでしょうね」

「目撃者は」

「目下、訊《き》き込みの最中です。ただこういう場所ですから」

辰巳は河川敷を見渡して言う。

「雪が降りそうな寒さだからテントを張るホームレスもいませんし、夜中の十時に散歩と洒落《しゃれ》込む通行人もいません。おまけに防犯カメラも設置されていません」

明言はしないものの、あまり期待するなという意味だ。

「ここから被害者の自宅は近いのですか」

「住んでいたアパートまでは徒歩圏内ですよ。だから連れ出し易かったのだと考えています」

送襟絞を決めるには双方の身体を密着させる必要がある。そのことからも顔見知りの犯行だと推測できる。劉を容易に連れ出せるのも補強材料だ。

劉に着眼したのは正解だった。劉から更に手を伸ばした先に実行犯が存在していたのだ。そう考えると、犬養は己の勘の良さと愚かさに引き裂かれそうになる。

「既にアパートの訊き込みは半分がた終わっていますが、中国からの留学生という事情も手伝って、近隣住人との接触はほとんどなかったようです」

これは都市生活者の無関心さよりも、外国人に対する壁の厚さの問題なのだろう。ただでさえ近づきたくない隣人なら、自《おの》ずと得られる情報はわずかになってしまう。

「被害者の部屋に案内してもらえますか」

「ええ。そろそろ鑑識が仕事を終えた頃だと思います」

辰巳の説明通り、劉のアパートは河川敷から歩いて五分の場所にあった。ドアの前に警官が立っているが、歩行帯は外されているので鑑識作業は終了しているようだった。

入った途端に埃《ほこり》とカビの臭いが鼻を突いた。

部屋の中はひどく空疎な印象がある。ゴミが床に落ちているでもなく、服が脱ぎ散らかしてある訳でもないのに、やけに寒々しい。衣装ケースを開けてみると四着ほどしか収められていない。小ぶりの書棚は医学専門書と思《おぼ》しき書籍が数冊とあとは中国語で書かれたものがやはり数冊。残りのスペースは百円ショップの品物らしき小物とフォトスタンドで埋められている。

フォトスタンドには劉を挟んだ三人の写真が収められている。両端の二人はおそらく父母なのだろう。厳格そうな父親とどこか不安げな母親、そして遠慮がちに笑う劉。

殺風景な壁には一枚の紙片がピン留めされている。内容を確認すると、ファストフード店のシフト表だった。劉は大学に通う傍ら、バイトで生活費を稼いでいたらしい。

「このシフト、かなり過密ですよ。しかも週六で休みは一日だけ」

聞きながら犬養は改めて室内を見回す。安手の生活必需品ばかりが目につき、値の張りそうな品物は何一つ見当たらない。

「父親が医師で一人息子、加えて医学留学生。傍《はた》から見れば結構な身分だと思ったが、実情は違うようだな」

「医者の息子や留学生というのはただの記号なんだと思います」

明日香は衣装ケースの衣類を品定めしながら呟《つぶや》く。

「あの国はとても広大で、複雑で、重層的で、日本の記号は通用しません」

「劉も富裕層じゃないってことか」

少年たちの身体から臓器を奪ったのは、その犯行手口から複数の人間と考えられる。劉をその一員とするには医学留学生という立場が矛盾していたが、この生活ぶりを目の当たりにすると納得できる。

　貧困家庭に育った少年の身体を、同じく貧困生活を強いられている医学生が切り刻む。想像するだにやり切れない気持ちになる。

　劉と犬養を繋いでいるのは一枚の名刺だけで、本件と連続殺人の間に関連が裏付けられている訳ではない。現時点では湾岸署の事件であり、部屋から押収された証拠物件も所轄の管理下にある。

　悩ましい話だと思っていると、自分の胸元から着信音が鳴り響いた。

　麻生からだった。

『やられた。おそらく四人目だ』

　一瞬、四人目の犠牲者は河川敷で見てきたばかりと口を滑らせかけたが、捜査本部では劉の殺人は勘定に入っていないことを思い出す。

『今度は死体ごと盗みやがった』

「何ですって」

『事故の被害者だ。病院に緊急搬送した直後、死体が消えた』

　ふと違和感を覚えた。

「班長。どうして死体ごと消えたのに、臓器目的だと見当がつくんですか」

『救急隊員の話によると被害者は十三歳の少年、搬送途中で脳死が確認されている。いいか、脳死だ。それがどういう意味を持つのか、〈切り裂きジャック〉の事件を担当したお前なら説明不要だろう』

脳死状態なら、臓器に損傷がない限り移植にはこの上なく理想的だ。

「搬送先はどこだったんですか」

『東朋大附属病院だ』

東朋大。

劉が在籍しているのも東朋大だ。これで二つが繋がる。

『今すぐ向かえるか』

答えるまでもない。

犬養は明日香を置き去りにする勢いで部屋を飛び出した。

病院に到着すると、既に麻生班の面々が顔を揃えていた。

「わたしたちも聴取を始めたばかりです」

同じ班の小酒井《こさかい》が犬養たちを見つけて駆け寄ってくる。

小酒井の説明によれば概要は以下の通りだ。

本日午前七時四十八分、千代田《ちよだ》区神田神保町白山《かんだじんぼうちようはくさん》通りの交差点で槇代宏隆《まきだいひろたか》十三歳が乗用車に撥《は》ねられた。通行人の通報で間もなく救急車が到着し、最寄りの東朋大附属病院に搬送。搬送中に脳死が確認されたものの、病院に到着後は救命チームに患者を確実に託したのだと言う。

「乗用車を運転していた人間は確保しているのか」

「ドライバーは台東区《たいとう》在住の塩沢佳代《しおざわかよ》七十五歳。軽のAT車を運転中、目の前の赤信号で止まろうとした際、間違えてアクセルを踏み込んでしまったようです」

「三人の被害少年たちと関係はあるのか」

「まだ捜査中ですが、住所地を考慮すると地縁はなさそうですね。もっとも当初は本人もひどく混乱して、まだ事情聴取が終わっていません」

台東区からクルマを運転して、都合よく神田神保町の交差点を渡る人物を轢《ひ》けるはずもない。事故自体は塩沢佳代の過失運転とみて間違いないだろう。

「いったん本部に帰署した救急隊員も呼び戻して、当時の状況を再確認してもらっています」

「直接、話を訊きたい」

すぐ別室に向かうと一人の男が待っていた。

「通常、一台の救急車には三人の隊員が乗車しているんです」

藤堂《とうどう》という救急隊長は、心外そうな顔で話し始めた。

「運転する機関員と隊長、そして隊員の三名です。覚知（救急要請の入電）があった時点で重篤と判断した場合には、わたしのように救急救命士の資格を有した者が同乗するマニュアルになっています」

「被害者は脳死が確認されたということですが」

「車内の患者室には心電図や血圧計・脳波計といった測定器が常備されていますからね。搬送途中で宏隆くんの脳死を確認し、その臨床データは全て東朋大附属病院に送信しています」

「患者を病院側に渡した記録は残っていますか」

「記録となると、これでしょうね」

藤堂が取り出したのは〈救急活動記録検証票〉と表題のついた合計十三枚の書類だった。その内容は出場番号と覚知の日時に始まり、救急隊のメンバー・傷病者情報・応急手当情報・状況評価・生理学的評価・所見・判断・指示・救急活動経過と多岐に亘《わた》る。最後の欄は初診医所見欄で、〈医療機関名　東朋大附属病院〉〈十二月二十六日午前八時十分　菅浦光伸《すがうらみつのぶ》〉と記入されていた。

「傷病者の引き継ぎに義務付けられている書類です。これと同じものを病院側も備えているはずです」

「引き継ぎ時点では、確かに宏隆くんの身体だったんですね」

「間違いありません。わたしと隊員一人がストレッチャーごと菅浦先生と救急チームに渡したんですからね。だから帰署した直後に当該傷病者が行方不明だと連絡を受けて困惑しました」

犬養は藤堂の目を覗《のぞ》き込む。長らく救命医療に従事してきた矜持《きょうじ》が窺える目だった。

「救急隊のお仕事は何年目ですか」

「もう八年ですかね」

「こんな風に引き継いだ後に患者が行方不明になるケースは過去にも散見されますか」

とんでもないというように、藤堂は首を横に振る。

「一刻を争う傷病者です。それこそ分刻み秒刻みの扱いが要求されます。少なくともわたしが搬送した例では一つもありませんね」

藤堂を帰した後、次は菅浦医師に来てもらう。菅浦も藤堂同様、降って湧いたような不測の事態に困惑しているようだった。

「こういう言い方が妥当かどうかは分かりませんが、わたしたちも何が何だか皆目見当もつかないのですよ」

菅浦は悩ましげに何度も頭を振ってみせた。

「先生と救命チームが藤堂隊長から槇代宏隆くんを受け取ったと聞きました」

「ええ、それはその通りです」

「藤堂隊長からは救急活動記録検証票を拝見しました」

「わたしも控えを持っていますよ」

菅浦は持参していたカバンから書類の束を取り出す。検《あらた》めると確かに検証票と同一だった。

「宏隆くんは搬送中に脳死が確認されています。臨床データも病院側に送信されていると聞きました」

「ええ。確かに受信しています。データ内容と検証票を照合しましたからね」

「先生は引き継ぎ時にどう思われましたか」

「どうもこうもありません。脳死が確認されていても蘇生《そせい》を試みますよ。すぐ手術室に運ぶよう救命チームに指示を出しました」

「ところが宏隆くんの身体は直後に行方が分からなくなります。救命チームが途中で交代したんですか」

「そんなことは有り得ません」

菅浦は言下に否定する。

「傷病者を引き継ぐ時点で外科主体のチームなのか内科主体のチームなのかが決定し、該当するチームがそのまま治療・施術まで行います。途中で別チームに引き継ぐことは原則ありません」

「東朋大附属病院独自のシステムですか」

「独自といえば独自ですが、どこの救急病院も似たようなものだと思いますよ。引き継ぎ地点が多くなればなるほどタイムラグと情報のバグが生じますから」

「宏隆くんの身体が行方不明になった経緯をお話しください」

「今も言った通り、たとえ脳死が確認されたとしてもその事実と脳死判定は別の問題です。法的脳死判定基準というものがあって」

「知っていますよ。深昏睡《しんこんすい》から始まる五項目ですよね」

脳死判定については臓器移植の絡んだ事件を担当した際に、嫌というほどレクチャーを受けている。深昏睡などという言葉を発した犬養を見て、菅浦は意表を突かれた様子だった。

「話が早くて助かります。そうした判定手順を踏む必要もあるので、脳死状態であってもいったんは手術室に運びます。今回の傷病者もそうでした」

「手術室に運んだのは間違いなく救命チームだったんですね」

「ストレッチャーに乗せて四階の手術室に運び入れました。一方わたしは執刀に先立って検証票に記載された内容を再確認し、対応を考えながら準備室で待機していました。救命チームが術式の準備を終えるのと同時に手術室に向かう予定だったんです」

「何か事故が起きたんですか」

「警報が鳴ったんですよ」

菅浦は忌々《いまいま》しそうに顔を顰《しか》めてみせる。

「ウチは院内感染が発生した際、病院全棟に警報が鳴るシステムになっているんです。警戒レベルにもよりますが、まず手術室への出入りが禁止され、次に入館制限がかかります。感染を最小限に留《とど》めるための処置ですね」

医師ゆえの慣れなのか、菅浦は物騒な話を淡々と続ける。院内感染と聞き、さすがに犬養は危機感を抱いた。顔に出たのだろう。菅浦は片手をひらひらと振ってみせる。

「いや、安心してください。警報は誤報だったんですよ。ものの数分で誤報のアナウンスが流れました。ただ、その数分間、救命チームは手術室に足を踏み入れることができませんでした」

「まさか、その数分間に」

「そのまさかです。警報が解除されて手術室に入ってみると、先刻まで手術台にあった傷病者の身体が影もかたちもなくなっていました」

「救命チームの誰かが運び出したのではありませんか」

「救命チームは全員、準備室に移動していました。誰一人として欠ける者はいませんでした」

「手術室と準備室の位置関係を教えてください」

　菅浦はテーブルの上を指でなぞり始めた。

「準備室から手術室までは五メートルほどの廊下で繋がっています。ただし手術室には反対側にも搬出口があって、傷病者はこの搬出口から運び出されたのだと思います」

　聞いてみれば呆《あき》れるほど単純なからくりだった。

　院内感染の警報は十中八九、作為的なものに違いない。警報を鳴らせば手術室の出入りが中断される決まりを利用し、救命チームと他の職員を足止めした上で宏隆をまんまと奪取したのだ。

　犯人は病院のシステムに精通した者であることは疑いようもない。

「内部犯行の可能性が否めません」

すると菅浦も覚悟していたらしく、諦《あきら》めたように項垂《うなだ》れる。

「ええ、病院側もそれを否定できないと思います」

次に犬養は五人から成る救命チームを呼んで事情聴取したが、いずれからも菅浦以上の情報は得られなかった。

救命チームの最後の一人が部屋を出ていくと、今まで沈黙を守っていた明日香が徐《おもむろ》に口を開いた。

「この病院、変です」

「ああ、菅浦医師も認めている」

「劉は病院の母体である東朋大医学部の留学生。宏隆くんを拉致《らち》したのも病院の関係者。少年たちの肝臓を奪った犯人は間違いなく、この中に潜んでいます」

「間違いなくというのは早計だが、捜査本部の人間を総動員させるくらいの価値はあるだろうな。東朋大と附属病院、二つ合わせれば関係者の総数は二百や三百じゃ済まなくなる」

事の次第を電話で報告すると、麻生の反応も冴《さ》えなかった。

『関係者の中から身分を詐称しているヤツを探すだけなら容易《たやす》いが……大学の職員は教授を含めて二百五十三人、病院に勤務している者は百六十二人、しかもこれはパートやバイトを除外した数だ。職歴を洗うだけでも大した労力を費やすことになる』

職歴だけではなく、各職員のアリバイまで洗うとなれば尚更《なおさら》だ。電話の向こう側で、溜息《ためいき》を吐く麻生の渋面が目に見えるようだった。

　ところが麻生は小気味よい裏切りを見せた。

『ともあれ捜査は大きく前進した。容疑者ゼロより二百五十三プラス百六十二の方が有難い』

「現状、とてもじゃないが人が足りませんよ」

『管理官に上申して増援してもらうさ。行方不明になった槇代少年の行方も捜索せにゃならん。それこそ警視庁管轄のお巡り全部を駆り出してでも頭数を揃えてもらう』

　怒りを孕《はら》んだ物言いに麻生の執念が見え隠れする。村瀬管理官の操縦は麻生に任せ、こちらは劉を手に掛けた犯人を追うべきだと犬養は判断する。

　部屋を出て一階フロアに戻ってみると小競り合いの現場に出くわした。見れば一組の夫婦らしき男女が職員に食ってかかっている。

「息子の身体が消えたって、どういうことなんですか」

「あんたたちの処置に過誤があったから、隠しているんじゃないのか」

「早く宏隆と会わせてください。もう脳死状態だなんて、本人をこの目で見るまで信じられません」

　会話の内容から、どうやら槇代宏隆の両親らしい。父親の方は勤務先から駆けつけたらしく、首から社員証らしきカードをぶら下げたままだ。

　職員が助けを求める視線をちらちらと送っている。求められれば仲裁に入らない訳にはいかない。

「警視庁刑事部捜査一課の者です」

犬養が名乗って間に割って入ると、両親は恐慌状態にありながら怪訝《けげん》な視線を投げてきた。

「捜査一課。息子は事故に遭ったんじゃないんですか」

「行方が分からなくなったと知らせを受けましたから。とにかく落ち着いてください」

「お、落ち着いていられるもんですか」

母親は、今度は矛先を犬養に向けてきた。

「いきなり宏隆が轢かれたと連絡を受けて、着の身着のままで病院に来てみれば、肝心の宏隆はどこかへ消えたっていうし。搬送途中で死んだと教えられるし、いったい何が何だか」

「そもそも死んだ人間がどこかに消えるなんて有り得ないでしょう」

父親の方も相当に昂奮《こうふん》していた。

「まさか病院のミスを警察が庇《かば》っているんじゃないでしょうね。あたかも盗まれたように見せかけて」

明らかに疑心暗鬼に囚《とら》われていた。

「捜査は緒に就いたばかりです。しかし必ず息子さんは捜し出します」

断言していいことではないが、今はこうとでも言わない限り事態を収拾できない。二人を宥《なだ》めすかすのに三十分以上を費やしてしまった。もちろん方便ではなく、両親の気持ちは痛いほど理解できるので、説得も本気だ。

「日本の警察の捜査力は世界一です。どうか信用してください」

ようやく両親を送り帰し犬養たちは腰を据えた捜査をしようとしたが、状況は最悪の方向に転がった。

早くも翌二十七日、槇代宏隆が変わり果てた姿で発見されたからだ。

世田谷区宮坂《みやさか》、閑静な住宅街を走るユリの木通りから一つ入った裏道にその物体が置かれていた。発見したのは同地区を受け持ち区域とする新聞配達の少年だった。

明け方前の闇の中、最初それはスーパーの買物カートのように見えた。裏道とはいえクルマの行き来する場所だ。自分のように、早朝にバイクを走らせる仕事の者もいる。傍迷惑な障害物だと思って近づいてみると、シーツを被《かぶ》せられたストレッチャーだった。

不用意にシーツを捲《まく》った少年はひと声呻《うめ》いて、その場に腰を落とした。ストレッチャーに乗っていたのは腹に縫合痕を残した少年の死体だった。

急報を受け、当該地区を巡回中だった機動捜査隊が到着。死体を検分した結果、捜索中だった槇代宏隆であることを確認し、捜査本部に第一報をもたらした。徹夜を強いられていた犬養はいったん帰宅した明日香を呼び出す一方、単独で現場に急行する。

検視に立ち会っていたのはまたしても御厨だった。嫌味と皮肉を浴びせられるのを覚悟したが、反面被害少年たちの殺害状況を知悉《ちしつ》してくれているので話が早くて済む。

「もう顔も見たくないな」

「わたしもですよ」

言われる一方では業腹なのでわずかながら抵抗を試みる。御厨は一度だけ鼻を鳴らして説明に入る。

「右大腿骨《みぎだいたいこつ》骨折に加えて後頭部挫傷《ざしょう》。裂傷はアスファルトと激突した際に負ったものだろう」

「被害者は昨日午前七時四十八分、信号無視の軽自動車に轢かれ、搬送途中に脳死が確認されています」

「状況と外傷は一致する。後付けになったが、死亡推定時刻も合う」

「やはり臓器が摘出されていますか」

「肝臓が丸ごと盗《と》られている」

御厨の声は低く、昏《くら》い。目の前に肝臓を摘出した犯人がいれば、間違いなく鉄拳《てっけん》の一つや二つは見舞ってやろうという顔をしていた。

「ただし縫合痕は前の三例と異なる。メスの扱いに慣れた者の仕事だ。腹が立つくらい丁寧に縫ってある。今度は、この執刀者の顔を見たいものだ」

「見て、どうするんですか」

「言わぬが花だ」

少年の肉体から臓器を奪うような非道を行いながら、仕事は丁寧ときた。そのちぐはぐさが生理的な嫌悪感を催させる。

「解剖すれば臓器摘出を執刀した者が同一人物かどうかも見当がつくだろう。慣れた者ほど手癖がつくからな」

やがて明日香もおっとり刀で駆けつけてきた。犬養と御厨に一礼してから、槇代宏隆の死体に合掌する。

「こんな時間帯に置き去りですか」

「放置された時刻は明らかになっていないが、よくクルマに撥ねられなかったものだ」

現場に到着した際、犬養は周辺を探ってみたが防犯カメラは見当たらなかった。死体が置き去りにされた時刻を特定するには、近隣からの訊き込みが急がれる。

「……ひどい。まるで、使い捨ての部品みたいに」

見る間に明日香の顔も凶暴になっていく。だが冷静に観察しているつもりの犬養も傍から見ればどんな顔つきになっているか分からない。

明日香はゆっくりとこちらに向き直る。

「犬養さんには、捜査に私情を挟むなと言われました」

「ああ、言った」

「感情に走るなとも言われました」

「そうも言った」

「刑事には必要な資質なんだと思います。でも、わたしはこれ以上抑える自信がなくなってきました」

「自信なんて誰も持ってやしない」

明日香はきょとんとして犬養を見る。

「子供がこんな風にされて怒りを覚えないヤツはいない。子供のいる大人なら尚更だ」

「だったら」

「だからこそ俺たちは必ず犯人を挙げなきゃならない。失敗も迷宮入りも許されない。そのためには頭はいつも冷やしておけ。熱くなるのはここだけでいい」

犬養は自分の胸に指を当ててみせた。

2

槇代宏隆の遺体を医大の法医学教室に送り届けた犬養と明日香は、そのまま本部に取って返した。分母が多いとはいえ、容疑者が限定されたのならマンパワーを発揮して一つずつ潰していくしかない。

「犬養さん、この一週間、同じジャケットですよね」

刑事部屋に向かう途中の廊下で話し掛けられた。思わず二の腕に鼻を持っていった。

「特に臭わないが。シャツと下着はコンビニで間に合わせている」

「そういうことじゃなくて、一日くらいは休んでくれと言ってるんです」

「人事課でもないのに、俺の勤怠に口を挟むな」

刑事部屋に足を踏み入れた際、この部屋では滅多に見掛けない人物の姿に気づいた。

「増員の要請を受けた。上申したのは班長らしいな」

「ええ」

津村一課長を飛び越え、なぜ村瀬管理官がわざわざ刑事部屋に出向いているのか。即座に湧いた疑問は麻生とのやり取りを聞いているうちに解消した。

「現状、捜査本部は五百人態勢を敷いている。既に少年四人の臓器が奪われているから重大事件であるのは論を俟《ま》たないが、それでも本事案に捜査員が集中し、他の案件に支障が出始めている。麻生班も例外ではないだろう」

「仰《おっしゃ》る通りです」

「諸事情を知った上で、尚増員しろというのか」

「犯人の潜む巣穴が分かったんです。攻め込まない手はないでしょう」

「それについても報告は受けた。槇代宏隆の拉致に関しては東朋大附属病院の内部犯行である可能性が大きいのも理解できる。だが、あくまで可能性だ。外部犯行の可能性も捨て切れない。院内感染の誤報と拉致の因果関係も立証できていない」

「立証はできずとも、あまりにタイミングが良すぎます。この二つを無関係と断じるには無理があります」

村瀬の詰問に麻生は一歩も退《ひ》かない。ともすれば面従腹背を処世術と心得ている風の麻生が上司と丁々発止のやりとりを繰り広げているのを、部屋にいた捜査員たちは固唾《かたず》を呑《の》んで見守っている。

「麻生班長。東朋大および東朋大附属病院の職員全員から聴取しアリバイを調べることが何を意味するか承知しているのか」

説明されずとも、意味はここにいる全員が知っている。

東朋大は学生数七万人を超える、我が国最大規模の私立大学だ。各学部が単独のキャンパスを持ち、研究所・博物館などの附属機関も国内最多。卒業生は各分野で活躍しており、政治家や文化人にもOBが多い。言い換えれば東朋大に一斉捜査をかけるのは、自治を謳《うた》い文句にしている最大の法人にずかずか土足で踏み入るようなものだ。首尾よく犯人を検挙できればよし、万が一空振りに終われば内外からの批判は避けられないだろう。下手をすればOBからの有形無形の報復さえ考えられる。

「実際、警察庁や警視庁にも東朋大OBは少なくない」

「知っています。身近なところではウチの刑事部長がそうでしたね」

「敵の懐に手を突っ込んだら、何某《なにがし》かの獲物を摑《つか》まないことには申し開きができなくなるぞ」

「それは、管理官がですか」

ギャラリーたちは声にならない悲鳴を上げる。皮肉どころの話ではなく、今の切り返しは明らかな反逆だった。

普段より何を考えているか分かり辛《づら》い村瀬でも、さすがに怒気を露《あら》わにするだろうと犬養もそう覚悟した。

ところが村瀬の反応は大方の予想を覆した。

「わたしの申し開きなら心配には及ばない。今までどれだけ責任を他所《よそ》に転嫁して逃げ果《おお》せたと思う」

真顔で言うのだから冗談かどうかも判別できず、麻生は困惑顔になる。

「こういう場合、報復の矛先は最も脆弱《ぜいじゃく》な部分に向かう。立場上、一番脆弱なのは一兵卒ではなく陣頭指揮を執る者。つまり麻生班長、君だ。嫌な言い方をするが、班長の階級では批判を躱《かわ》しきれず、しかも処分しやすい」

「承知していますよ」

麻生は尚も抵抗する。

「そうそう誤認逮捕なんて不様な真似はしません。しかし怖れるつもりもありません。日本最大の大学だろうが附属病院だろうが、遠慮なく手を突っ込むつもりです」

「覚悟はできているのか」

それは最後通牒《つうちょう》に聞こえた。

麻生は一瞬、返事に窮したように黙り込む。中間管理職の儚《はかな》い抵抗もここまでかと空気が弛緩《しかん》しかけた時、麻生のひと言がギャラリーたちの頰を張り飛ばした。

「覚悟があるなしの問題じゃない。まだ高校生にもならない子供たちが、貧困という理由だけで不法に臓器を提供させられているんです。身体を切り売りさせられてるんです。警察官として、人の親として奮い立たなけりゃ、いったいいつ奮い立てというんですか」

束の間、沈黙が流れる。

張り詰めた空気を弛緩させたのは村瀬だった。

「それが聞きたかった」

呆気《あっけ》に取られた体の麻生に対し、村瀬は何事もなかったかのように淡々と話す。

「増援については了承する。他の班との兼ね合いもあるが、調整の上で本日中に対処する」

そう言い残すと踵《きびす》を返し、さっさと部屋から出ていってしまった。

後に残された麻生こそいい面の皮だった。居並ぶ部下たちの前で感情を露わにした気まずさを不機嫌そうな顔で誤魔化し、そそくさと自分の席へと戻っていく。だが前を通り過ぎる際、「……やられた」と小声で呟いたのを、犬養は聞き逃さなかった。

素人の小芝居を見せられたようで犬養は鼻白んだが他の捜査員には発奮材料になったらしく、何人かは口元を引き締めて決意を新たにしている様子だった。

明日香が要領を得ないという顔で訊いてきた。

「犬養さん。今のは何だったんですか」

「言質を取られたんだ」

捜査員の心を知らなければ手足のように動かせない。一方で感情に押し流されては指揮官の資格がない。

「増援要請を承諾する条件に、班長に決意表明をさせた。責任の所在を明らかにするのと同時に、単に頭数を増やすだけでは効果薄だと計算したのさ」

「この期に及んで、まだそんな駆け引きをしてるんですか」

「この期に及んでいるからこそだ。管理官も東朋大関係者の中に犯人が潜んでいると踏んだんだ。だが東朋大および附属病院は捜査対象として困難が付き纏《まと》う。どんなかたちにせよ、覚悟と緊張感が必要になる」

「……面倒臭い」

そうだな、と犬養は同意する。

「そこへいくと俺たちの行動原理は単純明快だ。犬のように獲物を追っかけていりゃいいんだからな。理解したなら行くぞ」

行き先は告げるまでもない。犬養は明日香を従えて東朋大に向かった。

東朋大医学部は板橋《いたばし》区にキャンパスを構えていた。

劉が通っていた大学の附属病院では傷病者の拉致が発生している。捜査一課の刑事が大手を振ってキャンパス内に足を踏み入れる根拠は揃っているが、それでも明日香の表情には遠慮が見受けられた。

「何だか抵抗があります」

「別に違法な捜査じゃないぞ」

「敷居が高いっていうか……わたしたちが立ち入るのを拒否されてる感じがします」

「大学というのは教授から学生まで、警察の介入を嫌うからな」

殊に東朋大はその傾向が顕著だ。七〇年代には学生運動の拠点にもなった場所で、その頃から警察嫌いは筋金入りの感がある。

「だが嫌われようが好かれようが関係ない」

学生課で来意を告げると、受付の女性職員は迷惑そうな態度を隠そうともしなかった。

「応接室で少々お待ちください」

言われるまま指定された部屋で待っていたが決して少々などというものではなく、二人は二十分以上も放《ほ》ったらかしにされた。ようやく現れた男も、散々待たせたことを意に介する様子もない。

「事務局長の田神《たがみ》です。留学生が殺害された件でいらっしゃったとか……本当に痛ましい事件です」

痛ましいと口にするくらいなら、もう少しそれらしい顔をしろと言いたくなる。

「主に劉さんの交友関係を調べているのですが、担当教授やクラスの情報を求めています」

「留学生ということなら交友関係はごく限定されたものになるでしょうね」

断定口調に違和感を覚えた。

「学生課では学生個人の交友関係まで把握されているんですか」

皮肉のつもりだったが、田神は一切気にする素振りを見せない。

「まさか。ただ留学生の大半は留学生同士のコミューンを作り、日本人学生と交わろうとしません。言葉の壁というのは存外に高いものなのでしょう」

「本人と話したことがありますが、劉さんはなかなか流暢《りゅうちょう》な日本語を操っていましたよ」

「流暢に話せることと腹蔵なく付き合えることは別ですよ」

言葉の端々から、適当にあしらいたいという姿勢が見え隠れする。明日香も察知した様子で心なしか視線が苛立《いらだ》っていた。

「殺された劉浩宇という学生はまだ二年生ですね。一般教養の受講課程なら、まだゼミには参加できないので担当教授も決まっていません。深くは知りませんが、同じ医学部の中国人留学生に当たった方がよろしいでしょうねえ」

いかにも他人事《ひとごと》と言わんばかりの物言いに、そろそろ犬養も我慢できなくなってきた。

「東朋大は留学生の受け入れに、あまり積極的ではないんですか」

とんでもない、と田神は言下に否定した。

「文科省からも優秀な外国人留学生を多く獲得するようにと指導を受けています。受け入れ数でいえば、本学はトップクラスですよ」

あくまでも数に言及していることで、受け入れの内実が透けて見えるようだった。

「外国人留学生は大学側が募集するものだと聞いてます」

「ええ、その通りです。本学も新入生募集と同時に公告していますよ」

「留学できる資格とはどんな内容なんですか」

「国費については本学から推薦するもの、それから在外日本公館が推薦するものの二つ。私費については本学の選考を経て直接入学するものと、大学間交流協定を結んだ外国の大学から推薦を受けたものの二つ。劉くんは国費で、本学から推薦を受けたケースですね」

「推薦するのは誰ですか」

「各学部長なので、この場合は医学部長の推薦ということになります」

「医学部長の一存という訳ですか。劉浩宇を推薦した理由を是非知りたいですね」

突っ込んだ質問をされると、俄《にわか》に田神は警戒心を面に出した。

「いや、学部長の一存などとは申しておりませんよ。本人の学業成績と志望動機を吟味した上で学部長が推薦し、最終的に承認するのは本学の理事長というかたちです」

「推薦状を拝見できますか」

田神は躊躇《ちゅうちょ》したらしく、返答が一瞬遅れる。

「当該部署に問い合わせてみましょう。しばらくお時間をいただけませんか」

「学生課では対応できないのですか。学生の個人情報は学生課が保管・保護しているものとばかり思っていましたが」

「他校の事情は存じません」

いかにも苦しい言い訳だった。

釘《くぎ》を刺しておく必要がある。

「警察の認識とズレがあるようなので、敢《あ》えて申し上げておきますが、これは殺人事件の捜査です」

犬養が口調を変えた途端に、田神はわずかに身じろいだ。

「国籍はどうあれ、人一人が命を不合理に奪われている事実の前では、どんな権威も名目も意味を成さない。大学側の協力が得られないのであれば強制捜査に移行せざるを得ない。そうなった場合、最初の折衝に失敗したご担当はどんな責任を問われるでしょうね」

「それは脅しですか」

「劉浩宇の事件に絡んで、既に複数の痛ましい犠牲者が出ています。世間もマスコミも憂慮している。多少警察が勇み足になっても、現状では許容範囲と認められる公算が大きい」

曖昧《あいまい》な表現に終始したが、それでも効果はあったらしい。

「時間をください」

田神は追い詰められた小動物のような目をしていた。

3

翌日、犬養と明日香はアポイントも取らずに東朋大を訪れた。受付から呼び出された田神はひどく慌て、且つ苦りきっていた。

「時間をくださいと申し上げたじゃありませんか」

「一日もあれば充分でしょう。劉浩宇の推薦状を見せてください」

「申し訳ありませんが、まだ医学部長にはお話ししておらず……」

田神は言葉を濁したが、逸《そ》らした目を見た犬養は瞬時に判断した。

おそらく嘘を吐き慣れていないのだろう。答えている最中に視線を逸らすなど、嘘だと白状しているようなものだ。

「医学部長は座間昇平《ざましょうへい》というお名前でしたね。ホームページの教職員情報で確認しました」

座間の名前を聞いた瞬間、田神の顔が歪《ゆが》んだ。患部を弄《いじ》られたような顔なので、やはり触れてほしくなかった名前なのだろう。

「座間部長は非常に多忙でございまして」

「そうでしょうね。何しろ附属病院の外科部長も兼任されていますからね」

「はい。そのためにスケジュールが分刻みになる日もありまして」

「ほう。さすがに事務局長さんですね。教職員一人一人のスケジュールを把握されているとは。それなら忙しいスケジュールの合間を縫ってわたしの申し出を伝えていただくのも容易だったはずです。違いますか」

「それは、その」

「昨日、言ったはずです。この大学に籍を置く者が一人死に、附属病院に担ぎ込まれた少年の肉体が一つ忽然《こつぜん》と消えた。そんなに捜査協力がお嫌なら、明日にでも一教室に入りきれないほどの警察官がキャンパスにやってきます。自由と自治が身上の大学に刑事が溢《あふ》れかえるというのは、さぞかし異様な光景でしょうね。マスコミを呼ぶ必要もない。キャンパスを歩く学生たちが我も我もと動画をネットに上げる。その日のうちに東朋大に捜査の手が入ったことはトップニュースになる」

「やっぱり、あなたはわたしを脅しているんじゃないですか」

田神はなけなしの抵抗を見せる。ここで犬養たちを阻止するのが自分の務めと信じているようだった。

「昨日もそうだった。大学の世間体を人質に取って推薦状を見せろという。大体、そういうものは然《しか》るべき手続きを経て請求するのがルールでしょうっ」

「然るべき手続きを経て、然るべき手続きで拒絶されても仕方ないですからね」

一応、相手方に内部資料を請求する際は捜査関係事項照会書を送付するが、任意捜査なので法的に強制力を持つものではない。

「ただ、拒絶された場合には裁判所の捜索差押許可状を持ってくるだけですけどね。そうなるとますます大学側の立場は悪くなりますよ」

「あなたは最初から大学関係者の中に犯人がいると決め込んでいる」

「犯人ではなく容疑者です」

「同じじゃないですか」

「容疑者と犯人とでは天と地ほども違いますよ。だが騒ぎが大きくなればなるほど、東朋大が受ける損害は増えていきます。有形も、無形も」

田神は一歩後ずさる。

「まるでヤクザみたいな脅し方をするんですね」

「脅しではないのですよ」

相手が一歩下がったのなら一歩踏み出す。交渉の基本だ。

「塀で囲まれていると世事に疎くなるのは大学も刑務所も一緒だ」

さすがに田神は顔色を変えたが、ここは相手を圧倒しなければならない。幸い、田神は権力には盲従するタイプの男らしい。

「新聞でもネットでもいい。今、少年たちの事件がどんな風に報じられているか見てみなさい。子供たちが貧しいという理由だけで臓器を奪われ、そして死んでいる。二重の意味でか弱き者たちが次々に殺されている。犯人を庇う者はいない。悪意と野次馬根性の巣窟《そうくつ》であるネットでさえそうです。そんな空気の中、捜査協力を拒む大学が世間からどう思われるか。大学自治の論理や個人情報の保護など、この巨大な怒りの前では木っ端微塵《みじん》に吹き飛んでしまいますよ」

喋《しゃべ》りながら、犬養は計算通りの言葉が吐けているか田神を観察する。刑事としてよりも人の親としての憤怒《ふんぬ》があるのは紛れもない事実で、感情が必要以上に昂《たか》ぶらないようにしろともう一人の自分が警告している。怒ったふりをするのはいいが、本当に感情的になったら交渉は不利になる。

その時、今まで沈黙を守っていた明日香が二人の間に割って入った。さては自分の言説を暴走と捉《とら》えたのかと勘繰ったが、実際は逆だった。

「今、犬養が口にしたことはすごくオブラートに包まれています」

何も喋らない補佐役と思い込んでいた女が険しい顔を突き出したからか、田神は目を丸くしていた。

「警察官といっても所詮《しょせん》はただの宮仕えです。学校法人を維持していく苦労も職場の同僚を護《まも》りたい気持ちも分かります。でも、宮仕えの人間である前に人の親で人の子です。わたしだけでなく、この国に住まう者、世界に暮らす者全員がそうです。だからどんな世界のどんな階層の人間でも、子供が迫害される所業は見過ごせません。ついでに言えば悪人揃いの刑務所でも、子供を手にかけた受刑者は他の受刑者から蔑《さげす》まれ、時にはイジメの対象にされます」

明日香には珍しく声を低くし抑揚も控えめだが、それが却《かえ》って憤りの大きさを物語っている。

「捜査本部の全員が今度の事件に怒っています。もちろん組織としても警察官としても決して理性は失いませんが、犯人を挙げるためならいち学校法人の名誉なんか眼中にありませんよ」

火消し役だと思っていた人間が燃料を投下してきた。

予期せぬ波状攻撃に折れたのか、田神は目に見えて怖気《おじけ》づいた。

「わたしは一介の事務員に過ぎません。そんな大上段に構えられても」

再び犬養が迫る。

「あなたに責任を取れとは言っていません。それに大学関係者の中に犯人がいると決まった訳でもない。ただ劉浩宇が東朋大に留学した経緯《いきさつ》の全てを知りたいだけです」

「座間部長にお伝えはしたんですよ」

田神は弁解がましく続ける。

「しかし推薦状は学内の資料であるとともに学生の個人情報なので、慎重にも慎重を期すようにと言われて」

「田神さんはちゃんと慎重を期しているじゃありませんか」

どんな攻め方をしても一つは退路を用意しておく。これも交渉術の要《かなめ》だ。

「田神さん経由で推薦状を見せてもらえないのなら、座間部長に直接交渉させていただくというのはどうですか」

「直接って」

「我々と座間部長を会わせてください。そうなれば内部資料の照会に応じるのは座間部長の責任になる。あなたが責められるとしたら、我々を座間部長に取り次いだことだけだ」

田神の顔は逡巡《しゅんじゅん》に揺れる。全く、こんなに表情を読まれるような人間が、よく大学の要職を務められるものだと思う。それともマンモス大学とはいえ、事務局長というのは要職ではないのか。

「最終的に内部資料を差し押さえられて責任問題になるのと、医学部長に取り次いで顰め面をされるのと、どちらがよろしいですか」

決して多くはない犬養の経験則だが、学校関係者というのは概して世間知らずだ。接触する外部は親だけなので、どうしても世間が狭くなる。世間が狭いと、外部からの圧力に弱くなるのは自明の理だ。田神が折れるのも時間の問題だった。

「明日までお待ちいただけませんでしょうか」

「既に一日待ちました。今すぐ取り次いでください」

犬養は厳然と言い放つ。言葉こそ丁寧だが今のは命令に近く、そして田神という人間が命令には弱いことを推測しての物言いだった。

果たして田神はさほど逆らう素振りも見せず、フロアの向こう側に駆けていった。その後ろ姿を眺めながら明日香が呟く。

「色々とすみません」

「何がだ」

「本来なら犬養さんの暴走を止める役目なのに、わたしの方がアクセルを踏んでしまいました」

「構わない。これで劉と東朋大の関係に迫れるのなら結果オーライだ」

「でも劉の推薦状というのは、そんなに隠さなきゃいけないものなんですか」

今しがた田神に迫っていた勢いはどこへやら、明日香は俄に不安げな様子を見せる。

「何の変哲もない単なる推薦状だったら、大山鳴動してネズミ一匹ですよ」

「俺たち二人の、どこが大山だ」

「二人して目いっぱい脅したじゃないですか」

「これだけ揺さぶって、やっと責任者に取り次ごうというんだ。何の変哲もない推薦状だったら、最初からすんなり提出するさ」

警察への嫌悪が強い以上、簡単な用件なら手早く済ませてしまおうとするはずだ。ところが田神の対応は不自然なほどもたついていた。

「犬養さんは劉と東朋大の関わりに座間部長も関与していると踏んでるんですね」

「推薦状を作成するのが彼の職務なら関与していない訳がない」

「東朋大の医学部長兼附属病院外科部長……そういう肩書の人物なら、当然手術慣れしているでしょうね。ひょっとしたら子供たちの肝臓を摘出したのも」

「予断はするな」

しばらく待っていると、再び田神がすがたを現した。

「医学部長がお会いになるそうです」

「お手数をおかけしました」

「ただし五分だけです」

田神の顔はさっきよりも強張《こわば》っていた。おそらく座間から叱責《しっせき》でもされたに違いない。五分というのはまともに話すつもりはないという意思表示であり、言わば門前払いと同じだ。

「そんな。短過ぎ」

抗議しかけた明日香を片手で制し、犬養は鷹揚《おうよう》に頷《うなず》いてみせた。

「結構です」

「ではこちらへ」

田神はほっとした様子で二人の前に立つ。何とか犬養の要求を通した上で自分に降りかかるであろう災難を回避できたと安心しているのだろう。

だが、こちらもたった五分の面会で済ませるつもりは毛頭ない。相手が早々に片づけたがっているのは当初から織り込み済みだ。織り込んでいるのなら事前に対策を立てることは難しくない。

二人は田神に誘《いざな》われるまま研究棟に移動しエレベーターに乗る。日本有数のマンモス大学の名は伊達《だて》ではない。まるで巨大企業の本社並みの規模だと、改めて犬養は舌を巻く。

実際、東朋大や東朋大附属病院は東朋グループというコングロマリットの一部に過ぎない。学校法人・医療法人も、ずらりと並ぶ複合企業体の中では単なる一部門といってもいい過言ではない。そしてコングロマリットの一部と考えれば、東朋大の巨大さも企業臭さもむべなるかなと納得できる。

「学部長の部屋は全て最上階にあります。ご足労をかけますが」

遜《へりくだ》ってはいるがその実、お前は雲上人に会うのだと威迫しているに等しい。学内の地位がそのまま学外にも通用すると信じきっているところが、田神の偏狭さを物語っている。

「奥から三番目が座間部長の部屋になります」

そう言い残すと、田神はエレベーターの前で立ち止まった。どうやら面会が終了するまでこの場で待機しているつもりらしい。

「ごゆっくり」

五分間と指定しておいてごゆっくりもないものだが、犬養たちは軽く一礼して指定された部屋へと向かう。

〈医学部長〉という仰々しいプレートが掲げられた部屋の前に立つ。二回ノックすると部屋の中から「どうぞ」と声がした。

「失礼します」

部屋の中は、個室というにはあまりに広かった。壁に掛けられている抽象画はリトグラフだろうか、美術には全く門外漢の犬養でも高価な代物であるのが分かる。

「はじめまして」

自ら切り出した白衣の座間は二人にソファを勧める。これまた門外漢の犬養にも分かる本革仕立ての代物だ。

「医学部長の座間です。事務局長の話では留学生の件でお尋ねだとか」

「警視庁捜査一課の犬養です。こちらは高千穂」

医者というよりは抜け目のない弁護士のようだと思った。犬養は次に座間の指先へと視線を移す。女のように先が細くなっており、演奏家の指を思わせる。爪の間には微《かす》かな垢《あか》もなく、手先全体が白っぽいのは定期的に滅菌消毒しているためだろう。

娘が長らく入院しているせいもあり、今まで何人もの外科医を観察してきた。結果知り得たのは、優秀な外科医はほぼ例外なく手先が器用だという事実だ。ミリ単位の血管にメスを入れるのだから、当然指先はコンマ何ミリという動きを要求される。元々器用だから外科医になったのか、あるいは外科医になったから自ずと器用になったのか。いずれにしても座間はメスを握り慣れていると見てよさそうだった。

「留学生の推薦状をご覧になりたいとのことでしたが」

「劉浩宇。先日、新木場の河川敷で死体となって発見されました」

「ははあ、そう言えば学内で事件について耳にしました。いや、痛ましい事件です。医学部の者として痛切な思いです」

痛切という割に物言いは事務報告を聞いているように素っ気ない。この冷淡さが座間の性格なのか、それとも演技なのかはまだ判然としない。

「しかし、犯罪捜査に彼の推薦状が必要なのですか。わたしには腑《ふ》に落ちないのですが」

「ここ数週間、少年たちの臓器が摘出されている事件が続発しています」

犬養は王少年から始まった連続事件の概要を説明する。それとなく座間の表情を追うが、彼の表情筋はぴくりとも動かない。

だが代わりに動くものがあった。

指先だ。

第二第三の事件が語られると、人差し指が電気に触れたように間歇《かんけつ》的に震える。最後に槇代宏隆の死体が附属病院から消えた件では、中指も同時に震えていた。

「附属病院でそういう事故があったのは報告を受けています」

「事故ではなく事件です。翌日には死体が置き去りにされていますからね」

「しかし劉浩宇というのはあくまで本学の留学生でしょう。附属病院とは何の関係もありませんん」

「関係があるかどうかを調べるのが我々の仕事です」

「それはそうだろうが、こちらとしても納得のできない理由で内部資料を開示する訳にはいかない」

座間は自分の指先が無防備にさらされているのに気づき、白衣のポケットに手を突っ込む。

「ご承知かもしれないが、学生一人一人の成績は将来的には就職にも影響しかねない個人情報だ。おいそれと開示していいものではない。それは留学生でも同様だ」

「本人はもう死んでいるんです。個人情報保護法の適用外ですよ」

「法律云々《うんぬん》よりも本学の合否基準の問題だ。留学の可否は試験結果のみならず、外国の大学での評価、加えて在外日本公館の思惑も作用する。わたしの一存では返事ができんよ」

「留学生受け入れの合否基準というのは、そこまで秘密にしなければならないものですか」

「筆記試験の点数だけで決められることではないのでね」

明らかに逃げの屁理屈《へりくつ》だった。内部の都合を盾にして開示を渋っているに過ぎない。

「推薦状一枚にそれだけ膨大な情報が網羅されているとも思えませんが」

「推薦状自体はあっさりした書式だが、推薦に至るまでの過程が凝縮されている。特に在外日本公館が留学生を推薦する場合、当該国の政治事情が色濃く反映されることがある。殊に中国の場合、共産党員の子息についてはキナ臭い思惑が飛び交う。そういう内幕を明らかにしてほしくない勢力が確実に存在する」

今度は陰謀論めいた言説まで出してきたか。拒絶の理由を重ねていくと最後は五歳児の理屈になるものだが、この医学部長も例外ではないということか。

「東朋大は国内有数の巨大な学校法人だ」

「知っています」

「国内だけではなく海外の教育機関とも深い繋がりがある。留学生制度について言えば、それぞれの国内事情とも関係している。犯罪捜査を軽視する訳ではないが、こちらの諸事情も汲《く》み取ってほしい」

「ご協力いただけませんか」

「するにしても上の許可が要る。わたしの一存では何とも言えない」

「田神さんと同じようなことを言いますね」

「同じ雇われの身だからな」

やけに自虐的な響きがあった。

「あくまでも私大だからね。理事長以外は全職員が下働きみたいなものだ」

「どうしてもご協力いただけないのでしたら、最終的には捜索差押という手段がありますよ」

「それも事務局長から聞いた。しかし、その最終手段とやらも裁判所の許可が必要なのだろう。つまり情報開示の必要性を裁判所に納得させなくてはいけない。それが容易ではないのを承知しているから、わたしに直談判《じかだんぱん》しようとしているのではないのかね」

五歳児の理屈をこね始めたと思ったら、案外嫌なところを突いてくる。この辺りは同じ宮仕えの皮膚感覚なのかもしれない。

「本学に学ぶ一人が命を奪われたのはまことに辛い。しかし、そのことと学内のリスクマネジメントを図るのは別問題だ」

「どうあっても協力していただけませんか」

するとと座間はわざとらしく腕時計を見た。

「五分の約束が既に十五分経過してしまった。もう満足だろう」

一方的に打ち切るつもりか。それならこちらもカードを切る番だ。

「医学部長が学内のリスクマネジメントに心を砕いていらっしゃるのは理解できました」

「ありがとう。それじゃあ」

座間が退席を促そうとした瞬間、犬養はひと言挿し込んだ。

「四年前、息子さんの事件を揉《も》み消したのもリスクマネジメントの一環だったんですね」

座間は動きを止めた。

「……何を言っている」

「四年前の七月十日、ご長男の翔一《しょういち》くんは高井戸《たかいど》インター付近の飲酒検問に引っ掛かり、酒酔い運転の容疑で逮捕されている。アルコール検知器では呼気一リットル中のアルコール濃度が〇・四ミリグラム、警官の質問にも上手《うま》く答えられず、まっすぐ歩くこともできなかった。本来なら五年以下の懲役または百万円以下の罰金。高井戸署交通課は書類を揃えて送検したが、地検は何と嫌疑不十分を理由に不起訴処分とした」

座間の顔色が一変する。滔々《とうとう》と組織の論理を連ねていた組織人の顔が父親のそれに変わった瞬間だった。

「逮捕された翔一くんにしてみたら地獄で仏の気分だったでしょうね。何しろ某一流出版社から内定をもらった直後でしたから。会社に知られでもしたら内定取り消しどころか、どこの企業からも門前払いを食らうところです。起訴処分で前科がついてしまえば、更に目も当てられなくなる。当の高井戸署は不起訴処分に驚いたが、容疑者の父親が東朋大医学部長のあなただったから不思議には思わなかったそうです。都合のいいことに当該担当検事はあなたの後輩。件《くだん》のアルコール検知器には不備が報告されたとかのもっともらしい理由を拵《こしら》えていますが、これも当の高井戸署に言わせれば噴飯ものの理屈です」

「不起訴は不起訴だ」

もはや理屈をこねる気もないらしく、座間は強弁に転じる。

「検察庁が不起訴処分にした事件を蒸し返そうというのか」

「警察では無理でしょうね。四年前に使用したアルコール検知器はとっくに廃棄されていますから、揉み消しの事実を立証できない。あなたと当該検事が知己の仲であっても、それで因果関係を証明したことにはならない」

「そうだろう。そうだろうとも」

「しかし罪を暴くのは何も警察だけとは限らない。世の中には権力者の失墜が三度の飯より好きな連中がごまんといます。たとえば悪名高き写真週刊誌、ネットに屯《たむろ》する野次馬、反権力の旗を振る市民団体。そういう連中がこの一件を知ればどんな騒動になるか」

あなた、と座間は調子はずれの声を上げた。

「わたしを脅迫するつもりか」

「あくまでも可能性を申し上げたつもりです。昨今、マスコミやネット住民は予想もしないところからネタを拾ってきますしね。そして拾ったが最後、光の速さで拡散させる。大抵が感情任せの罵詈《ばり》雑言だから、標的になった人間はひと言の弁解も許されず一瞬にして火だるまです」

「卑劣だと思わないのか」

「自分の権力とコネで子供の罪を揉み消すのは卑劣ではないのですか」

「揉み消した証拠はない」

「証拠があろうとなかろうと、野次馬たちには関係ありませんよ。却って証拠がない方が彼らの嗜虐《しぎやく》心に火を点《つ》けるでしょうね。人間というのは己の信じたいことを信じる生き物です」

「捜査一課の犬養さんと高千穂さんでしたね。わたしは警察にも知り合いが」

「警察にも東朋大ＯＢは多いでしょうからね。しかし座間さん。そのＯＢたちの口から揉み消し疑惑の話が洩《も》れる可能性はありませんか。自分たちが挙げた犯人を不起訴にされるなんて、警察にしてみれば面白い話じゃない。揉み消した検事憎さに、外部にリークする東朋大ＯＢがいても不思議じゃない。警察という組織は出身大学よりは身内を大事にするところです」

若干の皮肉を交えたのは、もちろん「身内を大事にする」体質が褒められたものではないからだが、座間の耳にどう響いたかは与《あずか》り知らない。

「ただしわたしと、ここにいる高千穂は口が裂けてもリークしません。誓ってもいい」

「何故そう言い切れるのかね」

「捜査協力をお願いしようとした相手を陥れるのは人倫に反していますから」

「人倫、か。素晴らしく立派な言葉だが、つまりは言葉だけだ。どうして今日会ったばかりの人間の言葉を信用しろと言うのだ」

「今日会ったばかりの人間だからですよ。事前情報が何もない相手なら、自身の経験に照らし合わせて信じるしかないでしょう。それとも座間さんは、その人間の職業や肩書に信用を置きますか」

いささか青臭い言説とも思ったが、座間の人となりを観察した上での賭《か》けだった。父親として人の弱みを曝《さら》け出した座間は、同時にモラリストとしての一面も覗かせた。

しばらく沈黙の時が流れる。座間の指先がピアノの鍵盤《けんばん》を叩《たた》くように震えているのを見ると、彼の内面で葛藤《かっとう》が起きているのだと推測できた。

やがて指の震えが唐突に止まった。

「推薦状を見るだけで納得してくれるのかね」

つまり推薦状に記載されていることが全てではないという意味だ。

「腑に落ちない点があれば説明をいただきたいですね。そして今の質問は、あなたが劉浩宇の推薦状の内容を記憶していることの証拠ですね」

「ああ、憶《おぼ》えているとも。何しろ特別案件だったからね」

「何が、どう特別だったのですか」

座間はいったん言葉を切り、正面から二人を見据えた。

「野暮なことを訊くが、今の会話を録音しているのかね」

「野暮なことだからしていません」

犬養はジャケットの左右を開いて、何も仕込んでいないことを証明する。それを見た明日香が慌てて自分のジャケットも開く。座間は済まないとでもいうように片手を挙げてみせた。

「さっきも言ったが、理事長以外は全職員が下働きのようなものだ。医学部に来る留学生だから当然のことながら推薦状はわたしの手元にきた。しかし推薦人の欄には既にわたし以外の人物の名前が記載されていた。劉浩宇の留学に関する限り、わたしはただの追認者に過ぎない」

「じゃあ、いったい誰が推薦人だったんですか」

「陣野《じんの》荘平《そうへい》。東朋大の理事長だよ」

4

「陣野荘平だと」

犬養と明日香が報告すると、捜査本部に詰めていた麻生は呻くように言った。麻生の気持ちは充分理解できる。座間からその名前を聞いた時は、犬養も呻きそうになったからだ。

「せいぜい医学部長辺りが情報を握っていると高を括《くく》っていたが、まさか東朋グループ総帥の名前が出てくるとはな」

釣り堀でマスを釣ろうとしていたら針に食いついたのはカジキマグロだった――そういう顔だった。

無理もないと思う。いかに殺人事件の捜査とはいえ、捜査一課の刑事が手錠を嵌《は》めるには手首の太過ぎる相手だ。

東朋大と附属病院ばかりか各種製造業・保険業・金融業・投資会社・運送業、そして出版と、東朋グループ傘下の企業は中小を含め優に百を超える。その頂点に立つのが誰あろう東朋グループ総帥の陣野荘平だった。

陣野荘平は立志伝中の人物だ。終戦時十歳に満たない戦災孤児にとって、焼け跡はまさしくフロンティアだった。まだ精通もない頃から物々交換を始め、既に商才を発揮していたという。詳細は犬養も知らないが、この国の高度成長期と歩調を合わせて成り上がった印象が強い。ある経済紙は陣野を評して〈ミスター高度成長〉とまで持ち上げた。実際、戦後の数十年間で陣野が創出した有形無形の財産は何兆円にも換算できるという。

「で、会ったのか。陣野荘平とは」

「いいえ。理事長が東朋大に来るのは半年に一度あるかないかということで会えませんでした」

「都合よく来ていたとしても、相手が陣野じゃ、おいそれと面会は叶《かな》うまい」

麻生は苛立ちを隠そうとしない。

「劉の留学に陣野が大きく関わっているのは分かった。しかし、まさか陣野本人がメスを握って子供たちの腹を裂いていた訳じゃあるまい」

「ええ。ただコングロマリットの総帥と、中国のあまり裕福でない家庭の留学生の接点がひどく気になります」

「気になる時点で何らかの仮説は持っているんだろ」

「劉浩宇は捨て駒でした。少年たちの臓器摘出を執刀したのは熟練した医者でしょうが、閉腹の処置だけは劉にやらせていた。縫合痕で執刀医が特定されるのを避けるためです」

「劉が殺害されたのは口封じのためか」

「俺が接触した途端に殺されました。きっと監視がついていたんでしょう」

己の性急さが招いた悲劇だった。劉の死体を見下ろした時、どれだけ悔やんだことか。だが自分にできるのは悔やむことでも死者の冥福《めいふく》を祈ることでもなく、犯人の検挙だけだと割り切った。だからこそ己の性急さを麻生に打ち明けられる。

「はじめから切り捨て要員として仲間に引き入れるつもりだったから、日本人ではなく中国人に目をつけたという読みだな」

「東朋大附属病院から槇代宏隆の死体が盗まれた状況を考えれば、犯行は病院関係者だと思われます。それも単独犯ではなく複数犯」

「そこは捜査本部でも見解は一緒だが、ただの複数犯ならともかく東朋グループそのものが犯人だとすると手錠がいくつあっても追いつかんぞ」

東朋グループ全体が犯人というのは大袈裟《おおげさ》に過ぎるが、いずれにしても東朋大と附属病院の中に実行犯のグループが潜んでいるのは、ほぼ間違いないと思われる。

「犯行グループのトップが陣野荘平だと考えているのか」

「座間医学部長は、陣野理事長以外は全職員が下働きのようなものだと言ってました。陣野荘平が首謀者だとしたら一連の犯行にも納得がいきます」

「待て。ちょっと待て」

麻生は混乱しかけたように慌てて頭を振る。

「危うくお前の推理に引き込まれそうになったが、一連の事件に陣野荘平が関与しているという筋書きには無理がある。いいか、相手は東朋グループの総帥で個人資産数百億の資産家だぞ。それがどうして臓器売買なんぞに手を染める必要がある」

「ゼニカネの問題ではないからかもしれません」

「どういうことだ」

問われた犬養は携えていた冊子を麻生に差し出した。一昨年の一月に出版された経済誌だった。

「一課の刑事が読む雑誌じゃないな」

「昨日、東朋大から帰って高千穂と探し回りました。陣野荘平の現在に関する情報が欲しかったんです」

「これに最新の情報が載っているのか」

「コングロマリットの総帥でありながら、ここ十年以上はマスコミに姿を晒《さら》していません。しかしその雑誌の新春企画に珍しく登場しています」

新春企画は東朋グループ総帥陣野荘平と稲沢《いなざわ》経団連会長の対談だった。記事は舐《な》めるように読んだので大まかなところは暗記している。

二〇〇八年のリーマンショックは日本経済にも深刻な打撃を与え、互いの持ち株で資産を形成していた企業はほぼ例外なく含み損を計上した。収益は激減し、新卒者の内定を取り消す会社が相次いだ。どんな会社でも新入社員は貴重な先行投資だ。それすらも削減せざるを得なかったところにリーマンショックの爪痕の深さが窺える。

その後、何度かのプチバブルと金融緩和を経て、日本経済はようやく立ち直りの最中にある。東朋グループ総帥と経団連会長の対談は、二人が同年代という事情も手伝い「失われた二十年」の苦労話とお互いの近況報告が中心となっている。

犬養が記憶している限り概要はこうだった。

稲『陣野さんは相変わらず舌鋒《ぜっぽう》鋭いな。今の発言を野党の誰それに聞かせたいものだ』

陣『いや、最近は丸くなったもんですよ』

稲『また経団連の会長を務めるつもりはないかい』

陣『あんたの前に十年も務め上げたじゃないか。それも前の日銀総裁の時分に。あの時、経団連自体がどれだけ大変な目に遭ったか。財界が何度も金利引き下げを要求しているのに、小出し小出しに引き下げるものだからゼロ金利になっても効果はほとんどなし。日銀の歴史上稀《まれ》に見るほど無能な総裁だったな』

稲『確かに市場への介入をひどく恐れていた印象があったな。バブル崩壊は旧大蔵省の総量規制と日銀の金利引き上げがペアで招いたことだったからな。大がかりな引き下げに関してはトラウマが疼《うず》いたんじゃないのか』

陣『過去の失敗に囚われるなど先例主義も甚だしい。霞《かすみ》が関《せき》の役人じゃあるまいし』

稲『ハハハ。そう言えばあんたが会長を辞任したのも、当時の日銀総裁に対する当てつけだったんだろ。気持ちはよく分かる。あの時は経済同友会の亀多《かめた》さんも同調して辞任しかねん勢いだったからな』

陣『いや、それは稲沢さんや世間の思い過ごしだよ。確かに当てつけという一面は否定せんが、それ以上に健康面が心配だった。記者会見では分からないようにしていたが、あの頃から既に車椅子を使う羽目になっていたから』
稲『そりゃあお互い様だ。わしもあんたも、もう八十近いしな』
陣『いや加齢じゃなくてな。腎臓《じんぞう》やら肝臓やらがボロボロになっている』
稲『いい医者なら紹介するよ』
陣『日本じゃ無理なんだ』
おそらく該当部分まで読み進めたのだろう。麻生が雑誌から顔を上げた。
「陣野は内臓を患っている」
「ええ。そして重要なのは『日本じゃ無理』という件《くだり》です。臓器移植法が改正されても脳死判定基準の厳しさからドナーが増えていません。これぱかりはドナーの臓器がレシピエントに適合するかどうかも含めてタイミングの問題があります。いくら陣野荘平が資産家でも、自分に適合するドナーが都合よく脳死してくれるのを待つしかない」
「ゼニカネの問題じゃないというのはそれか。しかし外国ではもっと移植手術は簡単なんだろう」
「たとえばアメリカの臓器提供者数は日本の数十倍です」
「それなら渡航すれば済む話だろう。陣野だったらかの地の高級ホテルで静養がてら、ゆっくりドナーが現れるのを待っていればいい。それができるだけの時間もカネもある」
「もう渡航に耐えられない身体だとしたらどうですか」

「陣野は国内で移植手術を受けるしかない。だが都合よくレシピエントは現れてくれない。向こうから現れてくれないのなら、こちらから狩りに出るしかない、か」

麻生は犬養の推論にどれだけ賭けられるかを吟味しているようだった。連続殺人と違法な臓器摘出。警視庁が総力を挙げる重大犯罪には違いないが、その容疑者がコングロマリットの総帥となれば迂闊《うかつ》に出頭を要請できるはずもない。

「陣野が本当に移植手術を必要とする病状なのかどうか。執刀および臓器強奪の実行グループは誰と誰か。陣野から実行犯グループへの命令があったのを立証できるか。課題は山積みだぞ」

「黒幕が陣野荘平なら課題山積はむしろ当然でしょう」

「だが、どこから食らいつくつもりだ。承知していると思うが、陣野荘平に会うのは至難の業だ」

言われるまでもない。いち私大の医学部長から話を訊き出すのでさえ結構な裏技を駆使したのだ。これがコングロマリットのトップともなれば、困難さは比較にならない。

「陣野荘平かグループ企業に胡散臭《うさんくさ》い話があればいいんですけどね。所得隠しや従業員の中から過労死が出たとか」

「別件で引っ張るつもりか。それにしたって手が届くのは精々取締役までだ。陣野荘平には指一本触れられん」

「二課に連絡してもらえませんか。ひょっとしたら俺たちが知らないネタを摑んでいるかもしれません」

麻生はしばらく考え込む素振りを見せたが、やがて何かを思いついたらしくしきりに頷いた。

「二課もいいが、もっとネタを摑んでそうなのを知っている」

「誰ですか」

「東京地検特捜部に知り合いがいる。相手が東朋グループなら、それくらいの援軍が必要だ」

先方とアポイントが取れたので、犬養と明日香は東京地検へ向かう。地検のある合同庁舎は警視庁と道路一本隔てているだけで、日常的に訪れている。しかし犬養も特捜部に向かうのは初めてだった。

特捜部は政界汚職や大型経済事件など独自捜査を担当する特殊直告班と、主に脱税事件を担当する財政班、そして捜査二課や公取委などの機関を担当する経済班に分かれる。麻生から紹介されたのは財政班の人間だった。

合同庁舎のエレベーターに乗り込む際、明日香は落ち着かない様子で手櫛《てぐし》を繰り返している。

「どうした。地検なんて通いなれているだろう。特捜部といっても検察には変わりない」

「でも特捜部の扱っているのは経済事件じゃないですか。わたしたちが追っているのは臓器売買と殺人なのに……少し違和感があります」

「臓器売買だって経済活動だと思えば違和感がない」

冗談のつもりだったが、明日香はそうは受け取らなかったらしい。険しい目で犬養を睨《にら》んできた。

事務官室で用件を伝えると応接室に連れていかれた。五分ほどして現れたのは四十代と思しき小太りの男だった。

「やあ、お待たせして申し訳ない。特捜部の上新庄《かみしんじょう》です」

多くのネタを握っていそうだと麻生が紹介した男は、座る前に手を差し出してきた。身体に不釣り合いな大きな手の平とごつごつした指が印象的だった。

「犬養さんと高千穂さんでしたね。麻生さんから話は聞いています。陣野荘平を追っているらしいですな」

「まだ追っているという段階じゃありません。精々目をつけた程度です」

「それにしても殺人と臓器売買とは」

「東朋グループ総帥には似つかわしくないですか」

「いや。今でこそ枯淡の境地の老人ですが、焼け跡から立ち上がった頃は在日朝鮮人と抗争を繰り広げたという伝説の持ち主ですからね。血腥《ちなまぐさ》いのは案外地かもしれない」

犬養は石神井たけしたの森緑地から始まった一連の事件を時系列に沿って説明する。最初は穏やかだった上新庄の顔も、劉の死体が河川敷で発見された段になると険しくなった。

「少年たちの臓器が奪われる事件は知っていましたが、東朋大の留学生が絡んでいるとは。なるほどそれで陣野荘平に行き着く訳ですか」

「地検特捜部では東朋グループについて何か嫌疑をかけていますか」

「あれだけ図体《ずうたい》の巨《おお》きな企業体ですからね。叩《たた》けば埃の一つや二つは出てくるでしょう。洩れ聞く話だけでも、労働基準法を大きく逸脱した運送会社や金融商品取引法に抵触しそうな投資会社があります」

「起訴案件になりそうですか」

「起訴できるものはしますよ。しかし特捜部も体制見直しからこの方、抱える案件が多いので最優先という訳にはいきません」

地検の体制見直しは二〇一〇年に発覚した大阪地検特捜部による証拠改竄《かいざん》・隠蔽《いんぺい》事件という不祥事を受けてのものだった。それまで二班あった特殊直告班を一班に減らし、逆に財政経済班を二つに分けた上で増強した。つまりは独自捜査優先主義を修正したかたちだが、一方には国税局や捜査二課の関与する経済事件が増加したという背景もある。

「各々の事案は会社単位で完結してしまうものがほとんどで、仮に労基法や金取法で起訴できたとしても、グループ全体を糾弾するのは難しいですね。業態もばらばらだし、陣野荘平が取締役に名を連ねている訳じゃない」

「本人に脱税容疑が掛けられたことはありませんか」

「例のパナマ文書でも名前が取り沙汰《ざた》されたことがありました。個人資産数百億の人物なので我々も色めき立ちましたが、敵もさる者ですよ。さっさと資産を移し替えて痕跡を消してしまった。タックス・ヘイヴン（租税回避地）の問題はイタチごっこですからね。捜査する側が嗅《か》ぎつけた頃には、巣の中はもぬけの殻」

上新庄は自虐的に言う。その口調から、財政班の面々が何度か陣野を追っていたことが推測できる。

「特捜部は陣野個人にどこまで捜査の手を伸ばしたんですか」

「有り体に言って伸ばした先は蜃気楼《しんきろう》、といった具合ですね。とにかく慎重な爺《じい》さんですよ。経団連内で講演した際も、きっちり講演料の領収書を保管しているらしい。あれだけの富豪になればそんな目腐れ金の領収書なんて放っておくヤツが大半なんですがね」

「わたしも少し調べました。終戦直後はともかくとして、一端の企業人になってからの前科は見当たりませんでした」

「税制に詳しいブレーンがいるんですよ。加えてやり手の顧問弁護士も」

「本人の健康状態についてはどこまで判明しているんですか」

「今年で八十一歳。傘寿を過ぎれば身体のあちこちにがたがきても不思議じゃない」

「陣野荘平が内臓を患っているのは雑誌の対談で読みました。しかし詳しい病名や症状が分かりません」

「多臓器不全ですよ」

上新庄は事もなげに告げる。この男が何かのネタを握っているという麻生の推測は間違っていなかった。

多臓器不全については犬養にも基本的な知識はある。重症感染症などを原因とする病態で、肺をはじめとして呼吸器官・消化器官の多くを機能不全に至らせる。各臓器は損傷ではなくあくまで機能低下するだけなので、各々の病期を集中治療室で乗り越えてしまえば治癒は可能とされている。しかし過去に試みられた多くの治療法では死亡率を劇的に改善させることはできなかった。現代救急医療最大の課題と言われる所以《ゆえん》だ。

「多臓器不全についての知識は」

「一応、ひと通りは」

「既に肝不全は深刻なレベルみたいですね。血漿《けっしょう》交換を施しても、なかなか体調は回復しない。その間に腸や腎臓にも機能不全が起きて、ここ一年はベッドに臥《ふ》せっている時間の方が長いという噂です」

「噂ですか」

「治療を施しているのは東朋大附属病院でしてね。鉄のカーテンに遮られてカルテ一枚入手できない。口の軽い看護師から噂話を集めるのが精一杯でした」

上新庄は不甲斐《ふがい》なさそうにぼやくが、犬養の方は静かな興奮に内心で震えていた。

多臓器不全で現在は肝不全が深刻な状態。

陣野が焦ってドナーを漁《あさ》る理由も、少年たちから臓器を奪う理由もこれで説明がつく。

一日の半分以上もベッドで臥し体調が回復しないのなら、渡航も極めて困難のはずだ。

明日香はと見ると、憤怒を抑えきれないという目で虚空を睨んでいる。おそらく犬養と同じ考えに至ったのだろう。

「己の延命治療のために貧しい者から臓器を買い取る。なるほど健康には不自由でカネには不自由しない金満家の考えそうなことだ。しかし犬養さん、それだけでは状況証拠に過ぎないし、臓器摘出をしたのは本人以外のグループでしょう。陣野本人に会うのも困難だが、事件への関与を認めさせるのは更に難しい」

「困難であるのは承知の上です」

犬養は内心の昂ぶりを隠して言う。

「しかし、もう五人もの犠牲者が出ています。いずれも経済的に恵まれず、社会の底辺で息を殺すように生きてきた少年たちです。それでも生きていたら苦境を脱《ぬ》け出せたかもしれない。長じてひとかどの人物になれたかもしれない。今の世の中では可能性は低いがゼロではなかった。それを、財布の膨らんだ大人が無にしてしまった」

「……ええ」

「わたしたちには捜査権が与えられています。逮捕権も与えられています。そのわたしたちが困難だとか相手が経済界の重鎮だとかの理由で挫《くじ》けてしまったら、死んだ子供たちに申し開きができません。与えられた武器は意味のないものになってしまう」

横に座る明日香が一度だけ深く頷く。

正面の上新庄は祈るように両手を組み、しばらく黙り込んでいた。

沈黙を破ったのは上新庄だった。

「子供の未来を奪うのは、この国の未来を奪うことと同義です。だから警察官や検察官に限らず、子供が犠牲になると我々は尚更消沈する。行く先の街灯が、どんどん消されていくように心細くなる」

犬養は驚いて上新庄を見直す。まさか特捜部検事の口から、こんな感傷的な台詞《せりふ》が出るとは思ってもみなかった。

「楽観論は嫌いな性格だし、想いだけで物事が成就するとも思っていない。それでも子供たちのために一矢報いてやりたい気持ちは犬養さんと同じです。だから教えてほしい。わたしにできることは何なのかを」

五　カインの末裔

1

千代田区大手町《おおてまち》一丁目三―二。大手企業の本社ビルが建ち並ぶ中、地上二十三階・地下四階・塔屋二階とひときわ威容を誇る高層ビルが経団連会館だった。その名の通り経団連が建物面積の約半分を使用し、残り半分は各社オフィスが占めている。国際会議やプレス発表の場でもあるので、関係者でなくとも見聞きした者は多いだろう。

二階には会議場の他、レストラン・居酒屋・クリニックなどの店舗が軒を並べ、来訪者を手厚くもてなしてくれる。

犬養と明日香はそのうちの一軒、〈YKデンタルクリニック〉の待合室に座っていた。ただ人を待っているだけなのに、明日香は落ち着かない様子で室内を見回している。

「怪しまれる。きょろきょろするな」

「でも今、診察室から出ていった患者さん、超有名な衣料量販店の会長さんでしたよ。何度も新聞に出ているからわたしでも知ってます」

「経団連は日本を代表する一四一二社で構成されている。このビルにはそういう企業のお偉方が定期的にやってくる。ただでさえ忙しい連中がお得意さんになっても不思議じゃない」

「つまり日本を代表する社長さんの見本市みたいなものじゃないですか。犬養さん、よく平然としていられますね」

「社長だろうが会長だろうが歯の数はみんな一緒だ」

「それ、どんな理屈なんですか」

犬養とて屁理屈《へりくつ》であるのは百も承知している。だが、今からまみえる相手のことを考えれば、衣料量販店の会長ごときに萎縮《いしゅく》する訳にはいかない。

東朋グループ総帥陣野荘平が月に一度この歯科医院を訪れるというのは、上新庄からもたらされた情報だった。そんな些末《さまつ》なスケジュールすら把握している特捜部の情報網に舌を巻く一方、床に臥《ふ》せっている時間の方が長い老人が歯の治療に勤《いそ》しんでいる事実に呆《あき》れた。

「東朋グループの総帥ですよね。そんな立場の人なら、自宅に歯医者さん呼べるじゃないですか」

「歯科で使用している医療機器の多くは運搬が困難なくらい大型だからな。さすがに自宅治療なんて我がままは通用しない」

上新庄によれば陣野の通院歴は八年にも及ぶと言う。八年前と言えば経団連の会長を務めていた時期であり、多忙だったからこそ月に一度は足を運ぶ経団連会館内の歯科医院に通うようになったのだろう。

コングロマリットの総帥ともなればちょっとした買い物や移動でも警護の人間が張り付く。いや、それ以前にプライベートで面会するには何段階もの関門が存在する。歯科医院は陣野が全ての肩書を脱ぎ捨てる数少ない場所だった。

仕入れた情報によれば陣野が予約を入れているのは午後二時だ。現在午後一時五十五分、予約時間まであと五分と迫っている。

「でも犬養さん。陣野荘平に会ってどうするつもりなんですか」

緊張に耐えられない様子で明日香が聞いてくる。話していないと不安なのだろう。

「陣野が今度の事件に関わっているとしても、本人が実際にメスを握っている可能性はゼロに等しいんですよ。なのに、どうして真正面から本人にぶつかるんですか」

もっともな質問だと思った。おそらく陣野は背後から指示をしているだけで臓器摘出の実行グループは別に存在している。末端で動いている者たちを特定できないうちに司令塔に直接会う意味がどこにあるのか。

「本人が直接手を下していないからこそ確認するんだ。向こうだって安全地帯にいるのが分かっているから本音を話し易いと思わないか。人間っていうのは自分に矢が飛んでこないなら正直になる」

「これって意味があるんですか」

「ああ、少なくともどれだけ権力があろうがどれだけカネを持っていようが、他人の命を好き勝手にはできないことを伝えておきたい」

「犬養さんの自己満足じゃないんですか」

「じゃあ、お前は実行犯だけ捕まえれば、それで一件落着と考えているのか」

「それは違います」

明日香はキッと険しい目をする。

「子供の命を自由にしていい権利なんて誰も持っていません」

「俺もそう思う」

「え」

「だから最初に司令塔の意思を確認したい。主犯の殺意なり動機なりを把握しておきたい」

「それだけなんですか」

「天辺《てっぺん》に揺さぶりをかければ、当然下々に影響が及ぶ。それを見越しての突入だ」

明日香に言ったことは嘘ではないが本当でもない。捜査を進め、少年たちの臓器を奪った者たちを逮捕できたとしても陣野まで手を伸ばせるかは保証の限りではない。実行犯に捜査が及ぶと見た瞬間、トカゲの尻尾《しっぽ》を切って陣野は安全地帯に隔離される。その様子が今から目に浮かぶようだ。

所詮《しょせん》、警察も犬養も蟷螂《とうろう》の斧《おの》に過ぎないのかもしれない。だがせめて、己の延命のために貧者の臓器を奪う者を許さない人間がいることを知らしめたい。

午後三時きっかりに陣野が姿を現した。

介護士と思《おぼ》しき女性一人が付き添い、受付までやってきた。

「三時にご予約の陣野さまですね。申し訳ありません。前の診察が長引いておりまして、十五分ほどお待ちいただくことになります」

「ああ、構わんよ。この歳になると、待つのも楽しみの一つになってくる」

陣野は鷹揚《おうよう》に頷《うなず》くと待合室の長椅子に腰を下ろす。いくぶん足元が危ないが、歩行に介助が必要なほどではないらしい。付き添いの女性が特に気を配っている様子もない。

改めて陣野を観察してみる。経済誌に掲載されていた近影そのままに、八十を過ぎても尚精悍《なおせいかん》な顔立ちをしている。皺《しわ》は多いが頬の弛《たる》みも老人斑《ろうじんはん》もない。事情を知らなければ、誰もこの男が多臓器不全の重篤患者だとは思わないだろう。

「わたしの顔に何かついているかな」

いきなり陣野が振り向いた。

「ここに来た時からわたしの顔を見ているようだが」

「失礼しました」

視線に気づかれたのは失敗だったが、向こうから声を掛けられたのは僥倖《ぎょうこう》だった。犬養はこれ幸いとばかりに陣野の近くに移動する。

「わたしは犬養といいます。こちらは同僚の高千穂」

二人が警察手帳を提示しても、陣野は眉《まゆ》一つ動かさない。よほど警察に縁があるのか、それとも警察官など驚くにも値しないと思っているのか。

「二人揃って歯の治療ですか。まあ、歯痛というのは日常業務にも支障が出ますからね」

「お気づきでしょうが、我々はあなたを待っていました。東朋グループ総帥のあなたには四六時中取り巻きがいらっしゃる」

「一対一で会うためにわたしのスケジュールまで調べられましたか。調査能力の高さは、さすがに世界に冠たる警視庁ですな」

何が世界に冠たるだ。口調でこちらを見下しているのが丸分かりではないか。

「そうまでしてわたしに会いたかった理由は何ですか」

「実は最近発生した事件について陣野さんの意見を伺いたいと思いまして」

「わたしの意見。はて、金儲《かねもう》けや人材の育成なら少しは語る言葉を持っているが、傷害やら人殺しは畑違いだと思うが」

「聞くだけ聞いてください。まだ診療時間には間があるのでしょう」

陣野が拒絶する素振りを見せないので、王少年から始まった事件について経緯を説明していく。途中で東朋大と附属病院の名前が出た際も陣野の表情には何の変化も見られない。

「事件の概要は分かりました」

陣野は涼しい顔で言う。

「少年たちの臓器が奪われる。大変に痛ましい事件です。しかし、わたしにそれを説明して何の利益があるんですか」

「少年たちの肝臓を奪っているのは、犯人が肝臓に執着しているからです。言い方を変えるなら、犯人は肝臓を必要としている人間です」

ははあ、と陣野は面白そうに頷く。

「わたしのスケジュールどころか病のことも調査済みでしたか」

「多臓器不全だそうですね」

「ほう。刑事というのは病気にも詳しいのですか」

「……知り合いに腎不全《じんふぜん》を患《わずら》う者がいます」


「ふむ。近しい者に罹患者《りかんしゃ》がいるので詳しくなった。よくある話だが、ただの知人というだけでは腎不全から多臓器不全まで探究心が延びるとも考え難い。差し詰め罹患者はあなたの親族なのではありませんか」

「お伺いしているのはこちらです」

「一方的に答えるというのは、損をしているようで気が進みません。偏頗《へんぱ》な取引や契約には米国企業との交渉ごとで散々苦汁を嘗《な》めさせられましたから、もううんざりなのですよ」

予想外の切り返しに犬養は戸惑う。契約や交渉の話を持ち出されるとは思ってもみなかった。

「損か得かの話ではなく、我々は犯罪捜査の一環として事情聴取を行っています」

「捜査のためなら、一般市民は何の得がなくても協力すべきだというのですか。それこそ国家権力の思い上がりというものではありませんか。警察に何某《なにがし》かの恩があるならいざ知らず、わたし自身も東朋グループも、今まで警察からの恩恵を受けたことなど一度もありません」

「ご協力いただけませんか」

「そうは言ってません。偏頗な取引は好かないと言っているだけです」

「いち警察官に過ぎないわたしに、陣野さんを満足させる取引ができるとは思えません」

「あなたがわたしから訊《き》き出そうとしているのは、わたし自身の意見ですよね。それならば取引可能な材料はあなたの個人情報ということになりませんか」

陣野は初めて笑ってみせた。心からの笑いではなく、ちょうど交渉相手に向ける追従《ついしょう》のそれによく似ていた。

「わたしの個人情報とあなたの個人情報を交換し合う。しかも仕事関係以外というのなら同じ条件になりませんか」

「要求を呑《の》まなければ事情聴取には応じないということですか」

「要求ではない。あくまでも提案なのだから、呑む呑まないはあなたの自由です」

ジャケットの裾《すそ》が引っ張られる。明日香が引いて警告しているのだと知った。

警告の理由は見当がつく。まだ数分しか言葉を交わしていないにも拘《かか》わらず、陣野が海千山千であるのが分かる。こんな人間と個人情報のやり取りをして大丈夫なのかと心配しているのだ。

仕事抜き、捜査情報を一切開示しないという前提ならこちらには何の不利もない。忌まわしいはずの離婚経験ですら話すのには何の痛痒《つうよう》も感じないのだ。

「その提案、お受けしましょう」

「ほほう」

俄《にわか》に興味を覚えたらしく、陣野の表情が好奇心に輝く。

「いつも病院での待ち時間は手持ち無沙汰《ぶさた》で困っていたが、思わぬ余興ができた」

「あなたには余興かもしれませんが、わたしには重要な」

「犬養さんだったか。この歳になるとな、大抵のことは余興になってしまう。言い方は悪いが、臓器を奪われた少年たちを一様に痛ましいとは思うものの、煎《せん》じ詰めればそれだけのことだ。天に代わって犯人を成敗してやろうとか、亡くなった子供たちに線香を上げたいとまでは思わん」

「他人の悲劇は余興ですか」

「人は皆、死ぬ。違うのは時期と死にざまだけだ。それぞれが違うから余興たり得る」

他人の死を余興と言い切る時点で、犬養はこの男に好意を抱けなくなる。財界の重鎮だかミスター高度成長だか知らないが、人の生き死にを軽んじる輩《やから》に碌《ろく》な人間はいない。

「では最初に伺います。今回の事件で」

「待ちなさい。あなたは少年たちの事件についてわたしの関与があるかどうかを確認したいようだが、それは捜査関係に属する情報であって個人情報ではない。従ってその手の質問はルール違反だ」

直截《ちょくせつ》な質問は禁止。それなら搦《から》め手から攻めるしかない。

「陣野さんは人を殺したことがありますか」

「ある」

予想外の即答に犬養の方がたじろいだ。

「何を驚いているのかね。もちろん直接にではない。コングロマリットなどと体裁よく横文字を使うが、基本は企業買収とシェアの争奪だ。その過程で潰《つぶ》された者もいれば沈められた者もいる。会社一つ倒産させて一家離散、首を括《くく》った経営者も少なくない。その遠因が東朋グループにあるのなら、わたしの殺した者の数は両手両足を使っても数えきれん。あなたには耳障りな話だろうが、経営者として成功した者ならそういう形で何人もの命を奪っている。繁栄というのは常に犠牲の上に成り立っているものだ」

事件に直接の関係がないとはいえ、陣野の倫理観の一端が垣間《かいま》見《み》られたのは収穫だった。

「次はわたしの番だ。さっき近しい者に腎不全の患者がいるということだったが、それはあなたの子供ではないか。もしその通りなら病状を知りたい」

思わず言葉に詰まった。

明日香がまたもジャケットの裾を引く。セコンドがリングにタオルを投げ込もうとしているのだ。

「主治医の先生のお蔭《かげ》で症状は抑えているのですが、ずっと人工透析の世話になっています」

「人工透析。あれは大人でも大層痛がる者がいる。あなたの子供ならまだ十代だろう。痛みに耐えきれるとは思えん。それに人工透析を繰り返しても改善する訳でなし、主治医は臓器移植を提案したはずだ。生体腎移植ならまず両親兄弟がドナー候補になるのではないかな」

「検査の結果、わたしたちは適合しませんでした」

「ということは、まだドナーを探している最中ということになる。日本で適合したドナーを見つけるのは至難の業でしょう」

「子供の話はここまでです。次はわたしの質問に答えてください。陣野さんは違法な臓器移植を許容しますか」

「違法というのは、現行の臓器移植法に照らしてという意味かね。もしそうなら答えはYESだ。何故なら現行法は脳死基準が極めて厳格で、結局は臓器移植そのものを拒絶する内容だからね。あなたも人工透析に苦しむ娘さんがいるのなら共感してくれるでしょう」

「娘と言った覚えはありません」

「しかし否定もしない。娘さんで決まりだ。日本は脳死基準が厳格過ぎて娘さんの肉体に適合するドナーがなかなか現れてくれない。その事実にあなた自身は何の疑問も憤りも感じませんか」

「わたしは法律を護《まも》る立場の人間です」

「『悪法も法である』。確かソクラテスでしたかね。娘さんの事情があって尚もその遵法精神はさすがに警察官だ。しかし言い方を変えれば、警察官ゆえの遵法精神でもある。警察官としてではなく父親の立場なら、多少の違法性には目を瞑《つぶ》ってでも娘さんを助けたいと思わないかね」

陣野の執拗《しつよう》な問いは容赦なく犬養の胸に突き刺さる。父親としての犬養が絶えず臓器移植法を疑問視していたのは指摘された通りだ。交通事故で脳死状態になった人間がたまたまドナーカードで臓器提供の意思を表明していた――まるで宝くじに当籤《とうせん》するくらいの確率でしか認められない基準は基準と呼べない。それは禁則事項と同じだ。だから陣野が口にする理屈はいちいち突き刺さる。

まずい。ただの質疑応答だったはずが一方的に追い込まれている。

「今のはわたしの質問だったはずです」

「それは失礼。ではまたわたしから。今しがたの問答の延長になるが、仮に違法な手段で臓器が入手できるとしたら、しかも絶対にあなた自身が罪に問われることがないとしたらあなたはどうしますか。違法性に目を瞑って娘さんに移植手術を施すのか、それとも法に従って娘さんを見殺しにするのか」

「……仮定の質問には答えられません」

「逃げは感心しないな」

陣野の声は存外に太い。八十一歳で一日の半分をベッドで過ごしている老人の声とはとても思えない。本人が意識するしないに拘わらず、聞く者を萎縮《いしゅく》させる。

「仮定の質問かどうかはルールになかった。要はあなたの考えを開陳するだけでいい。さあ、答えなさい」

頭の中で以前の事件が去来する。安楽死を安価で請け負っていた犯人が救われない命の選択を迫った際、犬養は警察官としての立場で答えることができなかった。

己の倫理や遵法精神はひどく脆弱《ぜいじゃく》なのだと痛感する。沙耶香や同僚の前では一端の刑事を気取っているものの、薄皮を一枚剝《は》がせば二つの立場で股裂《またさ》きになっている優柔不断な男がそこにいる。

「どうしても答えられないかね。それなら別の質問に変えてあげよう。仮に臓器移植法が改正され、適合した臓器が買えるとなったら、あなたはカネを出しますか。もちろん臓器を売りに出すくらいだから、ドナー本人および家族は相当な生活困窮者ということになる。言わば貧乏人の頬を札束で叩《たた》くような所業だ。さあ、どうするかね」

これも人の足元を見た問いかけだ。しかも今回の事件の概要にそのまま擬《なぞら》えている。

「どうしました。法に則《のっと》っているのなら問題ないのではありませんか。それとも法律以前に人道主義とか胡乱《うろん》な概念に囚《とら》われているのですか」

「人道主義は胡乱な概念ですか」

「あんなものは国連加盟国の、それも発言力の大きな国が対外的に使っている妄言に過ぎない。国連加盟の百九十三ヵ国で現在いかなる戦闘もしていない国がいったい何ヵ国あると思いますか。国境を持つ国は今この瞬間にもどこかで敵国を砲撃し、民間人を殺している。人道的な戦争など言葉の遊びでしかないし、そもそも人道なるものの定義は時と場所によって千変万化する。知っているかどうか、中国その他では臓器売買は立派なビジネスにまで成長している。合法か違法かはこの際問題ではない。当事国がビジネスとして許容している以上、かの国の人道主義はカネに劣後するお題目に過ぎないのですよ」

声が太いのに加えて、現実主義めいた説得力さえある。もし犬養が古臭い倫理観の持ち主でなければ、あっさり折伏《しゃくぶく》されていたかもしれない。

俄にジャケットの裾を握る力が強くなる。王少年の故郷で人身売買の実態を目の当たりにした明日香には思うところがあるのだろう。

「時と場所によって違うのであれば、わたし個人の考える人道主義も認められるはずですね」

「その通り。それで犬養さんは貧乏人から臓器を買い取るのを善しとしますか」

「自分のためということであればNOです。いくら法律で認められたとしても、生活に困窮する者の弱みにつけ込むのは主義に反する」

「主義ときましたか」

「流儀と置き換えてもいい。自分だけが知っていればいい倫理。自分だけが護ればいい法律。コングロマリットを創り上げたあなたが知らないはずはない」

「ふむ。上手《うま》い逃げ方をしましたね。娘さんの都合ではなく、自分自身の問題にすり替えても回答としては有効だ」

「わたしから類似の質問をします。違法だとしても、実際に臓器が売られていれば陣野さんは買いますか。ドナーが生活困窮者であっても倫理的な抵抗は感じませんか」

「全く感じない」

またもや即答で返してきた。あまりの躊躇《ためら》いのなさに、犬養は正体不明の畏怖《いふ》すら感じる。

「先刻から聞いていれば、あなたは貧乏人の臓器提供にえらく同情的だが、いやしくも人間の身体いわんや生命はカネで売買できるものではないと信じているのかね。もしそうなら、見識不足と言うより他にない」

「命は売買できないと考えていることが見識不足ですか」

「昨今は経済的格差が教育の格差を生むようになってきたらしいが、同様に貧富の差は生命の価値すらもランクづけするのですよ。貧乏人は短命になり、金持ちは長命になる。金持ちは資産を生む者でもあるから金銭的な存在価値がある。対して、貧乏人が提供できるのは安価な労働力しかない。もっと貧しい者は己の肉体を差し出すしかない。富裕層と呼ばれる者たちはその供給に応《こた》えて彼らの肉体および健康を買う。何のことはない、需給バランスの問題だけなのですよ」

陣野は事もなげに嘯《うそぶ》く。

決して金持ちの傲慢《ごうまん》などではない。

人を人とも思わない差別主義者の傲慢なのだ。

「犬養さんはカインの逸話を知っていますか」

「旧約聖書に出てくるカインとアベルのカインですか」

「ほほう、宗教方面の基礎知識もお持ちとは。いや、これは文学方面だったかな。聖書の中ではアベルを殺《あや》めた人類最初の殺人者となっているが、実は別の逸話の持ち主でもある。人類最初の嘘を吐き人類最初の殺人を犯したカインは、しかし神から不死を約束されるのです。安住の地から放逐される一方で、どんな悪魔に唆されようと何度でも転生し、神に受け容れられる道を保証される。不老は神からの呪いという考え方もあるが、祝福という見方もできる。そう、人類で最大の罪とされる同族殺しの犯人は、人類最初の長寿者でもあった訳です」

まるでカインの業績を称《たた》えるように、陣野は唇の端を傲然と上げてみせる。

「あなたから見ればわたしは大層不道徳な人間でしょう。しかし不道徳な者が長寿を得るのは珍しい話ではない。諺《ことわざ》にもあるように憎まれる者は世に憚《はばか》るものだ。従って東朋グループというコングロマリットを創り出したわたしには長寿を全うする資格がある。

口幅ったいことを言わせてもらえば、わたしはカインの末裔《まつえい》になりたいのですよ」

聞いているうちに、じっとりと手に汗を掻《か》いてきた。

唾棄《だき》すべき独りよがりだと分かっていても一笑に付すことができない。我田引水の理屈と知っても、老人の妄執の醜悪さに返す言葉を失う。

その時、診察室のドアが開いた。

「大変お待たせしました。陣野さま」

「ああ、やっときたか」

付き添いの女性の手を借りて、陣野はゆっくりと腰を上げる。

「刺激の乏しい年寄りには楽しい時間でした。しかし一度で飽きた。もう、あなたとは話す機会はないだろう。今後、患者でもない者の訪問は禁止してもらうようにしよう」

後は一度も振り返ることなく、陣野は診察室へ消えていった。付き添いの女性は受付に何事か耳打ちをしている。早速、出入り禁止の要請をしている模様だ。

「追い出される前に出るぞ」

犬養が立ち上がると、明日香もそれに倣った。

歯科医院を出る間際、居たたまれないほどの敗北感を味わった。

何が揺さぶりをかけるだ。動揺し、身も世もなく慌てふためいたのは自分の方ではないか。おそらくゲームを提案した時点で陣野には勝算があったのだ。こんな若造の言説などたった十五分で粉砕してしまえる自信があったのだ。

「完敗だな」

後ろで明日香が聞いているにも拘わらず、そう独りごちた。

「わずかでも事件への関与を認めさせる算段だったが返り討ちに遭った」

「返り討ちだとしても、向こうに一太刀浴びせました。自分には貧乏な人間から臓器を買い取って長寿を得る資格があると明言させました」

「事件への関与を一切口にしていないから、それだって一般論に過ぎない。ひどく歪《わい》曲《きょく》した一般論だがな」

「あんなの一般論でも何でもありません。ただの誇大妄想ですよ」

妄想と片づけられるのは、明日香が純朴な正義感を信じられる土壌を持っているからだろう。殊に今回の事件で犠牲になっているのは年少者なので、感情移入の仕方も尋常ではない。陣野を完全悪と決めつけて恥じている風もない。

一瞬だけ明日香を羨《うらや》ましいと思った。生命を売買することに生理的な嫌悪感を抱く彼女を羨望《せんぼう》した。

犬養とて沙耶香の存在がなければ、陣野の言説に猛然と反旗を翻《ひるがえ》しただろう。だが護るべきものがある分、人は弱くなる。

「天辺を揺さぶるのは失敗した。外堀を埋めていくしかないか」

「どこの外堀ですか」

「最初に尻尾を出した不審者がいるじゃないか」

2

長らく手詰まり感に支配されていた捜査本部に一条の光をもたらしたのは一本の電話だった。十二月二十九日、東京出入国在留管理局の熊雷から明日香宛に一報が入ったのだ。

『明日、周明倫が来日します』

熊雷は周が搭乗する航空機のフライトナンバーと成田への到着時刻も併せて教えてくれた。

捜査本部が色めき立ったのは致し方ない。摑《つか》もうとすると霧のように搔き消えてしまう関係者の中で、ようやく捕縛できそうな獲物が現れたからだ。しかも出現の時間と場所が事前に判明している。

意外なことに麻生は不機嫌そうに顔を歪《ゆが》めていた。

「日本の警察も舐められたもんだ。子供一人売り飛ばした直後だってのに、もう次の商品を納入する気か」

こういう時の執り成し役は犬養と相場が決まっている。

「王少年に始まって劉の死体が発見されるまで、ずっと中国にいたのなら捜査の進展を知らなくても不思議じゃありません。第一、舐められているのなら余計に好都合でしょう。空港で隙ができる」

「隙ができようができまいが関係ない。必ず確保する。それに、これは犯人グループ検挙の端緒に過ぎない」

麻生の言葉で班の全員が表情を引き締める。

「今言った通り、周は犯人グループの末端に過ぎない。目立つ逮捕はグループに警告を与えるようなものだ。そんな真似はしたくない」

折角捕まえるのだから、周から吐き出させるだけ吐き出させて、他の連中の居場所も確定させる。グループを一人残らず確保するには、一斉検挙が最低条件だった。

「電光石火というのは古い言い回しだが、今回の逮捕はそれに尽きる。空港に到着した途端、ヤツが行方不明にでもなったような状況が一番望ましい」

十二月三十日、午前十一時三十二分。成田空港第二ターミナル一階到着ロビーは海外からの渡航客で賑《にぎ》わっていた。正月くらいはと帰国した在留邦人と、正月だからと観光に来た外国人。どちらかと言えば東南アジア系の客が目立つのはここ数年来の傾向だ。

ＪＡＬ８７４便から降り立った周明倫は入国審査カウンターに向かう。現在は入国審査も自動化しており、慣れた様子の周は当然のように自動化ゲートを使う。

いつものようにパスポートの写真部分をセンサーにかざす。写真確認をパスすれば、次にみなし再入国か再入国かの選択画面が現れるはずだった。

ところが数秒待っても画面は変わらない。写真部分がずれているのかと再度センサーにかざし直してみても、やはり変化はない。

当惑していると空港の係員が近づいてきた。

「ああ、すみません。今朝からセンサーの調子がおかしくなっていまして」

係員はパスポートの写真と周の顔を代わる代わる眺め、納得顔で頷いてみせる。

「失礼しました。認証は終了しましたが、こちらのゲートからは入国できませんので別ゲートをご利用ください」

「別ゲートというのは、利用したことありません」

「誘導します。わたしについてきてください」

「意外に日本のオートメーションは故障しやすいな」

「大変に申し訳ありません」

周はまだ文句を言いたげにしていたが、目立つのを嫌ったのか係員の誘導に従った。

少し歩いてドアを開けた瞬間だった。

「ようこそ周明倫さん」

別室で待ち構えていたのは入国審査官の熊雷だった。

すぐに異変を感じ取ったのだろう。周は慌てた様子で踵《きびす》を返したが、反対側には犬養と明日香が入口を塞《ふさ》ぐように立ちはだかっている。犬養たちだけではない。部屋の中には次々と麻生班の捜査員が入り、今や蟻の這《は》い出る隙間もない。

874便を降りた時から周の行動は逐一カメラで監視されていた。自動化ゲートにも細工が施してあり、周の顔を認識した途端に画面がフリーズする仕組みだった。

全てが罠《わな》だったことに気づいたのか、周はひどく凶悪な顔で犬養を睨《にら》み据えた。

「周明倫。被略取者引渡し等罪容疑で逮捕する」

「小鬼子《シャオグイズ》め」

侮蔑《ぶべつ》語は他国の言語であっても、そうと分かるから大したものだ。

「日本人に対する悪態は後でいくらでも吐かせてやる。もっともその前に、こっちの質問に全て答えてもらうがな」

周の身柄を確保した旨を連絡しても、電話の向こうの麻生は慎重さを崩さなかった。

『目立たなかっただろうな』

「騒ぎは一切起こしていません。到着ロビーにも周を待っていた人間はいなかった模様です」

実際、到着ロビーには麻生班を含めて三十人以上の捜査員が投入されていた。周のみならず、グループの関係者が客に紛れ込んでいないかを徹底的にチェックするためだ。周の逮捕前後に不自然な動きを見せた者は、問答無用で職務質問することになっていた。

周はこのまま警視庁に送られるが、二十人の捜査員は引き続き空港内の不審者を監視する任に当たる。周の逮捕はようやく始まった捜査本部の逆襲の、ほんのとば口に過ぎなかった。

周の取調主任は犬養が、記録係は明日香が任せられた。

椅子に座るなり、周は弁護士を呼んでくれと注文をつけた。

「いいだろう。容疑者の権利だ。誰か懇意にしている弁護士がいるのか」

弁護士云々《うんぬん》は虚勢だったのか、周は急に声を小さくした。

「国選に優秀な弁護士はいないか。できれば通訳もつけてほしい」

「通訳ならここにいます」

明日香が周を睨みつけた。

「犬養の言葉もあなたの言葉も一言一句正確に訳してあげます。安心しなさい。弁護士の中には中国出身の人もいますし、北京語が堪能な日本人弁護士もいます」

ほっと安堵《あんど》した様子の周に、明日香は釘《くぎ》を刺すのを忘れなかった。

「あなたが中国で何をしていたか、連れてきた子供たちがどんな目に遭ったのかを細大洩《も》らさず伝えてあげます。どこの国の出身だろうと、日本で活躍している弁護士は例外なく人権を尊び、児童虐待には厳しいですよ」

「弁護士はどんな時でも依頼人の味方だろうが」

「何にでも例外はあるんですよ」

ご丁寧にも明日香は二本目の釘を刺そうとする。

「あなたの加担した犯罪が人間として最も許し難い罪であるのは、弁護士が詳しく教えてくれるでしょうね。勝ち目がとても薄いことに落胆しながら」

「脅しか」

「ご期待に添えず申し訳ないが、これは脅しでも何でもない。むしろ高千穂はすごく穏便な表現に止《とど》めている」

「ふん。拷問ができる訳でもないのに。とにかく弁護士が来るまではひと言だって喋《しゃべ》らないからな」

「弁護士がいなくても喋れることはあるだろう。あなたを起訴するかどうかは検察官の胸三寸で決まる。呼んだ弁護士が役立たずだった場合を考えて、少しでも心証をよくしておくのが得策じゃないのか」

取り調べの肝要はアメと鞭《むち》だ。今回は明日香がひときわ尖《とが》っているのを利用して、自分がアメをしゃぶらせる役に徹しようとプランを練っていた。

「まず氏名と年齢、現住所を申告してください」

「周明倫、三十二歳。住所は福建省三明市梅列《ばいれつ》区」

これはパスポートに記載された情報と一致する。言い換えれば隠しようのない、隠しても意味のない情報だ。

「他の名前は」

「他の名前って何だ」

「別名。通称。暗号名。あなたが本名以外に使用している名前のことだ」

「そんなものはない。わたしは中国でも日本でも周明倫で通している」

「では周さんとお呼びします。自分にかけられている容疑について、身に覚えはありますか」

「全然」

犬養は机の上に王少年の写真を置く。

「この少年に見覚えはありますか」

知らない、と周は写真を一瞥《いちべつ》しただけで答える。

「見たこともないな」

「十一月二十四日、この少年は中国機で成田空港に到着している。その機で少年の隣に座っていたのはあなただ。入国審査の時にも彼の後ろに立って行動を監視し、審査が終わるとその肩を摑んで一緒にゲートを出ている。今日みたいに自動化ゲートを通りたかったのだろうが、王少年は初入国だったから仕方なく従来のゲートを通らざるを得なかった」

次に取り出した十枚にも及ぶ連続写真は、入国審査カウンターに設置された監視カメラが捉《とら》えた王少年と周の画像だった。

「周さん、これはどう見てもあなただ。あなたは空港から王少年をどこへ連れ出し、誰に渡し、いくらカネを受け取った」

「知らない。弁護士を呼んでくれ」

「王少年は十二月四日、石神井の公園で肝臓を抜かれた死体になって発見された。あなたがどこかの時点で王少年を何者かに引き渡していない限り、彼を殺害した最有力の容疑者はあなたということになる」

「違う」

矢庭に周は色をなし、声を荒らげた。

「急に顔色が変わったな。被略取者引渡し等罪なら精々六月以上七年以下の懲役だが、殺人じゃそんな訳にいかない。取り調べ中にも拘わらずそういう計算が瞬時にできるのは、日頃から危ない橋を渡っているのを自覚しているからですか」

「知るか」

「さあ、王少年とどこで別れたかを早く供述しないと。現状、彼と最後に会っているのはあなただ」

「もう喋らない」

「黙秘権の行使も結構。しかし不安に思いませんか」

「何を」

「王少年に密着したことはありませんか」

「ないっ」

半ば叫ぶように答えてから、周は言い訳がましく続けた。

「飛行機の中では偶然隣り合わせになっただけだ。初めての日本で緊張すると言っていたので、入国審査まで付き合った。その後、空港で別れた」

「分かりやすい嘘を有難う。十二歳の子供が初めて日本に来るのに、保護者なしとは」

「自立心が強かったのかもしれない」

「王少年など見たこともなかったんじゃないですか」

「さっきは関わり合いになるのが嫌だからああ言った。空港内では一緒だった。それ以降は知らない」

「搭乗する前も接触はしなかったんですね」

「機内で隣り合わせになったのが初めてだ。何度も同じことを言わせるな」

「本当に、ですか」

「本当だ。機内で知り合っただけでそれ以前は見たことも話したこともなかった」

ここから先は明日香の出番らしい。ちらりと視線を送ると、明日香は心得た様子で犬養と席を替わる。

「何だ、今度はあんたが相手か」

「周さん。王少年とは機内で初めて会ったと言いましたね」

「ああ」

「周明倫以外の名前はないんでしたよね」

「あんたもその刑事と同類だな。おなじことを何度も言わせるな」

「馬瀬賢市という名前に心当たりは」

「ない」

明日香は机の上に紙片を置く。〈馬瀬賢市〉と名乗る養子縁組協会の男が王少年の母親に渡した名刺の写しだった。

「では、この名刺に見覚えはありませんか。王少年の母親が持っていたものです」

「知らん」

「この人物と名刺交換した記憶はありませんか」

「ないっ」

「じゃあ、どうしてこの名刺にあなたの指紋が付着しているんですかっ」

指紋と聞いて、周は顔色を変えた。

「母親はあなたの顔写真を見て、この人が馬瀬賢市に間違いないと証言しました。日本の養い親と養子縁組する。それが王少年の渡航目的です。それならあなたが空港で別れるというのは理屈に合いません。話してください。あなたは王少年を誰に渡したんですか」

明日香は机を叩く。意識してなのか無意識なのか、女性捜査員から激しく詰め寄られるとは思っていなかったらしい周はびくりと肩を上下させた。それでも自制心が働いたのか、顔を背けて言い放った。

「知らない。何も知らない」

だが鞭は確実に効いている。表面に傷は見当たらないものの、じわじわと内部に痛みが浸透しているはずだった。

ここでアメを持ち出す。ただし、そこらにあるような甘いアメではない。明日香の鞭が拵《こしら》えた傷に、深く滲《し》みる激辛のアメだ。

「そうか、周さん。知らないならいい」

周はきょとんとして犬養に視線を移す。

「正直、殺人罪を視野に入れて送検するつもりだったが、物的証拠がなさ過ぎる。あなたの供述だけが頼りだった」

突然の敗北宣言に、周の顔が綻《ほころ》ぶ。

「日本警察は民主警察。さすがだ」

「あなたを日本で裁くのは難しい」

「刑事の皆さんも謙虚でいい」

「だから、あなたを中国当局に委《ゆだ》ねる」

「何だって」

「現在我が国は中国と犯罪人引渡し条約を締結していない。従って警視庁は任意であなたを中国当局の手に渡すことになる。もちろんあなたに掛かっている嫌疑とこちらで集めた資料の一切合切を添えてだ。これが何を意味するか、あなたなら先刻ご承知でしょう」

問い掛けられても周は目を見開くばかりで声を発しない。

「あなたに掛かっている嫌疑は中国で合法スレスレとされる臓器斡旋《あっせん》じゃなく人身売買だ。あなたの祖国は人権軽視で国際的に叩かれている。さすがにきまりが悪くなったのか、最近は人身売買の罰則が重くなった。捕まったヤツらの半分以上が五年以上の懲役、下手すりゃ死刑になっているらしいじゃないか。社会主義国というのはこういう場合に便利だな。本来はしち面倒な手続きを踏まなきゃならない法改正も、トップダウンであっという間だ」

周の顔がみるみるうちに恐怖に歪んでいく。実際に罪を犯したこの国よりも祖国で裁かれる方が恐ろしいというのは、笑えない滑稽《こっけい》さだった。

「百歩譲ってあなたが人身売買で裁かれずに済んだとしても、外国人に対する臓器移植は禁止されている。国外のモラルが絡む犯罪には神経質になっている時期だし、決して軽い処罰では終わらないでしょう。かの国の刑罰の苛烈《かれつ》さは他国人のわたしがわざわざ説明する必要もない。自国の法律できっちり裁かれてください」

犬養は慈悲深い顔をこしらえる。一時は俳優を目指していたくらいだから、己の表情が相手の心理にどう影響するかは知悉《ちしつ》している。

「弁護士の立ち会いを必要としない世間話でもしませんか。どうせあなたと話す機会は金輪際なくなる」

更に恐怖が増したのか、周は小刻みに震え始めた。中国の死刑は銃殺または薬物注射によるものらしい。日本の絞首刑と比べてどちらが楽なのだろうと、益体もないことを考えてみる。

「怖いか」

ぼそりと呟《つぶや》いてみせる。

周は内心を気取られたくないのか、俯《うつむ》いてしまった。

「あなたを助ける方法が一つだけある。身柄を中国に渡さずに日本の法律で裁くことだ。さっきも言った通り犯罪人引渡し条約を締結していないから、あなたの悪行が本国で明らかになったとしても突っぱねることができる。わたしの言わんとしている意味が分かりますか。最悪で死刑になるのと、最悪でも被略取者引渡し等罪で七年程度の懲役を科せられるのとどちらがいいか選択しろと言っているんですよ」

しばらく沈黙が下りた後、周がぽつりと洩らした。

「……わたしが王建順を渡した」

「目的は」

「彼の肝臓を一番理想的なかたちで摘出するためだ。彼を殺すとはひと言も聞いてなかった」

「臓器移植目的で連れてきたのは王少年が最初か」

「いや……建順の前にも何人か連れてきた。だが彼らは無事に摘出手術を終えて帰国できたのだ。報酬も得られて、彼らは幸せそうだった」

明日香の眉がぴくりと上がるが、手は上がらなかった。

「建順の場合は滅多にない失敗だった。臓器の斡旋は提供する側もされる側も幸福になれるシステムだ。貧乏だからなけなしの臓器を提供し、それを金持ちが高価で買い取る。いったいどこに不都合がある。ただ法整備が遅れているだけに過ぎん」

不意に陣野の言葉が重なり、犬養は吐き気を催すほどの嫌悪感を覚える。

「臓器の受け渡し相手は決まっているのか」

「わたしは単なるブローカーだ。つまり窓口であって、お得意さんは何人もいる。もちろん信用の置ける者しか相手にしない」

「お得意さんというのは医師か」

「当たり前でしょう。医師以外に臓器を扱える者はいない」

「ジー・オー・ファイナンスの矢部という男を知っているだろう。あなたのケータイにアドレスの登録があった」

「日本での同業者ですよ。ブローカーには横の繋《つな》がりがあって、仕入れた商品を捌《さば》くために委託や提携をしている。何しろ扱っている商品の消費期限が極端に短いものだから自分で捌けない商品は他のブローカーに任せる。報酬は折半。その代わり逆のケースが発生したら可能な限り協力する。不動産のブローカーと同じですよ」

黙って聞いていると、ふつふつとした怒りが腹の底から込み上げてくる。犬養でさえこうなのだから、供述内容を記録している明日香はもっと居たたまれないだろう。

「小塩雅人という少年は知っているか」

「ああ、その矢部が仲介した案件ですよ。憶《おぼ》えている」

「あなたも一枚嚙《か》んでいたのか」

「まさに今言った状況の案件です。矢部は借金のカタに臓器提供を募るビジネスモデルを構築しているんだが、その件はわたしが委託した。やはり肝臓を欲していた顧客の依頼で探してみたが提供者が見つからなかった。中国で提供者を募る一方でブローカー仲間に話を通したら、矢部から連絡が入った。有望なブツが入手できそうだから検分してくれと」

検分というのは臓器がレシピエントに適合するかどうかの検査を意味するに違いない。

「十二月四日のことだな。手術するには医療機関に連れていかなきゃならない。それであなたが同行したのか」

「ブツを引き取るにしても断るにしても実際に立ち会わないとね」

当然と言わんばかりの口調に、また憤怒《ふんぬ》が醸成される。これほど胸糞《むなくそ》が悪くなる取り調べは久しぶりだった。

「与那嶺照生と槇代宏隆という少年はどうだ。知っているか」

周に二人の写真を見せたが、これには反応を示さない。

「その二人は知らない。きっとわたし以外のブローカーが仲介した案件だろう」

いささか気落ちしたが、それでも王建順と小塩雅人については臓器売買の流れが把握できた。

摘出手術を施した医師とレシピエントの素性を除いては。

「ブツのエンドユーザーについてはわたしもよく知らない。臓器が適合すれば医者に渡す。ただそれだけのことだ。ユーザーを知ってしまうと却《かえ》って面倒なことになる」

「つまり医師のオーダーに従って臓器を調達する訳か。王建順と小塩雅人のケースで臓器を受け取った医師は誰だったんだ」

それまで滑らかに回っていた周の口が止まった。

「……それは勘弁してほしい」

「ブローカー仲間については簡単に吐いたじゃないか」

「医者とエンドユーザーは堅気だし」

ここに及んで周の考えは手に取るように分かる。日本国内における営利目的による臓器の斡旋並びに売買を禁止する法律は、現状臓器移植法しかない。罰則も五年以下の懲役若しくは五百万円以下の罰金又はこの併科と規定してある。

だが王建順と小塩雅人はともに手術の不手際が原因で死亡したと見做《みな》されているので、これは殺人罪が適用され得る。臓器移植法の罰則どころではない。周はそれを知っているから言葉を濁しているのだ。

「服役を済ませればブローカー業は再開できるが、殺人を犯した医師が復職できる可能性はゼロ。つまりそういうことか」

周は押し黙って答えようとしない。

「分かった。あなたにも考える時間が必要だろう。一時間だけ待つ。その間に自分が裁かれる場所を選べ。言っておくが今回の事件では五人もの人間が死んでいる。うち四人が少年。ひょっとしたらあなたも俺たちも知らない被害者がいるかもしれない。法治国家だが犯人に対する憎悪はある。関係者全員を法廷に引っ張り出すまで、警察は法で許されている手法を全て使う。逃げ得は一人だって許さない。何年かかっても追い詰めてやる」

言葉による責めはその後も続いた。手こそ出さなかったものの、問題視されるぎりぎりの範囲で周を問い詰める。

やがてタイムリミットの一時間まで五分を切った時、ようやく周がその名前を告げた。

「座間昇平」

マラソンを完走した直後のように絞り出した声だった。

「東朋大附属病院の座間外科部長だ」

予想していた名前なので、犬養にさほどの驚きはない。確認すべきことを確認したという達成感だけがある。

「調書を作成する」

犬養の言葉に、明日香は深い溜息《ためいき》を吐く。それが安堵のものなのか、緊張を前にしたものなのかは分からない。

「もう少しだけ付き合ってもらうぞ、周さん。調書の作成が済んだら、ゆっくり休ませてやる」

精魂尽き果てた体の周は、のそりと頭を擡《もた》げた。

「満足か、日本の刑事」

覇気はないが、得体の知れない重さを持つ言葉だった。

「臓器斡旋のルートを暴いていい気になっているのなら教えてやる。あんたのしたことは解決じゃない。逆だ。あんたはこれから混沌《こんとん》を生み出すんだ」

「どういう意味だ」

周は今にも舌なめずりしそうな顔をしていた。

「俺たちブローカーを捕まえれば、その間臓器を斡旋する者は不在になる。いいかい。公認だろうがヤミだろうが、ブローカーというのは市場の安定供給に寄与している。今まで臓器が高値で取引できたのは、俺たちブローカーが仲介して値崩れを抑えていたからだ。俺たちがいなくなれば安定していた市場は必ずダンピングを起こす。当然だ。この国には臓器を売りたい貧乏人がまだ山ほどいるからな」

犬養は身じろぎもできなかった。

「これから先、ヤミで取引される臓器の価格は暴落して、貧困家庭は肝臓一個売ったくらいじゃ二進《にっち》も三進《さっち》もいかなくなる。それもこれも日本の刑事。全部あんたの責任だ」

3

翌日、犬養をはじめとする麻生班の面々は東朋大医学部を急襲した。

座間医学部長が出勤しているのは、既に確認している。部屋が研究棟の最上階にあるのも先刻承知しているので、案内なしに直行できる。

もちろん遮るものもあった。犬養たちが訪れたと知るや、事務局長の田神が廊下で立ち塞がったのだ。

「何ですか、いきなり。事務局も通さずに」

「今回は通す必要がないのですよ」

いっそ捜索差押許可状を突き出せば田神も黙るだろうが、犬養もそこまで悪趣味ではない。

「折角ご協力いただいたので言っておきますが、我々の邪魔をすると公務執行妨害になる懼《おそ》れがあります。できれば退《ど》いてもらえませんか」

公務執行妨害という脅し文句は効果覿面《てきめん》だった。田神は顔色を一変させて壁際に退いた。

一瞬自己嫌悪を覚えたものの、臓器を奪われた少年たちを思うと吹き飛んだ。手前《てめえ》のプライドなどどうでもいい。今は手錠を嵌《は》めるべき者に嵌めるだけだ。

犬養と明日香を含めて五名の捜査員はエレベーターに乗り込み、座間の部屋へと向かう。万が一座間が逃亡を図った場合に備え、各棟の出入口にも警官を配備している。既に座間は袋の中のネズミだが、確保の瞬間までは毛ほどの油断も許されない。

部屋のドアをノックすると、すぐに中から返事があった。

『どうぞ』

おそらく田神から連絡があったのだろう。犬養たちの姿を見ても、座間は平然としていた。

「今日はやけに大人数ですね。てっきり前と同様二人だと思っていましたが」

「座間昇平、殺人の容疑で逮捕します」

殺人と聞いた座間は、片方の眉をぴくりと上げた。

「一応、聞こう。証拠はあるのかね」

「先日、成田空港で周明倫という男が被略取者引渡し等罪の容疑で逮捕されました。周はドナーとなる少年を中国から運ぶのが仕事でした。周は、ドナーとなる少年をあなたに渡したと供述しています」

「虚偽だとは考えないのか」

「彼が嘘を吐く必要はありませんし、供述内容は具体的かつ信憑性《しんぴょう》があります。逮捕状が発付される要件を充分に満たしています」

「殺人、か。せめて臓器移植法違反とかにはならないのかね」

「他人の臓器ばかりか自分の罪状まで自由にできると思っているんですか」

「そこまで驕《おご》っているつもりはない。ただ殺人という罪状にはやはり抵抗を覚えるものでね。あなたは忘れているかもしれないが、一応わたしの肩書は大学教授以前に医師だ。人の命を救うのが使命であって、殺人容疑というのは大変に心外だ」

「あなたの心情は関係ない」

「日本の警察は民主的というのは都市伝説だったのかな。多少は参考人に配慮するべきではないのかね」

「お言葉ですが、あなたは参考人ではありません。もう立派な容疑者なんです」

「容疑者になった途端に扱いが手荒になるのか」

「あなたが子供たちに施した手術よりは、ずっと人道的でしょう」

たちまち座間は不愉快そうに顔を顰《しか》めた。

「医師に対して非人道的と呼ばわるのなら、相応の裏付けはあるんだろうな」

「貧困家庭の子供から半ば強引に臓器を奪うのは、医師の倫理に反しませんか」

座間は居並ぶ捜査員たちを見回し、いかにも蔑《さげす》んだような苦笑を浮かべる。

「言いたいことは山ほどある。警察でゆっくりと話させてもらう」

「その前にお訊きしたいことがあります。少年たちの臓器摘出に関与したスタッフ全員の氏名を教えてください」

槇代宏隆の死体が東朋大附属病院の中から消失した頃から、犬養は医学部長とそのスタッフの関与を疑っていた。いかに大病院といえども、見ず知らずの人間がうろついていて不審がられないはずがない。手際の良さを考慮しても犯人たちが病院関係者であるのは見当がついていたのだ。

座間の顔が更に歪んだ。

「自分のスタッフを売るような真似はせんよ」

「そんなの、碌な仲間じゃないですよね」

今まで黙っていた明日香が、遂《つい》に我慢しきれない様子で口を開いた。

「ドナーの足元を見て無理やり臓器を移植するなんて、医者でも何でもありません。ただの犯罪者集団です」

「失敬だな」

「あなた方のした行いは数ある犯罪の中でも最悪に分類されるものです。そんな人に払う敬意は持ち合わせていません」

明日香はずいと前に進み出る。

「この事件の担当になって、犠牲になった子供たちの置かれていた環境を知りました。みんな過酷な生活を強いられていました。あなたたちは、そんな子供ばかり狙い撃ちしていたんでしょう」

「言葉を返すようだが刑事さん。わたしは別に狙い撃ちした訳じゃない。病院に運ばれてきたドナーを受け取っただけだ。臓器が適合するかどうかは調べたが、その選定には何ら関与していない」

妙にはっきりした物言いだったので、犬養はおやと思った。

「座間さん。周は貧困家庭で、臓器提供を承諾せざるを得ない少年たちをチョイスしました。それもあなたはご存じなかったというんですか」

「知らんね。第一、わたしとそのスタッフが執刀したとはひと言も言っていない」

周の供述を知って、まだ最後の砦《とりで》を守るつもりか。それならこちらにも攻めようはある。

「現在、大学の正門には警官が立っていて、医学部関係者の出入りを制限しています。捜査本部としては彼ら一人一人に事情聴取して、執刀チームのメンバーを洗い出す所存です」

「関係者。まさか学生まで含むというのかね」

「もちろんです」

「学生たちを含めれば六百人を優に超えるぞ」

「捜査員を増員してでも洗い出します」

「越権行為だ」

「法律で認められている捜査の範囲内です」

学生を含めた医学部全体が捜査対象になれば、間違いなく座間に批判が集中する。それを見越しての捜査態勢だった。

座間は権威を盾に人を威圧する。ならば、その権威を逆手に取ればいい。権威を武器にする者は権威に駆逐される。

さすがに座間は即座に状況を把握した模様で、焦燥の色を浮かべた。

「医学部全部を人質に取ったのか。警察は卑怯《ひきょう》なことをする」

「五人もの人間が犠牲になっている。背に腹は代えられません」

前に出ていた明日香を制し、今度は犬養が座間に詰め寄る。臓器を奪われた四人の子「供ばかりか、一度は罪を告白しようとしていた劉までも殺された。ためなら、たかが三百人の医学生やいち私大に迷惑がかかってどれほどのものだというのか。

「だが、座間さんがこの場でスタッフの名前を明かしてくれれば、大学側の被害は最小限に抑えられるでしょう」

「やはり卑怯なやり口だ。ほとんどの人間は無関係なんだぞ」

「無関係な人間を窮地に立たせている元凶はいったい誰なんですか」

束の間、犬養は座間と睨み合う。指摘された通り、取調室でもないのに問答を続けるのは、学内で学生たちを人質に取っている状況下で座間から供述を引き出すためだった。

先に沈黙を破ったのは座間だった。

「弁護士を呼びたいところだが、どうせ許してはくれんだろう」

「弁護士を呼べるほど時間的な余裕はありませんからね。ただし公正を期する意味で、わたしも録音機器の類《たぐ》いは所持していません」

「スタッフの名前を告げたら、今すぐ警官の包囲を解いてくれるのか」

「そのスタッフに確認を取ってからになりますが、保証しますよ」

気心の知れたスタッフと東朋大全体のどちらを巻き込むか。学部長の肩書を持つ人間の選択は容易に予想できた。座間はデスクの上にあったメモ用紙を引き寄せると、ペンを走らせる。

「ここに書いたメンバーが全てだ」

千切って突き出したメモには三人の名前が記してあった。

「これで本当に全員ですか」

「この期に及んで嘘は言わんよ」

嘘かどうかは三人を問い詰めれば分かることだ。犬養はメモを明日香に渡し、他の捜査員とともに三人の確保に向かわせる。

「三人の証言が取れ次第、警官の包囲を解きます。しばらく時間をください」

「いいだろう」

明日香以下他の捜査員が出ていったため、部屋に残っているのは犬養と座間だけだ。

「座間さん。関与したスタッフの名前を教えてくれたのですから、レシピエントの名前も言ってくれませんか」

「逆だな。スタッフの名前を教えたのだから、レシピエントの名前までは明かすことができない。医師として、それは最低限の倫理なのでね」
「貧困家庭の子供たちの臓器を奪っておいて医師の倫理を持ち出しますか」
「先刻から貧困家庭、貧困家庭と繰り返しているが、何もわたしたちが強制した訳ではない。それこそ需要と供給が合致しただけの話だ」
続く言葉はひどく乾いていた。
「世界の臓器移植の現状を知っているのか」
「アメリカが一位。次いで中国が多いと聞きます」
「両国とも臓器移植のハードルがともに低い。加えて社会的なコンセンサスもできてい
る。日本は脳死基準が厳格この上なく、しかも従来の死生観に引き摺《ず》られて臓器移植は
遅々として進まない。設備も、そして技術も決して両国に劣らないというのにだ」
座間の口調には、はっきりと憤りが感じられた。医療技術を習得しながら思うように
発揮できない苛立《いらだ》ちだった。
似たような言葉を以前にも聞いたことがある。〈切り裂きジャック〉の事件で、やは
り移植技術を誇りながら日本では存分に腕を揮《ふる》えない医師の愚痴だった。
「あなたは自身の技術を確かめるために、子供たちの腹を裂いたのか」
しばらく座間は自問しているようだったが、さほど間を置かずに返してきた。
「そういう側面もあったことは否定しない。技術の習得はもちろん、修練もまた医療に
は必要なプロセスだからね。今は移植後進国でも、いずれ日本にも移植手術の門戸が大

きく開かれる時が到来する。その時、後進の者を牽引《けんいん》していく先駆者が必要とされる。今そういう人材を作らずして、いつ作るというのだ」

「それで貧困家庭の子供たちが犠牲になっても構わないというのですか」

「先ほどから聞いていれば犠牲犠牲と喧《やかま》しいが、いったいぜんたい彼らが文句を言ったのかね。子供たちにしたところで満足する対価を得ている。納得の上で手術台に上った者を犠牲者とは言えんだろう。彼らは自らの意思で身体の一部を売ったに過ぎない」

「槙代宏隆のケースは違っていた」

「何にでも例外はある」

「家族の承諾のない未成年からの臓器提供は違法です。それはご存じのはずだ」

「先駆者はいつでも旧弊な決まり事から目の敵にされる。やむを得ないことと諦《あきら》めているよ」

平然と言ってのける座間を見て、この男は信念に基づいて行動したのだと知った。

ただし現行法や一般常識からすれば歪んだ信念だ。

「警察官のあなたが聞けばずいぶんな理屈だと思うのだろうな。しかし臨床医学に携わる者なら充分に理解も同調もしてくれる常識だ」

「なるほど医学の進歩という錦《にしき》の御旗《みはた》ですか」

「錦の御旗という言い方は気に食わないが、まあそうだ」

「しかし移植手術であるならドナーとレシピエントが存在します。ドナーとなった少年たちに代金が支払われたのなら、当然そのカネの出処《でどころ》はレシピエントでしょう。移植手術を執刀したあなたなら知っているはずだ。レシピエントは誰なんですか」

今まで滑らかに動いていた唇が不意に止まる。

「レシピエントに罪はない。道義的な責任もない」

「通常はそうかもしれません。しかし違法な臓器移植や臓器売買がレシピエントの指示で行われたとすれば話は別です」

ここまで話したのだから、もう遠慮する必要もない。

「レシピエントは東朋グループ総帥の陣野荘平。違いますか」

「答える義務はない。わたしも医者の端くれだ。執刀スタッフを巻き込んでも、患者まで巻き込むつもりはない」

「あなたが口を噤《つぐ》んでいても、いずれスタッフの誰かが自白しますよ」

犬養は追撃態勢に入る。犠牲者の数も関わった人間の数も多い事件だ。一気呵成《いっきかせい》に全てを解決しなければ、捜査の網を掻い潜る者が出てくる。

「王建順に止まらず子供たちの臓器を奪い続けていたのは、どうしてですか」

「やはり親族以外からの提供では問題があった。手術前の検査で適合していても、実際に移植すると拒否反応が現れる」

それで二人三人と移植を繰り返し、槇代宏隆に至っては死体の強奪までやってのけたという訳か。

槇代宏隆の事件が発生した後も、陣野の多臓器不全が回復に向かったという情報は得られていない。つまり宏隆の臓器は何の役にも立たなかった事実を示しており、犬養は小気味よさと空しさを同時に感じる。

「座間さん。脅す訳じゃないが、今回の臓器売買と臓器移植は相当に世間の批判を浴びるだろう。東朋大も附属病院も無傷ではいられない。学長に理事長、そして病院長も何らかのかたちで責任を取らざるを得ない。おそらく職を追われる者も少なくないでしょう」

「それも否定しない。学校法人である限り、公益性と遵法性は常について回る。しばらく東朋大と附属病院は後始末に相当難儀するだろう」

「世間やマスコミもここぞとばかり叩きにかかるでしょう。だが最初から全てを明らかにしてくれれば解決も早まり、結果的に東朋大と附属病院の汚名返上も早まります」

「都合のいい手前勝手な理屈だ。いつも、そんな稚拙な言葉で容疑者の自白を誘っているのかね」

座間は再び見下すような目をする。

「世の中もマスコミも、それほど熱心じゃない。スキャンダルが報じられれば一時はヒステリックに糾弾するが、どうせふた月と保《も》ちはしない。最近の噂は七十五日ですらないからね。いっときは入学希望者も入院患者も減るだろうが、すぐにまた元通りになる。歴史を重ねた大学と病院のブランドとはそういうものだ」

犬養は不意に合点した。

座間は起訴された後を見据えている。たとえ送検したとしても、検察庁が殺人罪で起訴するとは限らない。殺意の立証が困難なら臓器移植法違反で起訴する可能性が高く、その場合は有罪判決でも最大で五年以下の懲役もしくは五百万円以下の罰金又はこれの併科となる。五年以下の懲役も五百万円以下の罰金も、座間にとっては大した痛手ではない。主犯格が陣野荘平なら罪に問われた座間を見限るはずもなく、服役後に東朋グループに戻れることを約束されているなら尚更だ。

「医学部長に復帰するスケジュールが早くも確定しているという訳ですか」

「必要とされる人間は早晩必要な場所に配される。世の中は、そういう風にできている」

座間は悪びれる様子もなく言う。

王少年たちはこんな男に臓器を抜かれたのか。そう考えると憤怒ではらわたが煮えくり返りそうになるが、犬養にできるのは座間に手錠を掛けることだけだ。彼を訴え、相応の罰を与えるのは別の人間の仕事だ。

ドアを開けて明日香が戻ってきた。

「移植手術に関与した三人とも、身柄を確保しました」

「座間さん、逮捕します」

犬養が手錠を取り出すと、座間は露骨に嫌な顔をした。

「抵抗も逃亡もせん。手錠の必要はないだろう」

「生憎《あいにく》、そこまであなたを信用できない」

容疑者に手錠を掛けるのは抵抗と逃亡を防ぐためだが、それ以外にも心理的に圧迫する目的もある。殊に今回の場合、座間を縛めることは王少年たちへの供養でもある。

捜査本部が東朋大に乗り込んだのは、既《いまし》にマスコミが嗅《か》ぎつけている。このまま正門に向かえば手錠姿の座間をカメラの放列に晒《さら》すことになる。全国に手錠姿が流れれば、座間の権威は一瞬にして失墜する。情けない話だが、刑事にできる供養はこれくらいしかない。

かしゃり。

乾いた音で手錠が嵌まると、座間は不満そうに唇を歪めた。

座間の護送を見届けた後、犬養と明日香は休む間もなく石神井署へと向かった。

「東朋大附属病院の外科部長を逮捕したんですか。スゴイですよ。大金星じゃないですか」

二人を刑事部屋に迎えた長束は万歳でもしそうな勢いだった。

「しかし犬養さん。相手は何といっても東朋グループです。きっと名うての弁護士たちを用意するでしょうね。勝算はありますか」

「正直、関係者が医療従事者となると殺意の立証は困難かもしれません」

「あくまでも移植手術が目的であって、ドナーの死亡は過失に過ぎない……そうなれば容疑を臓器移植法違反に切り替えて立件するしかないですね」

「ええ。しかし臓器移植法違反ではたかだか懲役五年と罰金五百万円ですからね。失われた人命の数を考えれば軽微に過ぎます」

殺された者のうち王建順と与那嶺照生の殺害は石神井署管内で発生した事件だ。気にならないはずもなく、部屋の中にいる捜査員はちらちらと二人のやり取りを盗み見ている。

「まさかグループの総帥、陣野荘平を見逃すつもりはありませんよね」

「座間と執刀チームが陣野の指示であったことを供述すれば引っ張れるんですが、それこそ彼らは最後の一線を死守するでしょうね。陣野荘平を売ったら、自分たちの未来がなくなる訳ですから」

「座間たちが服役を終えて出所したら、また同じことを繰り返しますよ。いや、座間の出所を待つまでもなく、陣野の指示で新たに臓器を手配し移植する者が出てくる」

長束は不審がって言う。実際、犬養も同様の不安を抱いている。子供四人の身体を犠牲にしても尚、陣野の内臓疾患は治っていない。

「実はね、長束さん。今回の事件で明らかになったのは陣野の悪行に止まらず、この国で静かに潜行している臓器売買ビジネスなんだ」

犬養は周の供述から得た臓器売買の実態を説明する。臓器ブローカーである周の得意先は東朋グループだけではなく、他にも大口の顧客が存在していた。更に臓器ブローカーも周一人だけではなく、個人営業から会社組織で運営しているものまで周が把握しているだけで五つものブローカーが存在しているというのだ。

五つものブローカーが存在するということは、取りも直さず臓器売買がビジネスとして成立していることを証明している。換言すれば、臓器を提供する側も今回浮上した犠牲者以上に存在する。

　この国には臓器を売りたい貧乏人がまだ山ほどいる、と周は嘯いた。貧困家庭が急増し、自分たちのようなブローカーの存在がなければ臓器相場は暴落の危機を孕《はら》んでいるという。

『聞け、日本の刑事。お前らの国はとっくに経済的弱者の国に成り下がっている。資源も技術も枯渇し、お前らの売るものはもう身体しか残っていない』

聞くだに胸糞の悪くなるような言説だったが、実際に小塩雅人も与那嶺照生も貧困ゆえに自らの臓器を売った。悔しいかな周の言葉は現実に即したものだ。

「つくづくひどい話ですね」

長束は憤懣《ふんまん》やる方ないといった様子だった。

「でも犬養さん。それでも陣野は逮捕すべきです。たとえ他に臓器を不法に得ようとしている人間がいたとしても、陣野に比べれば雑魚《ざこ》でしょう」

「捜査本部としても陣野に手を伸ばしたいのは山々です。取り調べの過程で、座間やスタッフたちをどこまで追い込めるかが焦点になるでしょう。しかし、陣野以外に逮捕すべき人物が残っている。与那嶺照生と劉浩宇を殺害した人物です」

長束は意表を突かれたようだった。

「臓器ブローカーである周は中国大陸からはもちろん、国内のドナーも多く扱っていました。ただ、いかに周が敏腕なブローカーであったとしても、彼がどうして貧困家庭の子供ばかりリストアップできたかが疑問でした。しかし周から事情を訊くと、どうやら情報の提供者がいた模様なんです」

「貧困家庭の情報ですか」

「ええ。周はその情報を元に子供たちと接触を図っていたようです。そして、わたしはこの情報屋が与那嶺照生と劉浩宇を殺害したのだと考えています」

「何故ですか」

「順番は逆になるのですが、殺害犯の動機を考えた場合、口封じが目的だったとすると一番納得できたんです」

「与那嶺照生と劉浩宇を殺害したのが同一犯だと確定できたんですか」

「同じ首を絞めるにしても送襟絞というのはひどく特異な方法で、かつ誰もができる技ではありません。ある程度、格闘技に習熟した者の犯行とみていいでしょう。これが犯人の第一の特徴です」

長束は合点するように頷いてみせる。

「劉は与那嶺照生の葬儀で我々と接触し、その直後に殺害されました。訊き込みをしてもその間に彼と接触した者は目撃されていない。つまり我々と接触したがために彼は殺される羽目になった。実際、劉は違法な臓器移植に関与し、その実態を我々に告げようとしていました」

「だから口封じという推理ですか」

「劉も馬鹿じゃない。我々と接触した事実を彼自身が他人に教えるはずもない。犯人は我々が劉と接触するのを目撃していたんです。接触の機会は二度。最初は与那嶺照生の葬儀、二度目は東朋大正門前で捕まえて近くの喫茶店に同行しました。つまり我々と劉の接触を目撃したのは葬儀の参列者か、あるいは東朋大の関係者です。これが第二の特徴」

不意に犬養は気づいた。

刑事部屋の空気が張り詰めている。犬養の話をそれとなく聞いていた捜査員たちが俄に緊張し始めたのだ。

「三つ目の特徴。与那嶺照生は仲間と根城にしていたコンビニの跡地で殺害されました。石神井公園駅前で仲間と待ち合わせをしていたのに、彼は来ずスマホの呼び出しにも出なかった。これは彼が拉致に近い状態で現場に連れてこられたか、あるいは完全に安心しきっていたことを示唆しています。彼とその仲間が溜《た》まり場にして不安を覚えない場所。つまり犯人は予《かね》てそのコンビニ跡が彼らの溜まり場であり、且つ目立たない恰好《かっこう》の場所であるのを知っていた人物ということになります」

ざわ、とまた部屋の空気が張り詰めてきた。

「第四の特徴は犯人が着用していた防寒着です」

「犯人の目撃情報でもあったんですか」

「いいえ。犯人が防寒着を着用していたことは与那嶺照生と劉が教えてくれたのですよ。高千穂、ちょっといいか」

犬養は明日香の背後に回り、ゆっくりと送襟絞の体勢を取る。

「二人の襟には犯人のものらしき皮膚片は付着していなかったので、おそらく犯人は滑らない生地の手袋を着用していたのでしょう。しかし他に残留物があった。背後から絞められれば誰でも抵抗する。二人も同様でした。通常死に物狂いで抵抗すれば相手の皮膚を引っ掻いてしまうのですが、犯人は肌の露出が乏しかったようで、二人の爪からも皮膚片は検出されませんでした」

「ええ、わたしもそう聞いています」

「犯人の皮膚片はなし。しかし代わりに二人の爪から同じ紺色のポリエステル繊維が検出されました。紺色のポリエステルと聞いてすぐに思い浮かんだのは、我々警察官に支給される防寒着です。ほら、あれ」

犬養が指差した先には紺色のジャンパーを着た捜査員の姿があった。

「ご存じ官給品の一つですが、オーダーメイドではなく既製品の中から選ぶようになっている。コートは二種類、ジャンパーも黒と紺の二種類。高級品ではなく、強い力で引っ掻けば削れてしまう。分析してみれば案の定、ポリエステル繊維は我々に支給されているジャンパーの素材と全く同じものでした。さて、これで犯人を示す特徴が揃いました。一、ある程度格闘技に習熟した者。二、与那嶺照生の葬儀に参列していたか東朋大関係者。三、与那嶺照生たちが溜まり場にしていたコンビニ跡を知っていた者。四、我々と同じジャンパーを着用している者」

部屋にいる者たちの視線は長束に注がれていた。

「犬養さん。その四つの特徴を備えているのはわたしだと考えているんですか」

「そうだ。あなたが犯人だ」

もう遠慮するつもりはない。

「あなたは全国警察柔道選手権大会でも警視庁代表として出場している。得意技の送襟絞で準決勝まで進出しているのをビデオで確認した。警察なら非行少年や貧困家庭の少年のデータも集め放題だ。与那嶺照生を殺害したのは、彼が情報提供者があなたであるのを知って脅迫したからだろう。殺害時に自分の毛髪が落ちたとしても、以前踏み込んだ場所だから言い訳もできる」

長束は顔を強張《こわば》らせたまま声を発しない。

「劉浩宇を殺害したのは、彼の口から臓器売買のルートが明らかになるのを恐れたからだ。ブローカーの周が捕まれば、情報提供者であるあなたの名前が出てこないとも限らないからな」

「デタラメだ」

ようやく長束は言葉を吐いた。

「何の物的証拠もないじゃないですか」

「心配しなくてもいい。さっき署長の許可を得て、あなたのロッカーを開けさせてもらった」

「何だって」

「紺色のジャンパー、確かにお預かりした。肉眼でも腕の部分に擦り傷が確認できた。擦り傷と二人の爪から検出されたポリエステル繊維とが一致したら、次はどんな抗弁をするつもりだ」

長束はきょろきょろと周囲を見回す。しかし仲間だったはずの捜査員たちは一様に非難の視線を浴びせていた。援護も退路も失い、長束はすっかり落ち着きをなくしていた。

「座間は臓器移植法違反で済むかもしれないが、あんたは諦《あきら》めた方がいい。長束巡査部長、与那嶺照生・劉浩宇両名の殺害容疑で逮捕する」

4

中国人少年の死体発見に端を発した連続殺人事件は、著名な大学教授と現職警察官の逮捕によってピークを迎えた感がある。

新聞・雑誌は言うに及ばずテレビやネットニュースも連日この話題を取り上げ、この国の底流で蠢《うごめ》く臓器売買ビジネスを糾弾したのだ。貧困家庭の少年を狙い撃ちした思惑も嫌われたが、それよりも彼らを打ちのめしたのは、貧困が原因で自らの臓器を売っていた子供たちが少なくないという現実だった。政治も経済も三流に成り下がったというニュースを見聞きしていても、心のどこかには過去の栄華に寄り添う余裕があったのだ。

だが、その余裕も臓器売買の実態が報道されるに至って雲散霧消した。後に残ったのは自分までも落魄《らくはく》したかのような失意と遣る瀬《や せ》無さだった。

当然、逮捕された座間とスタッフ、周明倫、そして長束に対する非難が怒濤《どとう》のように沸き起こった。自分の失意や遣る瀬無さの責任を取れと言わんばかりに、東朋大と石神井署には抗議の電話とメールが殺到した。一時は両者とも電話回線がパンクしたほどの勢いだった。

『東朋大の学長と附属病院の院長は直ちに引責辞任せよ』

『東朋グループ全体の犯罪と言えるのではないか』

『もっと入国管理を厳格にすべきだ』

『そもそもの原因は格差社会が生み出す貧困であって、責任を取るのは政府だろう』

『いや、責任の所在を拡大しても仕方がない。臓器移植法の罰則を強化した方がいい』

片や捜査本部には称賛と大きな期待が寄せられた。東朋大医学部長の逮捕という大金的を射止めたせいもあり、専従の麻生班には早期の全容解明が求められたのだ。

容疑者の取り調べには麻生班のみならず桐島《きりしま》班、黒澤《くろさわ》班からも聴取上手が駆り出され、さながらオール捜査一課とも言うべき布陣となった。これは津村一課長が村瀬管理官の要請に従ったものであり、全容解明を急ぐ警視庁刑事部の思惑を色濃く反映したものだった。

周明倫・座間医学部長・長束巡査部長の供述内容は、ほぼ犬養の推理した通りだった。長束が貧困家庭の少年の情報を周に流し、周が当該の家庭もしくは少年に接触する。そこで臓器提供の意思を確認したら、座間に連絡して臓器摘出の準備をするという流れだ。特筆すべきは、これが一連のルートでありながら情報提供者の長束と座間には面識がなかったことだ。

王建順は中国から連れてこられた数日後、臓器摘出手術を受けた。だが手術の最中にショック死してしまい、慌てた座間とそのスタッフは王少年の死体をたけしたの森緑地の雑木林の中に埋める。同緑地が選ばれたのは、スタッフの一人に土地鑑があったからだ。

二人目の小塩雅人の場合は、やはり術式の不手際が原因だった。しかし本人が退院してからの異変であったため、座間たちも為《な》す術《すべ》がなかったと言う。

三人目の与那嶺照生は成功例だったものの、臓器の売却代金だけで満足しなかったのが災いの元となった。自分の情報を売ったのが長束であると勘づき、彼を恐喝しようとしたのだ。仲間に『いい金蔓《かねづる》を見つけた』と吹聴《ふいちょう》していたのは長束のことだった。

いずれも執刀したのは座間だったが、自分の手術であるのを隠蔽《いんぺい》したかった彼は、縫合のみを劉浩宇に命じた。立場の弱い劉なら秘密が洩れないと高を括っていたのだ。実際、生殺与奪の権を握られた劉は医学部長である座間の命令に逆らうことができなかったようだ。

長束は当初から犬養の動きを注視していたらしい。石神井署管内を回る際に可能な限り同行したのも、犬養をマークしたいがためだった。お蔭で犬養が真相を訊き出す前に劉を始末することができた。

『スレた子供の相手をしているうち、本人の意思であれば臓器提供も悪い話じゃないと思ったんですよ』

取り調べの最中、長束はこんな風に話した。

『貧困家庭に同情はするけど、だからといってわたしが解決できるはずもない。施設に送ってやっても、あいつらはすぐに戻ってくる。生活費や遊ぶカネ欲しさに恐喝や窃盗を繰り返す。放っておいたら暴力団の準構成員になるようなヤツらだ。それなら身体の一部を切り売りするのは悪い話じゃない。レシピエントは助かるし、ヤツらも正当な対価を手にする。誰に迷惑をかけるでもない、立派な商行為だ。人助けの名目で情報を流せば、わたしにもカネが入る。いいことずくめじゃないですか』

容疑者三人に共通するのは罪悪感の希薄さだった。情報提供者も仲介者も執刀者も、揃いも揃って自分の行為は違法ではあるが悪徳ではないと主張する。臓器移植のハードルを上げている法律こそが諸悪の根源であり、自分たちの構築したネットワークはいずれ公認されるものと確信していた。

供述の最後に、座間が放った言葉がこれだ。

『いつもパイオニアは批判に晒される運命なのだよ』

共通していた事項はもう一つ、三人とも臓器移植と売買に陣野荘平が関与していると は一切口にしなかったのだ。殊に直接の指示を受けているとみられた座間はどれだけ責め立てても、陣野の「じ」すら言おうとしない。

捜査本部は陣野のカルテを取り寄せてみたが、多臓器不全に対する数々の処置は記載されているものの、肝心の臓器移植の記述はどこにも見当たらない。陣野と座間のことだからカルテの改竄《かいざん》も容易と思えたが、文書に残っていないのは捜査本部にとって痛手だった。

結局三人の口から陣野の名前を引き出すことが叶《かな》わず、捜査本部は陣野抜きで三人を送検する方向に傾きつつあった。取り調べに無駄な時間を割くよりも、三人を早急に起訴するのが先決という声が次第に大きくなったからだ。

勾留《こうりゅう》期限の切れる寸前、捜査本部は陣野の関与を立証できないまま三人の身柄を送検した。無論、身柄が検察庁に移っても捜査は継続されるが、事態が膠着《こうちゃく》状態に陥ったのは誰の目にも明らかだった。

このままトカゲの尻尾切りよろしく、東朋グループ総帥に高みの見物を許すのか——

捜査本部内外の声に苛《さいな》まれている最中、犬養の携帯端末に連絡を入れた者があった。

陣野荘平本人だった。


陣野が面談場所に指定したのは東朋大附属病院だった。余人を交えず一対一で会いたいとの要請に応え、犬養は単身で訪れた。話は通っているらしく、一階受付で名前を告げると西病棟の七階を指示された。

停止したエレベーターから降りて真っ直ぐに進むと、〈ＩＣＵ（集中治療室）〉のプレートが見えてきた。行き交う看護師の姿もまばらでひどく静謐《せいひつ》なのは、そのせいかと思う。

指定された病室のドアをノックする。

『どうぞ』

スライドドアは力を入れずとも、するすると開く。部屋の中で座っていたのは紛れもなく陣野荘平その人だった。

「やあ、犬養さん。まさか再会するとは思わなかった」

陣野は腰を上げることもなく、横柄にこちらを見る。

「わたしは必ずまたお会いできると信じていました。逮捕する際には面と向かわなければいけないですから」

「意気盛んだな。わたしもそういう人間は嫌いじゃない」

「今日お呼びになったのは、罪の懺悔《ざんげ》ですか」

「ある者に会わせたい」

そう言って、顔を部屋の奥へ向けた。

「ついてらっしゃい」

陣野に従って進むと、奥の方は治療室になっていた。

中央のベッドを取り囲むように大小の医療機器が鎮座している。機器から伸びる無数のチューブはベッドの中央に繋がり、患者が医療機器の補助で長らえているのが分かる。

犬養は言葉を発せられない。ベッドに横たわっているのは女の子だった。色のない顔はマスクで隠れてしまいそうなほど小さかった。

「孫娘の翠《みどり》だ」

陣野の声には愛《いと》しさが籠《こ》もっていた。

「嫁いだ一人娘の子だから苗字《みょうじ》は違うがね。まだ十歳だ」

「まさか」

「察したか。この子も多臓器不全だがわたしよりも深刻だ。他人の臓器を必要としているのは実はこの子だ」

「親族間の移植は考えたのですか」

「両親が仕事で渡航している際、テロ事件に遭遇して二人とも客死した。この子だけは日本に残っていたから助かったが、その翌年に発症した。つくづく不運な子だ」

母親が陣野の一人娘だとしたら臓器提供の対象者は限られてくる。

残った血筋はわたしくらいのものだ。この子に提供してやれるのなら内臓全てを差し出してもいいが、このざまではな」

「あなたが臓器売買に手を出したのは、この子のためだったんですか」

陣野はそれには答えず、少女の枕元に座る。彼女の寝顔を愛《め》でるように見下ろし、指一本触れようとしない。

犬養は己の勘違いに愕然《がくぜん》とする。考えてみれば、臓器を奪われたのは全員が十代だった。もし陣野がレシピエントなら対象者が壮年であっても構わなかったはずだ。

「発症した時には手遅れだった。体力はみるみる低下して、渡航も困難になった」

陣野は再び話し始める。

「だから移植手術は国内で受けるしかなかった。しかし何度か移植を試してみたが、どれも拒否反応を起こした。きっと、これも運なのだろうな。どこまでも不憫《ふびん》な子だ」

犬養は言葉を失い、老人と少女を眺める。声に出さずとも、陣野がこの孫娘をどれだけ愛おしんでいるかは眼差《まなざ》しの柔らかさで容易に察せられた。

「翠はもう長くない。頼みの綱だった臓器移植手術も、あなたが断ち切ってしまったからな。周明倫が逮捕されたことで他の臓器ブローカーどもが一斉に鳴りを潜めた。レシピエントたちがどれだけ切望しても、当分ヤツらは水面下から顔を出そうとはしないだろう。その間に、この子は死ぬ。殺したのはあなたただ、犬養さん」

呪いの言葉が胸を貫いた。

「三人が逮捕さえされなければ翠は助かる可能性があった。その可能性をあなたが握り潰したのだ」

言いがかりだと分かっていても、生気のない少女の顔が有無を言わせなかった。

「優秀な刑事だというのは分かった。さぞかし上司の覚えもめでたいのだろう。違法な臓器売買を検挙して、世間やマスコミの喝采《かっさい》を浴びてもいるだろう。しかし、それで人を救った訳じゃない。逆だ。あなたの奮闘のお蔭で、この幼くもか弱い命が摘み取られる。あなたのしたことは結局、かたちを変えた人殺しに過ぎない」

「違う」

「いいや、違わない。正義やら法律やらが目眩《めくら》ましになっているが、現象面はそうでしかない。あなたをここに呼んだのは、それを知らしめたかったからだ。寝たきりの孫娘ができる、せめてもの仕返しだ」

陣野は再び少女の顔に視線を落とし、邪魔だとばかりに手を払ってみせる。

「今度こそ、もう会うこともあるまい。出ていってくれ」

ひどく力のない声だったが、犬養は逆らえなかった。まるで引き摺られるようにして病室を出て、ドアを閉める。

途端に正体不明の激情に襲われ、身動きできなくなった。

陣野の呪詛《じゅそ》が脳裏に木霊する。

自分の捜査は少女の命を縮める結果にしかならなかった。少年たちの無念を晴らしてみせると意気込んだのは、見当はずれでしかなかった。

何と皮肉な。

何と愚かな。

いつまでも立ち尽くしている訳にもいかず、犬養は重い足で廊下を歩き始める。

不意に沙耶香の顔が思い浮かび、胸が掻き毟《むし》られた。

ベッドの上でか細い息をしていた翠は、もう一人の沙耶香に相違なかった。その沙耶香の生きる術を自分は奪ってしまったのだ。

犬養は廊下の途中で立ち止まる。

やがて肩が震え始めた。

解説

谷《たに》原《はら》章《しょう》介《すけ》（俳優）

僕が中山七里《なかやましちり》作品に出会ったのは御子柴礼司《みこしばれいじ》シリーズです。御子柴の人を喰《く》ったその態度。相手の心の内を見透かし、依頼者であろうと冷たく突き放し、時には利用もする。どんな手を使ってでも裁判に勝とうとするしたたかさと、その仮面の裏にある御子柴の深い懊悩《おうのう》に心奪われました。

中山作品を読む度に感じるのは、社会問題を巧みに物語の中に織り込むその手腕の鮮やかさ。社会全体を冷静に俯瞰《ふかん》し、時々の問題を取り上げ、それを一つの依代《よりしろ》として物語を描き、登場人物たちを動かしていく。社会問題が人を映す鏡となり、一つの事象に対してそれぞれの考え方、立場、年齢などで受け取り方や行動は様々な反射を起こし、複雑な人間ドラマを織りなしていきます。

実際にお会いすると、柔和で小気味よく喋《しゃべ》る中山さんのどこからこのような陰影のある物語が出てくるのかとても不思議になります。中山さんの目は優しく垂れているのですが、一見笑っているようで、実は冷静に対象を見つめている。それは作品の中でもそこかしこに感じられます。中山さんは社会を構成する、個人、大衆、政治、企業、マスメディア、エンターテインメントなどを公平かつ客観的に見つめます。

そして中でも特に深く僕に響くのは、報道の一端を担う者として、テレビに対する厳しい中山さんの視点と言葉です。

中山さんの作品の中では、テレビは野次馬的な利己主義の塊として描かれることが多いように思います。

それを読む度に考えさせられます。

メディアは社会の公器であるという錦の御旗のもと、報道の自由、国民の知る権利などの大義を振り翳《かざ》せばなんでも許されると思ってはいないか。

ワイドショーという形の番組はアメリカにはないと聞いたことがあります。

視聴者が関心のあるものを流す。

これは一見正しいのですが、見方を変えれば視聴者におもねっているとも取れる。

視聴者の空気感とズレたものを流せば当然視聴率は下がります。

民間の放送局は視聴率の成績によってスポンサーから入る広告費が変わります。

結果的に営業行為が、報道の自主性と、方向性に影響を与える可能性もあるのです。

現場に携わる者として言わせていただきたいのは、さまざまな制約の中、スタッフは皆できる限りのことをしているということです。

伝えるべきこと、伝えるべきではないこと、どこまで踏み込むのか、表現の仕方、取材対象への配慮など、常にバランスをとり、自問自答しながら放送しています。大事なことは報道する上で僕たちの芯がどこにあるのか常に考え、軸をぶらさないことだと思っています。

それがとても難しいのですが。

今シリーズの主人公犬養隼人《いぬかいはやと》はこれまで煩悶《はんもん》しながら事件と家族に向き合ってきました。

劇場型犯罪で社会を巻き込みながら臓器移植という社会問題と対峙《たいじ》した『切り裂きジャックの告白』。

事件を7つの色に例えて、犯罪の背景にある人間模様と因果応報をオムニバス形式で描いた『七色の毒』。

子宮頸《けい》がんワクチンの功罪と、その狭間《はざま》で苦しむ少女たちに寄り添った『ハーメルンの誘拐魔』。

そして犬養自身が刑事として、親として、自らの倫理観と向き合うことになった『ドクター・デスの遺産』。

今作、『カインの傲慢』では、これまで彼が抱えていた娘への葛藤《かっとう》がさらに深くなっていきます。

娘の沙耶香《さやか》は腎《じん》不全のため人工透析をしなければ生きられない体です。根治させるためには臓器移植をするしかないのですが、家族の腎臓は適合せず、ドナーを待つしかありません。

『切り裂きジャックの告白』で犬養は、臓器の提供を受けた患者が連続して殺される事件を通して日本における臓器移植の置かれている立場と問題点に向き合い、娘の辛《つら》さや先が見えない怖さを理解することで、関係性を再構築するきっかけとなりました。

『ドクター・デスの遺産』では、死の尊厳を深く考察します。もし沙耶香が人工透析の辛さから逃れたい、もうドナーは現れないと諦め、死を願ったとしたら自分はどうするのか。自殺幇助《ほうじょ》は認められていない日本の法律。その法律を執行する警察官である自分。父親として娘に生きていてほしいと願う想い。そしてその愛が大事な娘を苦しめるとしたら、自分は娘のためにどうするべきなのか。

犬養は警察官として、父親として、法律と倫理観、愛情の狭間で苦しみ尊厳死と向き合いました。

それら答えの出ない問題に悩みながら、今作では貧困を通して命の重さの違いを見せつけられます。

ながらく世界第二位の経済大国であった日本が三位になってから十数年が経ちました。落ちたとは言え世界の中で第三位ですからまだまだ豊かと言えるはずですが、その実感はあるでしょうか。僕にはありません。

僕が高校生の頃は、バブル経済のピーク。連日ニュースが伝えていたのは、日本の企業がアメリカの有名なビルを買収した、ゴッホの名画を世界最高額で落札した、などの景気の良いニュースばかり。経常黒字は度々最高額を更新、日経平均株価は3万円超、普通預金の金利は3％を超え定期は6％以上でした。

それから三十年。日本は静かに停滞し、活力は失われていきました。

僕が幼かった頃も貧困がなかったわけではありません。

小学生の頃の忘れられない思い出があります。

明るくてクラスでも人気だったS君の家に、ある時誘われて遊びに行ったことがありました。

家は二階建てのアパート。階段は錆《さ》び、トタンの壁は白茶けていてお世辞にも裕福には見えませんでした。室内は二部屋が縦に並んだ、いわゆるウナギの寝床。彼には妹さんがいて、三人でトランプや絵を書いたりして遊びました。

三時を過ぎた頃、S君はおやつを食べようと言い、冷凍庫を開けました。

アイスキャンディかなと思ったら、出てきたのはコップ。

「今日は谷原君くるから、今朝入れておいたんだ。しゃりしゃりして美味《おい》しいんだよ」

と僕にくれました。

コップと思ったものは日本酒の器で、中身は水に砂糖を溶かして凍らせたものでした。

「僕たちいつもこれ食べてるんだ。美味しいでしょ！」

多分僕のためにちょうどいい固まり具合になるよう準備しておいてくれたのです。

僕は複雑な気持ちで、なぜかはわかりませんが言いようのない罪悪感を抱いていました。

今はその正体がわかります。

僕はその時、この家にはお金がないんだと思いました。絶対に喜ばなければいけない、美味しいねと言わなければいけないと。

その自分の気持ちを悟られないように必死だったのだと思います。

僕はS君のことを可哀想だと思った自分に対して罪悪感を抱いていたのです。

そんな僕の気持ちを、彼はわかっていたように思います。

僕たちは砂糖水のシャーベットをしゃくしゃくとスプーンで砕きながら食べました。

部屋は西日でオレンジ色でした。

正直、味はよくわかりませんでした。

「美味しいね！」

「美味しいでしょ！」

彼は妹思いの、とても優しい子でした。

彼が僕にくれた優しさ、気配りはかけがえのないものです。

けれど、その頃の貧しさは今と比べてどこか明るかったような気がします。裕福でない子もいましたが、これからどんどん豊かになっていくんだという熱気が社会全体にありました。

翻って今の子供たちを見てみると、皆スマホを持ち、ユニクロを着ていて、見た目では貧困はわかりません。

けれど、貧困の度合いはより深刻かもしれない。

昔は貧しい人が多くとも、地域のつながりも深く互いに助け合う空気感が色濃くありました。

しかし今は見知った地元の人よりも新しく移ってきた人が多くなり、隣人の職種や素顔もわからなくなりました。

人と人の隙間《すきま》が大きくなればなるほど、その隙間からこぼれ落ちる人も多くなっていきます。

犬養は今作で、『切り裂きジャックの告白』で対峙した臓器移植の在り方、『ドクター・デスの遺産』で向き合った死の尊厳の葛藤を抱えながら、命の重さの意味を突きつけられます。

よく言われる、命の重さは等しく地球よりも重いという言葉。けれど現実には政治形態や経済格差など置かれた環境により厳然とした違いがあります。

残念ながら命を救うために、他人の命を買ったり、奪ったりすることは現実に起こり得る。

命の価値や重さは国境を跨《また》ぐごとに変わります。

犬養はその現実をどう受け止め、どのような答えを出すのか。

それは社会を主観、客観、俯瞰から見つめる中山七里さん自身の答えなのかもしれません。

これからの犬養、そして中山七里さんから目が離せません。

本書は、二〇二〇年五月に小社より刊行された
単行本『カインの傲慢』にサブタイトルを付し、
文庫化したものです。

この物語はフィクションであり、実在の個人、
団体とはいっさい関係ありません。

カインの傲慢《ごうまん》

刑事《けいじ》犬養《いぬかい》隼人《はやと》

中山《なかやま》七里《しちり》

令和４年　６月25日　初版発行
令和６年　10月30日　９版発行

発行者●山下直久

発行●株式会社KADOKAWA
〒102-8177　東京都千代田区富士見2-13-3
電話　0570-002-301（ナビダイヤル）

角川文庫 23214

印刷所●株式会社KADOKAWA
製本所●株式会社KADOKAWA

表紙画●和田三造

●お問い合わせ
https://www.kadokawa.co.jp/（「お問い合わせ」へお進みください）
※内容によっては、お答えできない場合があります。
※サポートは日本国内のみとさせていただきます。
※Japanese text only

ISBN 978-4-04-111984-6　C0193

◆◇◇

角川文庫発刊に際して

角川源義

第二次世界大戦の敗北は、軍事力の敗北であった以上に、私たちの若い文化力の敗退であった。私たちの文化が戦争に対して如何に無力であり、単なるあだ花に過ぎなかったかを、私たちは身を以て体験し痛感した。西洋近代文化の摂取にとって、明治以後八十年の歳月は決して短かすぎたとは言えない。にもかかわらず、近代文化の伝統を確立し、自由な批判と柔軟な良識に富む文化層として自らを形成することに私たちは失敗して来た。そしてこれは、各層への文化の普及滲透を任務とする出版人の責任でもあった。

一九四五年以来、私たちは再び振出しに戻り、第一歩から踏み出すことを余儀なくされた。これは大きな不幸ではあるが、反面、これまでの混沌・未熟・歪曲の中にあった我が国の文化に秩序と確たる基礎を齎らすためには絶好の機会でもある。角川書店は、このような祖国の文化的危機にあたり、微力をも顧みず再建の礎石たるべき抱負と決意とをもって出発したが、ここに創立以来の念願を果すべく角川文庫を発刊する。これまで刊行されたあらゆる全集叢書文庫類の長所と短所とを検討し、古今東西の不朽の典籍を、良心的編集のもとに、廉価に、そして書架にふさわしい美本として、多くのひとびとに提供しようとする。しかし私たちは徒らに百科全書的な知識のジレッタントを作ることを目的とせず、あくまで祖国の文化に秩序と再建への道を示し、この文庫を角川書店の栄ある事業として、今後永久に継続発展せしめ、学芸と教養との殿堂として大成せんことを期したい。多くの読書子の愛情ある忠言と支持とによって、この希望と抱負とを完遂せしめられんことを願う。

一九四九年五月三日

角川文庫ベストセラー

切り裂きジャックの告白
刑事犬養隼人
中山七里

臓器をすべてくり抜かれた死体が発見された。やがてテレビ局に犯人から声明文が届く。いったい犯人の狙いは何か。さらに第二の事件が起こり……警視庁捜査一課の犬養が執念の捜査に乗り出す！

七色の毒
刑事犬養隼人
中山七里

次々と襲いかかるどんでん返しの嵐！『切り裂きジャックの告白』の犬養隼人刑事が、"色"にまつわる7つの怪事件に挑む。人間の悪意をえぐり出した、傑作ミステリ集！

ハーメルンの誘拐魔
刑事犬養隼人
中山七里

少女を狙った前代未聞の連続誘拐事件。身代金は合計70億円。捜査を進めるうちに、子宮頸がんワクチンにまつわる医療業界の闇が次第に明らかになっていき――。孤高の刑事が完全犯罪に挑む！

ドクター・デスの遺産
刑事犬養隼人
中山七里

死ぬ権利を与えてくれ――。安らかな死をもたらす白衣の訪問者は、聖人か、悪魔か。警視庁VS闇の医師、極限の頭脳戦が幕を開ける。安楽死の闇と向き合った警察医療ミステリ！

笑え、シャイロック
中山七里

入行三年目の結城が配属されたのは日陰部署の渉外部。しかも上司は伝説の不良債権回収屋・山賀。憂鬱な結城だったが、山賀と働くうち、彼の美学に触れ憧れを抱くように。そんな中、山賀が何者かに殺され――。

角川文庫ベストセラー

天使の牙(上)(下) 新装版　大沢在昌

麻薬組織の独裁者の愛人・はつみが警察に保護を求めてきた。極秘指令を受けた女性刑事・明日香がはつみと接触するが、2人は銃撃を受け瀕死の重体に。しかし、奇跡は起こった——。冒険小説の新たな地平！

新装版 螺鈿迷宮　海堂尊

「この病院、あまりにも人が死にすぎる」——終末医療の最先端施設として注目を集める桜宮病院。黒い噂のあるその病院に、東城大学の医学生・天馬が潜入した。だがそこでは、毎夜のように不審死が……。

輝天炎上　海堂尊

碧翠院桜宮病院の事件から1年。医学生・天馬はゼミの課題で「日本の死因究明制度」を調べることに。やがて制度の矛盾に気づき始める。その頃、桜宮一族の生き残りが活動を始め……『螺鈿迷宮』の続編登場！

氷獄　海堂尊

手術室での殺人事件として世を震撼させた「バチスタ・スキャンダル」。新人弁護士・日高正義は、その被疑者の弁護人となった。黙秘する被疑者、死刑を目指す検察。そこで日高は——。表題作を含む全4篇。

鬼龍　今野敏

鬼道衆の末裔として、秘密裏に依頼された「亡者祓い」を請け負う鬼龍浩一。企業で起きた不可解な事件の解決に乗り出すが……恐るべき敵の正体は？　長篇エンターテインメント。

角川文庫ベストセラー

豹変
鬼龍光一シリーズ
今野敏

世田谷の中学校で、3年生の佐田が同級生の石村を刺す事件が起きた。だが、取り調べで佐田は何かに取り憑かれたような言動をして警察署から忽然と消えてしまった――。異色コンビが活躍する長篇警察小説。

祈りのカルテ
知念実希人

新米医師の諏訪野良太は、初期臨床研修で様々な科を回っている。内科・外科・小児科……様々な患者が抱える問題に耳を傾け、諏訪野は懸命に解決の糸口を探す。若き医師の成長を追う連作医療ミステリ！

天国の罠
堂場瞬一

ジャーナリストの広瀬隆二は、代議士の今井から娘の香奈の行方を捜してほしいと依頼される。彼女の足跡を追ううちに明らかになる男たちの影と、隠された真実とは。警察小説の旗手が描く、社会派サスペンス！

砂の家
堂場瞬一

「お父さんが出所しました」大手企業で働く健人に、弁護士から突然の電話が。20年前、母と妹を刺し殺して逮捕された父。「殺人犯の子」として絶望的な日々を送ってきた健人の前に、現れた父は――。

脳科学捜査官 真田夏希
鳴神響一

神奈川県警初の心理職特別捜査官・真田夏希は、医師免許を持つ心理分析官。横浜のみなとみらい地区で発生した爆発事件に、編入された夏希は、そこで意外な相棒とコンビを組むことを命じられる――。

角川文庫ベストセラー

崩れる 結婚にまつわる八つの風景
貫井徳郎

崩れる女、怯える男、誘われる女……ストーカー、DV、公園デビュー、家族崩壊など、現代の社会問題を「結婚」というテーマで描き出す、狂気と企みに満ちた、7つの傑作ミステリ短編。

女が死んでいる
貫井徳郎

二日酔いで目覚めた朝、ベッドの横の床に見覚えのない女の死体があった。俺が殺すわけがない。知らない女だ。では誰が殺したのか――?（「女が死んでいる」）表題作他7篇を収録した、企みに満ちた短篇集。

さまよう刃
東野圭吾

長峰重樹の娘、絵摩の死体が荒川の下流で発見される。犯人を告げる一本の密告電話が長峰の元に入った。それを聞いた長峰は半信半疑のまま、娘の復讐に動き出す――。遺族の復讐と少年犯罪をテーマにした問題作。

使命と魂のリミット
東野圭吾

あの日なくしたものを取り戻すため、私は命を賭ける――。心臓外科医を目指す夕紀は、誰にも言えないある目的を胸に秘めていた。それを果たすべき日に、手術室を前代未聞の危機が襲う。大傑作長編サスペンス。

ナミヤ雑貨店の奇蹟
東野圭吾

あらゆる悩み相談に乗る不思議な雑貨店。そこに集う、人生最大の岐路に立った人たち。過去と現在を超えて温かな手紙交換がはじまる……張り巡らされた伏線が奇蹟のように繋がり合う、心ふるわす物語。